猫を抱いて象と泳ぐ

小川洋子

Ogawa Yoko

文藝春秋

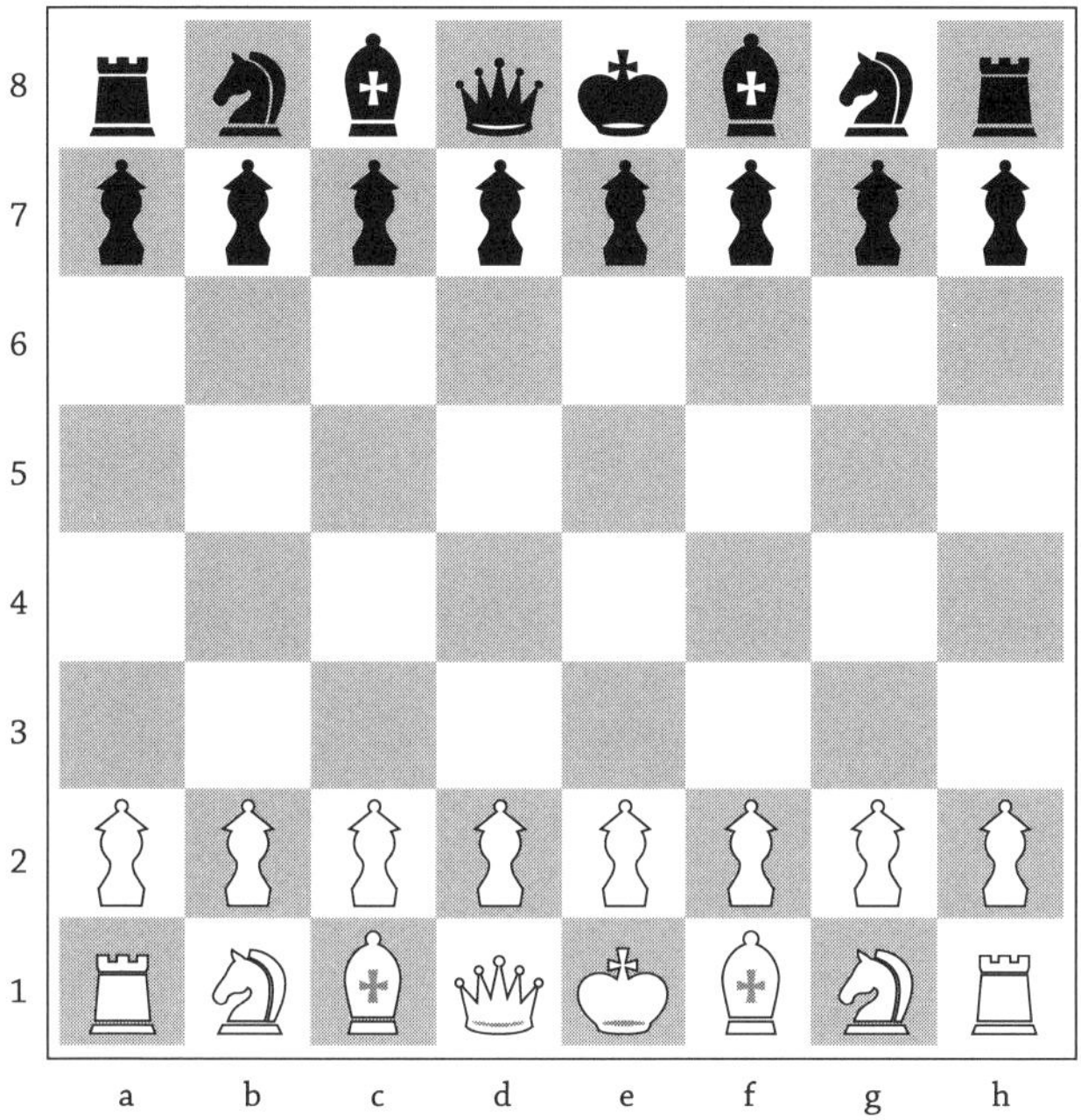

キング(K)……決して追い詰められてはならない長老。
全方向に1マスずつ、思慮深く。

クイーン(Q)…縦、横、斜め、どこへでも。最強の自由の象徴。

ビショップ(B)…斜め移動の孤独な賢者。祖先に象を戴く。

ナイト(N)………敵味方をくの字に飛び越えてゆくペガサス。

ルーク(R)……縦横に突進する戦車。

ポーン…………決して後退しない、小さな勇者。

猫を抱いて象と泳ぐ

カバー作品　前田昌良
デザイン　　関口聖司

第1章

リトル・アリョーヒンが、リトル・アリョーヒンと呼ばれるようになるずっと以前の話から、まずは始めたいと思う。彼がまだ親の名付けたごく平凡な名前しか持っていなかった頃の話である。

七歳になったばかりの少年は、時々、祖母と弟の三人でデパートへ出掛けるのをささやかな喜びとしていた。路線バスで二十分ほどの道のりは、乗り物に弱い彼にとっては苦しみに満ちた時間であったし、また、おもちゃを買ってもらったり、大食堂でお子様ランチを食べたりというデパートならではの楽しみが約束されているわけでもなかったのだが、それらを差し引いてもなお、そこでの時間は特別な体験だった。

祖母と弟が二人で電車の模型や潜水艦のプラモデルやシルクのドレスや鰐革《わにがわ》のハンドバッグなどを見物して歩く間、少年は一人、屋上で過ごした。当時のデパートの屋上がどこもそうであったのと同じく、そこには回転木馬やコーヒーカップといった遊具が設《しつら》えられ、子供たちの歓声が響き渡っていた。

しかし彼は遊具になど見向きもしなかった。乗り物酔いの名残りがまだ胸でもやもやとしていたし、何より切符を買うお金を持っていなかった。彼は真っ直ぐ屋上を横切り、観覧車の裏側、ボイラー室の壁とフェンスに囲まれた一角にたたずんだ。そこが彼の指定席だった。目の前には小さな立て札が立っていた。

『本デパート開業記念として印度からやって来た象のインディラ、臨終の地。もともと子象の間だけ借り受け、しかる後、動物園へ引き渡す約束であったが、あまりの人気に適切な返却期間を逸《いっ》し、大きくなりすぎて屋上から降りることができなくなった。そのため、三十七年間この屋上にて子供たちに愛嬌を振りまきながら、一生を終えた』

学校で読み書きを習い始めたばかりの少年にとっては少し難しい文章だったが、祖母に何度となく立て札を読んでもらっていた彼は、既に文章を全部暗記してしまっていた。

立て札の支柱にはインディラの形見と思われる鉄製の足輪がはめられていた。それはすっかり錆《さび》だらけで、子供の手では到底持ち上げられないほどに重々しかった。更に説明文に続いて、房やビーズの飾りで印度風のお洒落《しゃれ》をし、得意げに鼻を持ち上げるインディラの姿が描かれていたが、少年にはその絵がインチキだとすぐに分かった。彼女の足に鉄の輪がはめられていなかったからだ。

少年は長い時間そこに立ち、吹き抜ける風に頬を冷たくしながらインディラについて思いを巡らせた。エレベーターに乗せられ屋上にやって来た小さなインディラ。もの珍しさに感嘆の声を上げ、チャンスがあれば少しでも触ってやろうと押し合いへし合いする見物客。親に肩車され、奇声を発する子供たち。インディラは目をくりくりさせ、鼻を振り、バナナを食べる。

やがて時が過ぎ、とうとうお別れの日が来て、盛大なサヨナラセレモニーが催される。子供らは泣きながらお別れの手紙を朗読する。さあ、いよいよ出発だ。飼育員さんに導かれ、インディラはエレベーターに乗ろうとする。「あれっ」と誰かが声を漏らす。天井に頭がぶつかって中へ入れない。飼育員さんは棒で鼻の付け根をぐいぐい押さえつけ、他の人たちは力を合わせてお尻を押し込めようとする。インディラは自分の身に一体何が起こっているのか見当もつかない。できることなら飼育員さんをはじめ皆さんの希望にこたえたいと思い、彼女なりに工夫をして耳をパタパタさせてみたり、尻尾を丸めてみたりするのだけれど、何の役にも立ちはしない。身体の節々が痛んで、涙がにじむばかりだ。誰がどう考えても、エレベーターの四角い箱に収めるには、インディラは大きくなりすぎている。

ならば階段を歩いて降りるしかない。「さあ、いい子だ。ゆっくりでいいんだよ。お前は賢いんだから、できるはずだ。一段一段、こうして脚を交互に動かせばいいだけなんだ。一段降りるごとにご褒美をあげよう。ほうら、やってごらん」

皆口々にインディラをおだてたり、なだめたり、脅したりしたが駄目だった。生まれて初めて階段を目にしたインディラは、怯《おび》えて震えるばかりだ。

『サヨウナラ　インディラ』の横断幕が掲げられた屋上のセレモニー会場へ、彼女はうな垂れて戻ってくる。彼女は何も悪いことなどしていないのに、皆をがっかりさせた原因が自分にあることを、よく承知している。

急遽《きゅうきょ》、屋上を本格的な住まいとするための工事が施される。柵は高くなり、鍵は頑丈なものに取り替えられ、そしてインディラは鎖のついた足輪につながれる。

子供たちにせがまれればインディラは、こんなことくらいで喜んでもらえるならお安い御用とでもいうかのように、自慢の鼻を高々と持ち上げてやる。ジャラジャラと鳴る鎖の音は、子供たちの歓声にかき消される。けれどなかには心無いお客もいて、ビール瓶を投げつけられたり、「おいデブ、こっち向け」と罵《ののし》られたりもする。

いや、もっと惨めなのは、雨の定休日だろう。インディラは屋上で一人きりだ。雨を避けようと思っても、屋上には広葉樹の一本さえ生えていない。観覧車も回転木馬も止まったまま、ただ雨に打たれている。インディラは気休めに右へ左へと動いてみるが、すぐに鎖に引っ張られてしまう。小さな檻の、小さな半円の中にしか彼女の居場所はない。

第　1　章

そんなふうにしてインディラは三十七年の生涯をデパートの屋上で閉じた。どんなに願っても、地上から遠く離れた空中を脱出することはできなかった。本当ならばジャングルの湿った軟らかい土にまみれるはずだった四本の脚は、結局動物園の地さえ踏めず、一生宙吊りにされたままだった。

インディラについての空想は、後から後からいくらでも湧き上がってきた。遊具に夢中の子供たちは誰一人、片隅でぼんやりしている男の子になど注意を払わなかった。空は晴れ渡り、木馬は愉快にギャロップし、綿飴は甘い匂いを発している。なのに誰が古ぼけた立て札に気を留めたりするだろうか。だから少年は心行くまで、インディラを独り占めにできた。

しかしなぜ自分がこんなにもデパートの象にこだわってしまうのか、少年自身も不思議に思っていた。後の彼の人生を考えれば、屋上でのエピソードは実に象徴的な記憶として役割を果すようになるのだが、もちろん少年にはそんな予感さえなく、自分の心の何が象と通じ合うのか説明するだけの言葉も持っておらず、ただインディラ臨終の地に立ち尽くすだけなのだった。

微《かす》かでもインディラの気配に触れたいと思い、時に少年はひざまずき、足輪のにおいを嗅いでみることもあった。何年も放置されたままの足輪には、もはや体毛一本残っているわけではなかったが、黒ずんだ布巾のような、虫歯の詰め物のようなその錆のにおいを、少年は素直にインディラの体臭だと信じていた。

永久に空中に取り残されたと気づいた時、インディラはどんな気持だったのだろう。やはり絶望しただろうか。柵の隙間から地面を見下ろし、耳を翼にして飛び降りることができたら、と空想しただろうか。あるいは心優しい彼女のことだから、どんどん重くなる自分の体重で、いつかデパートを押し潰してしまうような事態にならなければよいが、と心配したかもしれない。

ふと少年は、自分がただ単に彼女を気の毒がっているだけではないと気づく。可哀相だと思いながら同時に、心のどこかでは、うらやましくも思っているのだ。屋上に閉じ込められたまま一生そこから出られなかった象のことを。

少年は一つ、長い息を吐き出した。いずれにしても彼は、自分についてのさまざまな問題を考えるには幼すぎた。身長は一メートルにも届いていなかったし、瞳にはまだ赤ん坊の頃の緑がかった深みが残っていた。

その時祖母と弟が姿を見せた。

「お兄ちゃん」

元気のよい弟の声は、にぎやかな屋上でもはっきり耳に届いてくる。手ぶらで走り寄ってくる弟を見れば、やっぱり今日も何も買ってもらえなかったのだということが分かる。しかし弟はそんなことにはお構いなく、おもちゃ売り場にどんな新型のプラモデルが並んでいたか、それがどんなに格好良かったか、兄の腕に飛びつきながら一息に語りだす。

第　1　章

「さあ、お腹が減っただろう。お昼にしよう」

歩き疲れたのか祖母は膝を撫でながらベンチに腰を下ろし、腰にぶら下げた布巾で手を拭い、手提げ袋の中をごそごそかき回して紙の包みと水筒を取り出す。兄と弟は老婆を真ん中にはさんで座る。

ベンチは立て札の脇にある。そこに先客が座っていたことは一度としてない。何かの間違いでポツンと取り残されたような、三人のためだけに特別に用意されたかのような朽《く》ちかけたベンチだ。そこで三人はインディラが眺めたであろう同じ空を見上げ、タルタルソースを塗ったサンドイッチを食べ、砂糖入りのレモンティーを一個のカップで仲良く飲む。その間も弟はずっとおもちゃ売り場の素晴らしさについて喋り続けている。

「もっとおあがり」

祖母は一切れでも多く孫たちに食べさせようとする。兄は真剣に弟の話に耳を傾け、時折、弟のセーターにこぼれたパンくずを払ってやる。おもちゃ売り場の話が一段落したあとも、兄は黙ったままで、インディラの空想については一言も語らない。

「今度の誕生日には、大食堂のお子様ランチを、絶対食べようね」

短い昼食が終ると、弟はそう言ってベンチから飛び降りる。

そのあと兄弟は、遊具の中で最も地味で面白みにも欠ける動物の乗り物にまたがる。キリン、ライオン、象の形をした乗り物で、コインを入れると一分間、上下に震動する。けれど二人はコインなど入れない。兄は体重を掛けて自分で自分を揺らし、弟は祖母に取っ手を握って揺らしてもらう。そうすれば二分でも三分でも好きなだけ遊ぶことができる。

キリンとライオンと象。弟は必ず一番強いライオンを選び、兄はキリンと決まっている。少年は決して象にはまたがろうとしない。

少年は路線バスの終点に近い、古くからの町並みが残る運河沿いの一角に、祖父母と暮らしていた。両親は弟が生まれて間もなく離婚し、母親は幼い兄弟を連れて実家へ戻ったが、二年前、脳出血で不意に死んでしまった。

彼らの住む家は、両隣に押し潰されそうなほど細長い三階建てで、てっぺんには申しわけ程度に三角屋根が載っていた。その細さゆえ、地元の郵便配達人でさえ番地を見落とし、届けるべき手紙を持ったまま素通りしてゆくのもしばしばだった。隣との壁の隙間はようやく掌を差し込めるほどしかなく、奥にはひんやりとした暗闇が広がっていた。昔々何かの拍子にそこへ入り込んだ女の子が出られなくなり、大人たちが心配してあちこち探し回ったが結局見つけられず、女の子はそのまま人知れずミイラになって今も壁に食い込んでいる、などという噂を口にする人もいた。近所の子供たちにとって、「あそこの隙間に押し込めるからね」と言われるのが一番恐ろし

第　1　章

い脅し文句だった。

　当然ながら外観と釣り合って家の中は狭かった。壁紙はくすみ、窓枠は潮風に当たって傷み、電化製品は時代遅れだった。けれど家具だけはどれも丁寧に磨き上げられていた。祖父が家具職人だったからだ。祖父は自宅の一階を仕事場にし、壊れた家具の修理を専門に扱っていた。新品を作る方がやりがいがあるだろうし、気分だっていいだろうに、どうして古ぼけた家具ばかり相手にしているのか、少年は常々そのことを不可解に思っていた。

「新品は威勢がよすぎるからな」

　祖父は余計な口をきかない人だった。

「ちょっとくたびれている奴にこそ、目を掛けてやらなくちゃならん」

　少年には上手く理解できなかったが、仕事の邪魔になってはいけないので、ふうん、と言ってうなずいた。

　仕事部屋はいつも木屑が舞い上がり、クッションが丸裸になったソファーや、アンバランスに積み上げられた引き出しや、一本だけ脚の取れた肘掛け椅子などが乱雑に転がっていた。服が汚れるからと言って祖母に止められても、少年は祖父の仕事ぶりを見学するのが好きだった。どんな大きなお屋敷の応接間からやって来たのだろうと思うような、立派な飾り戸棚でさえ、祖父の前ではヘッドボードを取り外され、繊細な透かし彫りを木屑まみれにし、引き出しの奥までさらけ出して、すっかり安心しきっている様子に見えた。その雰囲気からだけでも、祖父の腕がいかに確かなものであるか、少年にはよく分かった。

祖母について説明するためには、どうしても布巾の件に触れなければならない。祖母は一日中、家の中でも外でも、起きている時も眠っている間も、ずっとその布巾を手放さなかった。それはどこにでもある白い小花模様のコットンの布巾で、もちろんもともとは食器を拭くのに使われていたのだが、少年が物心ついた頃には既に本来の役目からはかけ離れた布になっていた。

台所で煮込み料理の鍋をかき回しながら、祖母は布巾で額の汗を拭う。孫たちの着替えを手伝いながら、それで鼻をかむ。近所の人と立ち話をしている間、くしゅくしゅ丸めたり広げたりする。夜、編み物の手を休め、編み棒の先で布巾の上に何やら字を書く。

それは祖母の魔よけであり聖典であり守護天使であり、何より身体の一部であった。その証拠に、布巾は一度も洗濯されなかった。身体の一部なのだから、それだけを切り離して物干し竿に吊るすなどということは不可能なのだ。当然布巾は小花の模様などとうに消え失せ、どんな絵の具でも出せない色合いを帯び、奇妙なにおいを放っていた。そうなることでますます祖母の皮膚と区別がつかなくなっていった。

こんなふうになったのはやはり、少年の母親、祖母にとっての一人娘が死んだことと関係があるのだろう。お葬式を済ませ、会葬者を見送り、食卓の片隅にあった布巾を何気なく手に取って腰を下ろした時が、彼女と布巾の関係のはじまりだった。祖母はそれを握り締めたまま心行くまで泣いた。涙を吸い込むことが、新たな役割を背負った布巾の最初の勤めとなった。祖父は黙って窓の向こうの運河を見つめていた。それから二人は、くたびれ果ててソファーで眠ってしまった孫たちを抱き上げ、寝床まで運んだ。

第 1 章

少年は極端に口数の少ない子供だった。近所の人たちは寡黙な祖父に似たのだろうと思っていたようだが、実はもう一つ、原因と思われる秘密があった。生まれた時、上唇と下唇がくっついていたのだ。そのために産声さえ上げることができなかった。

新生児の唇の奇形は珍しくないが、少年の場合、唇の形そのものに異常はなく、ただ薄い皮膚と粘膜の境目が、どう引っ張ってもはがせないほどしっかりと、上下癒着してしまっていた。医師にとっても初めて目にする症例だった。

生まれたばかりの赤ん坊の様子は、口の中に隠した暗闇を、決して他の誰かに見せたりなどするものかと決心しているようでもあり、同時にまた、出口を失った声の響きに胸を詰まらせ、途方に暮れているようでもあった。

すぐさま手術がはじまった。母親の腕に抱かれる間もなく、赤ん坊は冷たい手術台に載せられた。唇は医師の小指より小さく、まだこの世に生まれてくるべきではないもののようにか弱かった。赤ん坊の唇は無理矢理押し広げられ、メスで一筋、切れ目が入れられた。本来神様の施すべき業《わざ》が、医師の震える手によってなされた。もしかしたら神様は、この子の幸せのために、わざと唇を閉じたままにしておいたかもしれないというのに。

あるべき姿を歪められた唇は出血し、皮膚が剝がれ、肉がむき出しになった。医師は赤ん坊の脛《すね》の皮膚を唇に移植した。

麻酔から覚めた赤ん坊は、自分の身に何が起こったのかすぐに悟った。心もとなげに唇を開く彼の目は、「こういう動かし方で、間違っていないでしょうか」と、誰かに問い掛けているように見えた。それからようやく、この世での第一声となる泣き声を上げた。まだ麻酔が残っていたからか、あるいは急ごしらえの唇のせいか、泣き声はたどたどしかった。

このことと少年の寡黙の間に関係があるかどうか、それははっきり分からない。ただ、彼が誕生の時点で、言葉の出口である器官を失っていたことだけは事実である。彼に与えられた唇はあくまでも模造品だった。

しかしいくら寡黙であっても、言葉を喋りだすのが遅かったわけではない。それどころか反対に彼は、ようやくつかまり立ちをはじめた頃から、すべてのものに名前があることを理解し、驚異的なスピードでそれを覚えていった。彼の頭の良さに最初に気づいたのは祖母だった。ある日彼女が「縫い針、縫い針……」と言いながら裁縫箱をかき回していると、よちよち歩きの少年が、

第　1　章

自分の唯一のおもちゃである熊の縫いぐるみを差し出してきた。

「ああ、お前にはおばあちゃんが何を探しているか、分かるんだね。何て賢くていい子なんだ。ありがとうよ」

　そう言って祖母は縫いぐるみを抱き上げ、頬ずりし、そのお尻に縫い針で〝クマ〟と刺繍した。

　更にもう一つ際立っていたのは、並外れた集中力だった。祖母の買い物袋のファスナーに興味を持った少年は、一日中数え切れないほど何回もそれを開け閉めし、表から裏から撫で回し、一個一個部品が噛み合わさってゆく様子を眺め続け、誰が話し掛けても顔さえ上げなかった。三日めにはとうとう買い物袋は壊れてしまった。

　皮膚が脛から移植されたために、少年の唇には産毛が生えていた。彼が喋ったり、息を漏らしたりするたび、その産毛が震えた。手術の跡が心配でつい孫の口元ばかりを見つめてしまう祖母は、産毛の動きについて誰よりも精通していた。たとえ彼がじっとこちらを見つめたまま、何も喋らないでいても、産毛の微かな傾き具合で心のうちを察知することができた。そのため、少年は祖母が大好きだったが、彼女の前では一段と無口になった。二人は言葉の代わりに産毛で会話しあった。

　少年が最も饒舌になるのは、ベッドに入ってから眠りに落ちるまでの時間だった。彼は居間のストーブの脇にある物入れを改造した、ボックス・ベッドで眠っていた。弟は三階の祖父母の寝室で休むので、夜の間中、少年は一人きりだった。

ボックス・ベッドは祖父のお手製だった。中板を補強してマットレスを敷き、ベニヤがむき出しになった内壁に飛行機模様の紙を貼り、更にレールを取り付けてカーテンを吊るした。もうそれだけで十分立派な部屋のようになったが、祖父はまだ満足しなかった。枕元に小さな電球をぶら下げ、両開きの扉を水色のペンキで塗って、内側から開け閉めできるようにしてくれたのだ。扉を閉めれば、少年の姿は外から完全に見えなくなった。

「これじゃあ、空気が足りないよ。中で気を失っていたって、気づかないじゃないか」

と、異議を唱えたのは、孫たちの身の安全については常に過剰な心配を示す祖母だった。ああ、どうか余計なことを言わないでほしいと少年は胸の中で願った。祖父はいったん片付けた道具箱を再び取り出し、扉の上方に正方形の覗き穴を開けた。それは空気の通り穴になって祖母の心配を解消するだけの大きさを持ちながら、一方では、一人きりの少年の邪魔にならない小ささを保つ、絶妙の正方形だった。祖父は少年が自分の寝床に何を求めているか、ちゃんと見抜いていた。

ボックス・ベッドが完成すると弟は大騒ぎをしてうらやましがり、ここで寝るのは自分だと言い張った。兄はしぶしぶ、一晩だけベッドを弟に譲ってやった。しかし結局、弟は三十分も我慢することができず、すぐにしくしく泣きながら扉を開けて出てきた。

「こんなに狭苦しいところで寝ていたら、大きくなれないよ」

と、弟は負け惜しみを言った。こうして最初からの予定通り、ボックス・ベッドは少年のものになった。

それは彼だけのために夜の闇から切り出された箱だった。全身をすっぽりと包み、どこにも弛《ゆる》みがなく、扉一枚で外の気配を驚くほど遠くへ隔てた。少年は中を真っ暗にして、目をつぶっても開けても目の前が何も変化しない様子を味わうのも好きだったし、枕元の電球を点けてその頼りない光が作り出すさまざまな影の形を眺めるのも好きだった。まるで自分が万華鏡か幻灯機の中に取り残され、他の人が誰も目にできないものを独り占めしているかのような気分になった。

そのうえ少年には話し相手がいた。壁と壁の隙間に挟まって出られなくなった少女だった。左側に寝返りを打てば、顔のすぐ向こうがその壁だった。

「やあ、ミイラ、こんばんは」

大人たちがミイラ、ミイラと言うのを耳にし、少年はそれが彼女の名前だと思い込んでいた。

「君に会えるのは夜寝る時と決まっているから、助かるよ。もし朝だったら、どう挨拶すればいい？　だって、ミイラのいるところはいつでも夜なんだから」

少年は、ミイラ、と呼び掛けるたび、何て可愛い名前なんだろうと思った。

「今日また、インディラに会いに屋上へ行ってきた。檻があったところの床が、少しだけへこんでいるのを発見したよ。前の晩に降った雨が、そこに溜まっていたんだ。空中に取り残された、インディラの足跡さ。水溜りの中にボウフラが湧いてた。あんな高いところまで、どんなふうにしてやって来たのか……。インディラと同じように、きっと仕方ない事情があったんだろうね」

少年がインディラについて話すのは、ミイラに対してだけだった。ミイラほどインディラの境遇について深く理解できる人は他にいないと、彼は信じていた。

少年の声はボックスの中をしばらく漂い、肩を寄せ合うようにして隅に集まり、やがて外の壁へ染み出していった。ボックス・ベッドの中でだけ、彼は饒舌だった。

「君は飛行機に乗ったことがある？」

壁紙の模様を見ながら、少年は尋ねた。それは星の間を飛び交うプロペラ機だった。ボックスにはまだ、祖父が壁紙を貼った時の糊のにおいが残っていた。

「飛行機に乗ると、ずいぶん遠くまで出掛けられるらしいね。僕の知っている人で、乗ったことがある人は一人もいない。でもどうしてそんな遠くへ行く必要があるんだろう。僕にはよく分からない……」

少年は壁に耳を押し当てた。ミイラの声が届いてこないのは知っていたが、それでも彼女のために耳を澄ませるのが礼儀だと感じていた。聞こえるのはただ電球のジリジリと鳴る音だけだった。

「じゃあ、おやすみ、ミイラ」

第　1　章

少年は電球を消し、目を閉じた。すると目蓋の裏側にミイラの姿が浮かび上がってきた。その姿に向かってもう一度、今度は声に出さずに、おやすみ、と告げるのが毎晩の二人のやり方だった。

ミイラはとても小さな女の子だった。壁の隙間に入れるくらいだから、小さいのは当たり前なのだけれど、「いえ、私はこれくらいで十分ですから、どうぞ気になさらないで下さい。これでもまだ大きすぎるくらいなんです」と誰かに向かって言いわけをしているような、申しわけなさに押しつぶされたような、そんな小ささなのだった。

ミイラを見ていると、少年は本当に聞きたい質問を、どうしても口にすることができなかった。

ミイラはどうしてそんな隙間へ入り込んでしまったの？

取り返しのつかない事柄を蒸し返しても楽しくはないと、インディラの場合から少年は学んでいた。なぜもっと早く動物園へ行かなかったのか、なぜ隙間へ入ったのか。それはもう決して取り返しがつかないのだと知った瞬間の、悲しみをよみがえらせるだけの質問だった。少年はその問いを自分の胸の箱に仕舞った。かつて癒着していた唇のように、厳重に封をした。

大事にしているビー玉が転がって、それを取ろうとしたのかもしれないし、かくれんぼに格好の場所を見つけたと思ったのかもしれない。あるいはただ単に、暗がりの奥がどうなっているのか、好奇心にかられただけなのかもしれない。最初は抜け出そうとしてあれこれ試みただろう。

スカートはめくれ、頬や膝はすりむけて血だらけになり、骨はギシギシと軋《きし》んだはずだ。そして助けを求め、叫んでもみただろう。しかしいくら喉を振り絞っても、声は壁に跳ね返され、足元にぽとぽと落ちるばかりだ。もはや身体中どこもかしこも自分の好きには動かせない。それでもどうにか苦労して視線を上げると、信じられないほどにか細い空が頭上に一直線を描いているのが見える。やがて夜が訪れ、少しずつ空を消し去るのに合わせ、少女の身体も闇に呑み込まれてゆく。輪郭が壁に深く刻まれてゆく。すべてはゆっくりと行われるが、後戻りすることはない。もう家には帰れないと、少女は悟る。

「でも大丈夫だよ。僕がここにいるから」

少年は目蓋の裏に語り掛ける。世界の片隅に取り残され、忘れ去られた一筋の暗闇を思いやりながら、眠りに落ちる。

第2章

少年の友だちはインディラとミイラの二人だけだった。学校ではいつも一人ぼっちだった。自分からは誰にも話し掛けず、授業中、先生に指された時だけしぶしぶ小さな声で答えた。唇の産毛はたいてい、元気なくうな垂れていた。

しかし一人でいることは少しも苦ではなく、むしろ同級生たちが寄ってくる時の方が危険だった。彼らは少年をプールの裏に引きずってゆき、三人がかりで押さえつけ、犬を服従させる時のように下顎をつかんだ。

「さあ、散髪してやろう」

ボスらしい一人が、芝居がかった仕草でハサミの刃を太陽にかざした。

なぜこんなにも無防備で軟弱な唇という器官が、顔の真ん中の一番目立つ場所を占めているのか。歯だって爪だって、頑丈な部分は他にいくらでもあるのに、どうして唇だけを前面に押し出して、自分たちは安全な後方に控えているのか。少年にはそれがとても理不尽なことに思えた。

ボスはハサミで産毛を切り取っていった。刃が唇に当たって苦い味がした。実際、産毛はあまりにもか細く、切り応えなどあるはずもなかったが、ボスはジョキジョキと殊更に大きな音を立てて楽しんでいた。彼らに血を見るだけの根性がないのは分かっていたので、少年は彼らの気が済むまで大人しくじっとしていた。

「これでさっぱりしただろう。また伸びてきたら、いつでも切ってやるよ」

そう言い捨てて彼らは去って行った。少年は地面に唾を吐き出し、袖口で唇を拭《ぬぐ》い、腟の皮膚が移植された縫い目を指でなぞった。それは不細工で、いかにもぎこちない縫い目だった。執念深い彼らはプールの角で振り返り、まだ何かからかいの言葉を浴びせていた。言い返す代わりに少年は、上唇と下唇の縫い目を合わせ、きゅっと口をつぐんだ。すると、やれやれようやく本来のポジションに落ち着いた、とでもいうかのように、唇は安堵し、寛《くつろ》いだ。唇のことばかり考えていると、遠い昔、それがくっついていた頃の感触がよみがえってきた。何も覚えていないはずなのに、なぜか懐かしい気分になった。

あたりに人の気配がないのを確かめてから、少年はようやく立ち上がり、走って家まで帰った。

少年は一度だけ祖母に、なぜ唇を引き剥がしたのか尋ねたことがあった。

第　2　章

「そりゃあ、息ができないからだよ」

祖母の答えはあくまでも現実的だった。

「息は鼻からでも吸えるよ」

「じゃあ、おっぱいはどうやって飲むんだい？」

「ならば神様は、どうして僕を、おっぱいも飲めないような人間に作ったの？」

祖母は繕《つくろ》い物の手を止め、エプロンの紐にぶら下げた例の布巾を丸めたりねじったりして、時間を稼いだ。

「神様だって、時にはまあ、慌てることもあるんだよ」

手の中でさまざまに形を変える布巾を見つめながら、祖母は言った。

「きっと他のところに特別手を掛けて下さって、それで最後、唇を切り離すのが間に合わなくなったんじゃないだろうか」

「他のところ、って？」

「それはおばあちゃんにも分からないよ。何せ神様がなさることだからね。目か、耳か、喉か、とにかくどこかに、普通の人にはない特別な仕掛けを施して下さったのさ。きっとそうだ。間違いない」

「でも、僕のどこにも仕掛けなんかないよ」

「それを見つけ出して生かすのは、神様じゃない。お前だよ。神様のお考えを表せるのは、人間なんだ。いくら神様でも人間がいなかったらお手上げだ。そうだろう？　でも神様が慌てるくらいだから、きっと素晴らしい仕掛けに違いない。おじいちゃんに似て手先が器用なのか、それとも駆けっこ、歌、計算、絵が一番か。ああ、お前が大きくなるのが、おばあちゃんは楽しみでならないよ」

祖母は少年を抱き寄せ、頭を撫でた。布巾の発する奇妙なにおいが胸を満たした。インディラの足輪に似たそのにおいが、少年は嫌いではなかった。

同級生たちが少年の〝散髪〟から手を引いたのは、ちょっとした事件がきっかけだった。他の子供たちと一緒にならないよう、毎朝早く家を出ていた少年は、その日も一番に学校へ到着し、校門からプールの脇を通って教室へ向かっていた。ふと少年はいつもの朝と違う、何か変な感じを覚えて足を止めた。夏が過ぎてプールの授業はもう終っていたが、水はまだ抜かれておらず、朝日の射す水面には枯葉や虫の死骸が漂っていた。その水面の片隅、二十五×十五メートルの北角にちょうど頭を突っ込むようにして、人がうつ伏せに浮かんでいるのを、少年は発見した。

しかしすぐに人だと思ったわけではなく、最初は誰かが自分を怖がらせるためにマネキンを投げ入れたに違いない、と考えた。少年はシャワーとカランと消毒槽の並ぶプールサイドを歩き、

第　2　章

8コースの飛び込み台に足を載せ、水面を見下ろした。それは男で、全裸だった。

「あの、ちょっと、すみませんが……」

少年はその得体の知れないものに向かって、礼儀正しく声を掛けた。マネキンか人間か、生きているのか死んでいるのか、いずれにしてもとにかく目の前の状態を理解するためには、そうする以外方法が見つからなかった。

「あの……」

けれど声はプールサイドの静けさにただ呑み込まれてゆくだけで、どこからも返事は聞こえてこなかった。

プールに浮いているのがマネキンなどではなく人間だとはっきり分かったのは、男の腋に毛が生えているのを見つけた時だった。それは水中で絡まったり解けたりしながら、もやもやと揺らめいていた。まるでそれだけは別の生き物で、まだ自分は死んでいない、こんなにも元気だと訴えているかのようだった。

少年はひざまずき、男の背中に触れた。ほんのわずか水面と身体が一緒に揺れたが、すぐにまた鎮まった。皮膚はふやけて黒ずみ、手足は不恰好な角度に折れ曲がっていた。水の冷たさとは種類の違う、もっと深くて濃い冷気が掌を捕らえ、その感触はズボンで水気をこすり落としたあともなかなか消えなかった。朝の光のなか、少年はいつまでもじっと死体を見守っていた。

ようやく姿を見せた用務員のおじさんに事態を説明すると、学校はいっぺんで大騒ぎになった。勇ましいサイレンを響かせて救急車とパトカーが到着し、授業は中止となり、興奮した子供たちは廊下を駆け回った。少年は一人だけ保健室へ連れてゆかれ、先生や警察の人からあれこれと回りくどい質問をされた。なぜか大人たちが妙に親切にしてくれるのが気持悪かった。

「あの人は今、病院で治療を受けているよ。君が朝早く学校に来て、見つけてくれたおかげだよ。偉いね」

誰がどんなに褒めてくれても、少年は少しもうれしくなかった。あの人がもうとっくに死んでいることは明らかだった。

結局、プールに浮いていた男は、バス会社の独身寮に住む若い運転手だと判明した。これまでにも何度か真夜中に学校へ忍び込み、一人で泳いでいたのだが、運悪く心臓発作を起こして溺れ死んだらしい。そういえば8コースの飛び込み台の脇に、洋服が几帳面に畳んで置かれていたのを、少年は思い出した。

以来、運転手溺死事件の熱が冷めたあともなお、少年は同級生たちから〝死体を見た子供〟という扱いを受けるようになった。そこには空恐ろしさと憐憫と畏敬の念が複雑に絡み合い、同級生たちも自分の気持をどう取り扱ったらいいのか分からない様子だった。死体とはどんなものなのか聞きたくてうずうずしているのに、怖くて何も聞けず、結局は皆、少年自身が死体であるかのような目を向けてしまうのだった。

もう誰も唇の散髪をしようとはしなかった。プールはすぐさま水が抜かれ、ペンキが塗り直され、シャワーも消毒槽も新しいものに取り替えられた。皆が運転手の死体のことを早く忘れようとしていた。ただ少年だけは毎朝、道端で摘んだ野草をプールの入口に供えるのを忘れなかった。それはあまりにも小さく地味な野草だったので、誰も死者のために供えられた花だと気づかず、次の朝には踏み潰されたり風で吹き飛ばされたりしていた。それでも少年は構わず、自分だけのやり方で、名前も顔も知らない運転手の死を悼《いた》んだ。

第 2 章

ある日、学校の帰りに少年がバス会社の独身寮に寄り道してみようと思い立ったのは、自分が発見者であるという偶然のつながりからだけではなく、やはりその死に方に、インディラとミイラに通じる何かを感じたからだった。事件のあと、ボックス・ベッドでの話題はほとんどすべてが運転手についてのものだった。少年は月の影だけが浮かぶ真っ暗なプールの風景や、水中に潜った時、身体にまとわりついてくる暗闇の動きや、8コースの隅に流れ着いたままただ浮かんでいるだけの覚束《おぼつか》ない感じについて、ミイラと語り合った。全裸をさらしながら一言の弁明もできず死んでゆく不運に同情する一方、誰もいない夜のプールで泳ぐのはどんなにか秘密めいて心が騒ぎ立つことだろうと、ついうっとりしてしまったりもした。

独身寮はバスの操車場と営業所が並ぶ通りの奥にあった。何台ものバスが停車している隙間を、大人たちに見つからないよう走り抜け、破れたフェンスの金網をくぐると、そこが独身寮の裏庭だった。独身寮は素っ気ない鉄筋コンクリートの二階建てで、あちこちひび割れ、庭は雑草が伸び放題になっていた。そこまで来て初めて少年は、自分が何をしたいのか、運転手の住む場所に立ってみたかったのか、彼を知っている人と話がしたかったのか、よく分かっていないことに気づいた。操車場を出入りするバスの音が遠くでするだけで、人の気配はなかった。少年は雑草を踏みしめ、ただわけもなく庭をずんずん歩いていった。

植木鉢やホースの切れ端や空気の抜けたサッカーボールが転がり、錆びた自転車が打ち捨てられていた。茂みの中に一筋、雑草の踏み固められた通り道があり、それに沿って行くと、半分枯れかけた蘇鉄《そてつ》の向こうから不意にバスが一台姿を現した。しかしそれは、確かに操車場に並んでいるのと同じ型、同じ色のバスではあったが、既にバスとしての機能をあらかた失い、ほとんど庭の一部になっているかのように見えた。窓には蔓が這い、タイヤは苔むし、天井には落ち葉が積もっていた。行き先表示のパネルは『回送』となっていた。

普通なら自動で開閉する折れ戸を押すと、それはギシギシ耳障りな音を立てながら、いかにも面倒そうに開いた。その途端、頭上から声が響いてきた。

「何か用かい？」

第　2　章

バスの隅々にまでよく響く、力強い声だった。驚いた少年は教科書の入った手提げ袋を落とし、ステップの上で尻餅をついた。

「慌てるな、坊や」

男は言った。

それは以降、男が少年に向かって幾度となく繰り返すことになる台詞だった。慌てるな、坊や。その言葉と声のトーンは、生涯を通して少年の警句となり灯台となり支柱となる運命にあった。しかしもちろんその時少年は、男の一言がもたらす意味についてなど知るよしもなく、ただ自分の体勢を立て直すだけで精一杯だった。

とにかく男の姿を探そうとしてバスの中を見渡した少年は、更なる驚きに息を呑み、思わず感嘆の声を上げた。確か自分はバスに足を踏み入れたはずなのに、何のはずみでお屋敷の応接間に迷い込んでしまったのだろうという錯覚に陥った。インディラに会うため、何度もデパートに通っていたから、バスがどんな乗り物であるか少年はよく知っているつもりだった。けれどそこには、馴染み深い吊革も、料金箱も、産婦人科の広告も、臙脂《えんじ》色のシートもなかった。代わりに目に飛び込んできたのは、アラベスク模様が彫刻されたチェスト、黒大理石の暖炉、ステンドグラスのランプ、銀食器のセット、女神の胸像を戴いた柱、ゴブラン織りの壁飾り、等々だった。

「おい、そろそろ用事を思い出したかい」

男はバスの最後列、本来なら五人掛けの長椅子になっているはずのところから身を起こした。そこは天蓋付きのベッドになっていた。

「これは、バスですよね」

用事のことなど忘れて少年は言った。

「そうだ。バスだとも。ご覧、ちゃんとハンドルもある、バックミラーもある、次止まりますのボタンもある」

なるほどよく見れば、根こそぎすべてが取り除かれているわけではなく、以前バスであった頃の名残りがまだ、そこかしこに顔をのぞかせていた。運転席の計器類は調理道具を引っ掛けるフックとして活躍していたし、バックミラーは洗面スペースのコンパクトな鏡の役割を果していた。

少年は以前から一度押してみたくてたまらなかった、次止まります、のボタンに手をのばした。デパート前の停留所でボタンを押す機会を、毎回弟に譲っていたからだ。けれど期待したほどの手ごたえはなく、ピンポンという軽快な音も響かなかった。

「もしかしておじさんは、ここに住んでいるの？　このバスのお家に」

「ああ、そうだ。気に入ってくれたかい？」

目の前に立ち現れた男を見上げながら、少年はうなずいた。

男はひどく太っていた。何段にもたるんだ腹はベルトからはみ出して垂れ下がり、腰もお尻も

第　2　章

太ももも区別できないほどの巨大な贅肉の塊と化し、顎は首周りの脂肪に埋まっていた。短く刈り上げられた髪の毛には白髪が混じっていたが、肌は脂ぎってつやつやとし、声には張りがあった。

「こう見えてなかなか手が込んでいるんだ。床はアイスランド産のクロマツ材、梁《はり》はアルメニア産のオリーブ材、タイルはカタルーニャ地方で焼いたものを取り寄せた。ステンドグラスはノルマンディ、漆喰はレバノン、レースはベトナム。いちいち挙げていったらきりがない。どんな小さな棚一段から取っ手一つに至るまで、お座なりな仕事はしておらんよ」

男はバスのあちこちを指差し、少年が聞いたこともない遠い世界の地名を次々と口にした。人差し指もまた丸々と太っていた。

「バスを家にするのは、ゼロから家を建てるよりずっと難しい。何を取り外し、何をどう生かすか、常に適切な取捨選択が求められる。スペースの狭さに囚われて多くをあきらめ過ぎれば、面白みのない家になり、欲を出しすぎれば収拾がつかなくなる。バスである事実に敬意を払いつつ、いかに自分の主張を表現してゆくか。そこのところの調和が大事なのだ」

バスは運転席のあたりが台所、座席の前方から中央にかけてが食卓と居間、後方が寝室という具合に区分されていた。巨体の男が動き回っても少しも狭さを感じなかった。水を溜めるタンクをどこに収納するか、窓にどんな装飾を施すか、天井の低さをどうカバーするか等々、男の自慢は尽きなかった。少年はいちいちうなずき、感心し、驚きのため息を漏らした。

「さてと、もしよかったら、おやつでも一緒にどうかね。さあ、好きなところにお座り」

一通り説明が終わると男はポータブルのガスコンロでお湯を沸かし、ココアを淹《い》れ、戸棚の中からカップケーキを取り出して少年に勧めた。こんなふうに誰かをもてなすことに慣れた人だなと、少年は感じた。使い込まれて飴色に光る食卓に、二人は向かい合って座った。

「でもどうして、バスに住んでいるんですか？」

カップケーキに張り付いた紙を破りながら、少年は尋ねた。

「もともとは俺だって、ちゃんと独身寮に住んでいたんだが、まあいろいろと人付き合いがややこしくてな……。こうして一人、大好きなバスで暮らすのが気楽でいいさ」

男がつまむとカップケーキは角砂糖のように小さく見えた。彼はそれを一口で飲み込んだ。

「おじさんも運転手さんなの？」

「若い頃はそうだった。帽子の徽章をピカッと光らせて、まばゆいくらいに真っ白い手袋で、颯爽とハンドルをさばく花形運転手さ。でもとうの昔に免許は返上した」

「どうして」

「見てのとおりさ。太りすぎて運転席に座れなくなったんだ。どうにか無理矢理運転席に尻を押し込めても、ハンドルが腹に引っ掛かって回せやしない。まあ、誰を恨むわけにもいかん。自業自得、身から出た錆だな」

　そう言いながら男は二個めのケーキに手をのばした。窓が多いせいでバスの中は明るく、食卓には風に揺れる蘇鉄の葉の影が映っていた。相変わらず独身寮は静まり返ったままだった。

「仕方なく運転手はあきらめて、以来、独身寮の雑用係だ。掃除をしたり、壊れたボイラーを修理したり、若い者の喧嘩を仲裁したり。バスの運転に比べればパッとはしないが、クビにならないだけでも感謝しなくちゃな。そのうえ、廃車になったバスを自由に使わせてもらってるんだから……。どうした坊や。遠慮せずにどんどんおあがり」

　少年は産毛に引っ掛かったケーキの粉をココアで流し込んだ。ココアは甘すぎて胸焼けがするほどだったが、遠慮などしていないことを示すため、無理をして全部飲み干した。

「しかし最近、肥えるスピードにますます拍車が掛かって、ふと心配になることがある。運転席に座れないどころか、バスのドアにつっかえて外に出られなくなる時が来るんじゃないか、ってね」

　男は食卓の下にさえ収まりかねている腹をさすり、ふっと微笑んだ。少年は男に気づかれないよう伏目がちに、身体の幅を目で測り、バスの出入り口と見比べ、既にほとんど余裕がないことを確かめた。

「ところで坊や。そのお口はどうしたんだい？」

男はコンロの上のミルクパンから、自分と少年、二つのカップにお代わりのココアを注いだ。

その尋ね方があまりにも自然だったため、じろじろ見られたり見なかった振りをされたりすることに慣れていた少年は、かえって戸惑ってしまった。

「いや、熱いものが飲めないのに、無理して勧めていたら悪いと思ってな」

「いいえ、大丈夫です。唇は手術した跡なんです。でも何でも飲めます。食べられます。これ、とっても美味しいです」

今度は、唇が心配してもらうほどのものではないことを示すため、二杯めのココアもごくごく飲み込んだ。

その時不意に、どこかで猫の鳴いている気配がした。お邪魔してすみません、とでも言いたげな控えめな鳴き声だった。

「あっ」

ベッドの脇にある、こぢんまりとした正方形のテーブルの下に猫が丸まっているのを見つけ、少年は思わず声を上げた。

「撫でてもいい？」

「ああ、構わんよ、名前はポーンだ」

テーブルは他の家具に比べると簡素な造りで、表面が白と黒の格子模様になっている以外他に

第　2　章

装飾はなく、あちこちが磨り減っていた。猫はその模様に合わせたかのような白黒の斑《ぶち》で、更に抜け毛だらけの敷布までもがお揃いの格子柄だった。バスの中でそこだけがすべて白と黒で成り立っていた。

「さあ、ポーン、こっちにおいで」

少年は手招きをしたが、猫は両耳をピンと立て、利発そうな瞳を見開くばかりで、じっとしたまま動かなかった。

「そこがポーンの基地なんだ。滅多なことでは出てこないよ」

白黒模様の配分と言い、丸い背中と正方形の対比と言い、ポーンとテーブルは切り離し難い調和を見せていた。少年はポーンを驚かさないよう注意を払いながら、身体を小さくしてテーブルの下に潜り込んだ。

「いい子だねえ。とってもいい子だ」

少年は敷布ごとポーンを抱き上げ、折り曲げた両脚に載せ、頬を寄せるようにして背中を撫でた。猫に触るのは生まれて初めてのはずなのに、とても上手に撫でることができた。掌から伝わる感触は温かく、きっとインディラとミイラの触り心地もこんなふうに違いない、という気持になった。その間ポーンは気持よさそうに目を細めていた。

「僕、一人、運転手さんの友だちがいるよ」

ポーンを撫でているうちに少年は、ここへ来たもともとの成り行きを思い出した。

「おお、そうかい」

男は小魚の干物をポーン用の皿に二、三匹並べた。

「几帳面な人だよ。洋服だっていつもきちんと畳む。だからバスの運転も正確で安心なんだ。たぶん、他の運転手さんとはあまり仲良くなかったかもしれない。大勢でわいわいするのは苦手なんだ。得意なのはね、水泳だよ。一人きりで、ずんずん、どこまでも泳げるんだ」

ポーンは一つあくびをし、つやつやした鼻をふくらませた。鼻の上には色を塗り分ける時、神様の筆からこぼれたような、蝶々形の黒い斑点が広がっていた。指の隙間からのぞく毛は、昼の産毛に似てか細くはかなげだった。

「何ていう名だ?」

男が尋ねた。

「名前は聞けなかったよ」

少年は答えた。

「聞こうとした時にはもう、死んでたんだ」

ポーンがまた鳴き声を漏らした。近くで耳にするといっそう慎ましい声に聞こえた。

「そいつなら、俺の友だちでもあった」

第　2　章

「本当？」

「ああ。毎晩このバスに遊びに来てたよ。一緒におやつを食べて、坊やと同じようにポーンを撫でて、それから、俺とチェスを指すんだ。今、坊やとポーンが潜り込んでいる、そのテーブルがチェス盤だ」

「チェス？」

少年は問い返した。それが何を意味しているのか分からないまま、言葉の響きがいつまでも消えずに耳の奥で渦巻いているのを感じていた。

「そう、チェスだ。木製の王様を倒すゲーム。八×八の升目の海、ボウフラが水を飲み象が水浴びをする海に、潜ってゆく冒険だ」

少年はデパートの屋上に残された、あの化石のような水溜りのことを考えた。インディラの足跡を映す澄んだ水面と、そこで無心に泳ぐボウフラの姿を思い浮かべた。

「さあ、ポーンにもおやつをやってくれ」

男は小魚の載った皿を少年に手渡し、ついでにもう一つカップケーキを自分の口に押し込めた。少年が小皿を足元に置くと、ポーンはまるで恐れ入りますとでもいうかのようにいっそう小さく背中を丸め、飼い主とは対照的に品よく一匹一匹嚙み砕いていった。

「ここでチェスを指したあと、一人でプールへ泳ぎに行ってたんだ。ヒートアップした頭を冷ますのには、プールが一番だって言ってな。冷たい水に浸ると、ぐっすり眠れるんだそうだ。チェスとプールだけが楽しみの男だった。奔放に攻撃するスタイルの持ち主だが、それに見合う犠牲を払う勇気も、ちゃんと備えていた。チェスは攻撃よりも、犠牲の形に人間が現れ出る。立派なチェスプレーヤーであり、立派な運転手でもあった。あの晩、俺が引き止めるべきだったんだ。もうそろそろ寒くなってきたぞ、いい加減にしとけよ、ってな。あの一瞬だけ、犠牲を払うタイミングが遅れた。もう、取り返しがつかなかった。どんなにささいなミスだと思っても、絶対に許してもらえない時がある。チェスはそういうゲームだ」

男は指先についたケーキの粉をなめた。いつしか陽が傾き、バスの窓が夕方の光に染まっていた。ポーンはうつむき、美味しそうにカチカチと歯を鳴らしながらおやつを食べていた。少年と男はただじっとして、ポーンの口から微かに聞こえてくるその音に、耳を澄ませていた。

これが、少年とチェスとの出会いだった。男はチェス連盟からマスターの称号を与えられているわけでも、国際トーナメントで活躍したわけでもない、ただの平凡なチェス指しだが、チェスとは何かという本質的な真理を心で摑み取っているプレーヤーだった。キングを追い詰めるための最善の道筋をたどれる者が、同時にその道筋が描く軌跡の美しさを、正しく味わっているとは限らない。駒の動きに隠された暗号から、バイオリンの音色を聴き取り、虹の配色を見出し、どんな天才も言葉にできなかった哲学を読み取る能力は、ゲームに勝つための能力とはまた別物である。そして男にはそれがあった。一回戦であっさり敗退しながら、ライバルたちが指す一手一手の中に一瞬の光を発見し、試合会場の片隅にたたずんで誰よりも深く心打たれている、そんなプレーヤーだった。

更に男は、その光を他の誰かと分かち合うことに無上の喜びを感じていた。ゲームで負かすための相手ではなく、「なあ、どうだ。素晴らしいだろう」と言ってうなずき合える相手を求めていた。だからこそ少年の才能にいち早く気づくことができたのだった。犠牲のチェスの指し手であった若い運転手が溺死したあと、不意にバスへ迷い込んできた少年は、男にとってまさに、偶然舞い落ちてきた流れ星のようなものだった。少年はあまりに小さく、光は弱々しく、その光の在りかさえ自分自身でもまだ知らずにいた。男はチェスという海に少年を放ち、彼が自ら発する光だけを頼りに、どんな深い海溝にも冷たい海流にもひるむことなく、無比の軌跡を描けるよう導いた。

チェスと出会って以降、少年が男をマスターと呼ぶようになったのは、ごく自然な成り行きだった。男は少年にとって唯一の師匠、船長、そしてチャンピオンだった。もちろん少年はバスを離れた場所で、他の誰かとチェスを指し、新たな発見をすることもあった。ボックス・ベッドで一人定跡《じょうせき》の勉強をすることもあった。しかし、根っこはいつもマスターの元にあった。あのたっぷりと太った、温かくて柔らかい懐《ふところ》が、少年の基地だった。いずれにしても少年は、チェスについてのすべてを、回送バスの中で学んだのだった。

第3章

最初、ルールを教えてもらった時、まず少年が心惹かれたのはチェス盤のデザインだった。マスターが持っているのは五十センチ×五十センチ四方ほどのテーブルを兼ねた珍しい種類で、白と黒に色付けされた正方形の木材が市松模様に埋め込まれ、本を読んでいる途中でもお茶を飲んでいる時でも、思い立ったらすぐにチェス盤に早替わりさせることができた。マスターはベッドに、少年は食卓の椅子に陣取って盤に向き合った。二人の足元には必ずポーンが控えていた。

一つ、二つ、三つ、四つ……と少年は升の数を数えた。それは白、黒、白、黒、白、黒……の順番を忠実に守っていた。縦に八つ、横に八つ、升目は全部で六十四個あった。更に少年は斜めに視線を移動させてみたり、目で境界線を引いて二個、四個、十六個のブロックに分けてみたり、白ばかりあるいは黒ばかり片足でピョンピョン飛び越える姿をイメージしてみたり、自由にチェス盤の上を動き回った。どんな方向に目をやっても、白と黒、八×八の規則が乱されないことに少年は驚き、満足した。チェス盤の上にいる限り、決して裏切られないという確信を持った。マスターは余計な口出しをせず、少年が得心するまでいつまでも待っていた。

一体この上で何局のゲームが繰り広げられたのか、テーブル兼用のチェス盤はかなり磨り減っていた。所々の升目が窪んでいたり、白と黒の境が薄くなっていたりした。しかしそのことは少年を少しもがっかりさせなかった。むしろ、そうした傷一つ一つが溺死運転手の刻んだ証《あかし》のように思え、よりチェス盤に対して親しみの気持が込み上げてきた。運転手について少年が覚えているのはプールの水に揺らめいていた腋毛だけだったが、チェス盤を眺めているうち、マスターの丸々した指と、手袋を脱ぎハンドルから駒へと持ち替えられた運転手の指が、盤の上を往き来する様が浮かんできた。

最後に少年はチェス盤の一番外側を人差し指でぐるっとなぞった。そこが輪郭だった。間違ってそこから先へ迷い出てしまわないよう少年を守ってくれる砦だった。インディラにとっての屋上、ミイラにとっての壁だった。ふと少年は、ずっと昔からチェスを知っていたかのような、まるでその盤が馴染み深い住処《すみか》であるかのような気分に陥った。

「僕、これが気に入ったよ」

と、少年は言った。

「そうかい。そりゃあ、よかった」

マスターはうれしそうにうなずき、ポーンは一声鳴いた。

「じゃあ、そこへお座り。駒の並べ方を、教えてあげよう」

「わあ、駒ってこんなにたくさんあるの？　ねえ、どうやって並べたらいいの？」

「慌てるな、坊や」

と、マスターは言った。

ボックス・ベッドの天井にペンキでチェッカー模様の升目を描いてほしいと、少年は祖父に頼んだ。

「それが何の役に立つ？」

「チェス盤だよ。チェスをやるんだ」

「天井でやる遊びなのか？」

祖父はチェスのことなど何も知らなかった。

「ううん。違う。本当はテーブルの上で駒を並べて王様を詰ませるんだけど……」

「天井にどうやって駒を並べるんだい」

「だから、いいんだよ。駒はなくても、輪郭さえちゃんと描いてあれば、頭の中でできるから」

少年は最初から、駒を買ってもらうつもりはなかった。ただどうしても、升目だけは必要なのだった。

「そうか、確かに輪郭は大切だ。家具だって枠組みがしっかりしていなければ、どうにもならんからな」

祖父は祖父なりに納得し、少年の指示どおり天井に定規を当て、六十四の升目を引き、ペンキで白と黒に色分けしてくれた。

「右下の隅が白だよ。間違えないでね」

「ああ、分かった」

さすがに祖父の仕事は丁寧で抜かりがなかった。

「おや、おや。これは何かのおまじないかい?」

祖母はボックス・ベッドの中をちらっと覗き見しただけで大した興味は示さず、布巾をいじりながら夕食の準備に取り掛かった。

少年は一人ボックス・ベッドに横たわり、扉を閉め、興奮を抑えながら天井を見上げた。枕元の電球に照らされるとそれは薄暗がりの中にくっきりと姿を現し、祖父の引いた輪郭はますます際立ち、まるで宙に浮いているかのように見えた。それは彼が生まれて初めて手に入れた、自分だけのチェス盤だった。実物の駒が並ぶことは一度としてないにもかかわらず、目に見えない少年だけの駒が自由自在に旅をするチェス盤だった。

「マスターはキングとクイーンを、パパとママに置き換えて説明するから、僕にはよく分からないんだ」

少年はチェスについて、毎晩ミイラに話して聞かせた。

「キングは一番偉いお父さん。そのお父さんを守るために家族皆で協力し合うわけだ。協力者の中で最も力を持っているのがクイーン、つまりお母さん。長女ビショップと次女ルークは男勝りのお母さんの分身で、長男ナイトは母親にできない動きを買って出る……なんて言われてもピンとこないよ。だって、パパの顔は覚えていないし、ママはもういないんだから」

海に向かって吹きぬける木枯らしが窓を震わせていた。少年は身体を丸め、壁に手を当てた。そうしていると少しでもミイラを温めてあげられる気がした。

「おかしいと思わないかい？　だって、偉いお父さんなら、自分が真っ先に犠牲になっても家族を守るはずだろう？　なのにキングは最後まで痛い目に遭わない。一番苦労して活躍するのはクイーン、お母さんなんだ。だから僕はこのキングお父さん説には納得がいかない。僕の考えはこうだ。キングは村の長老、他の誰も知らない法則や伝承や教訓を知っていて、世の中を救う力を持っている。ところが何百年生きているのか分からないほどの老人だから、あまり大きく動き回れない。自分の升目の隣に一歩、どうにかよろよろ移動できるだけなんだ。そして村の若者たちは協力し合って長老の知恵を守る。若者たちはそれぞれ異なる役割を背負っている。八方好きな方向へ行ける者もいれば、天空を飛べる者もいる。皆、互いを補い合いながら、自分に与えられた使命を果す。偶然が勝たせてくれるんじゃない、与えられた力をありのままに発揮した時に、勝てるんだ」

少年はどんなにややこしいルールでも誤魔化さず、ミイラに説明した。身振り手振りを使い、宙に駒の形を描き、それを天井の盤で動かして見せた。ミイラほど辛抱強い聞き手は他にいなかった。そのことは計らずも、少年にとってよい復習の機会となり、見えない駒は彼にイメージする力と集中力を授けてくれた。

「マスターが一番好きな駒はポーンなんだ。猫にポーンって名付けるくらいだからね。愛すべき末っ子がポーンだ。価値は低いけど、数は一番多い。マスターが持つと掌にすっぽり隠れてしまうくらいにちっちゃくて、ビショップやナイトみたいに凝った彫刻をしてもらっているわけでもなく、ただの丸いボールを頭にのっけているだけの、言ってみれば僕らと同じ子供だよ。その証拠にポーンは、目の前にある相手の駒を取れないし、自分一人でメイトすることもできない。でも一歩一歩前進する。後戻りはしないんだ。子供が成長するのと同じさ」

夜は更け、とうに祖父は仕事を切り上げて寝室へ引き上げていたが、少年は少しも眠くならなかった。チェスの話をしていれば、いつまででも起きていられる気分だった。

「チェスのポーンと同じくらい、猫のポーンもお利口で遠慮深いよ。出しゃばらないけど目立たない場所で大事な働きをする、まさに駒のポーンそのままの猫なんだ。マスターはぴったりの名前をつけたと思うよ。ポーンを撫でながら考えていると、心が落ち着いて、頭の中が透明になって、駒の進むべき道がパーッと見えてくるようだ。一日中テーブルチェス盤の下にいるから、きっとポーンはルールを知っているに違いないよ。知っているどころか、もしかしたらマスターより強いのかもしれないね」

少年はポーンの感触を思い出して壁を撫でた。ミイラにポーンを触らせてあげたらどんなに喜ぶだろう、と思った。

「でもね」

少年は続けた。

「僕にとって一番気掛かりな駒は、ビショップなんだ。なぜだろう。ゲームの途中でも、ついビショップに目がいってしまう。ルークやナイトと同じで、ビショップも白と黒の升目に一個ずついるんだけど、最初の色と同じ色の升目にしか移動できない。最初から最後まで、白い升目なら白、黒い升目なら黒。二つのビショップは仲間同士でも、お互いに心を通わせることができないんだ。斜めに威勢よく移動しているようで、実は淋しがっているんじゃないかと気になって、慰めてやりたくなることがある」

祖父が描いてくれたばかりのチェス盤を少年はもう一度目でなぞった。慎重に真っ直ぐ定規の上を滑っていった、筆の動きを思い出した。電球を消したあともそれはなかなか目蓋から消えなかった。升目は暗闇に呑まれ、チェス盤の海はますますその深みを増し、少年は一人、途方もなく広大な深海の底に取り残された。

「チェス盤の中にいれば、飛行機なんかに乗るよりずっとずっと遠いところまで旅ができるよ」

目をつぶったまま、少年はそうミイラに語りかけた。

少年は学校の帰り、毎日回送バスに寄り道し、マスターにチェスを教わった。少年がステップに姿を現すと、マスターは、

「おう、坊や」

と言ってベッドのスプリングを軋ませながら身体を起こし、読みかけの本を閉じて、まずはおやつの準備から取り掛かった。とにかくマスターの場合、何であろうと甘いおやつを食べなければ事は進まないのだった。

少年の訪問を歓迎するためなのか、お客とは関係なくいつでもそうなのか、おやつは必ず手作りだった。マスターはカセットコンロと鉄製の鍋だけを使い、驚くほど多くの種類のお菓子を作って戸棚に仕舞っていた。クッキーだけでも、チョコチップ、ジンジャー、レーズン、胡桃、とバラエティに富み、混ざりものの入っていない素朴なカステラから、スフレ、花林糖《かりんとう》、サバラン、

第　3　章

ヌガー、果てはデコレーションケーキまで、回送バスの中で作れないおやつはないほどだった。

マスターは猫背気味に首を縮め、身体中の余った脂肪を揺らしながら手際よくフォークと紙ナプキンを並べ、おやつに負けないくらい甘い飲み物を用意した。そして少年の十倍の量を食べつくしてようやく満足し、「さてと……」と言って両手を擦り合わせた。この瞬間に見せるマスターの表情が、少年は一番好きだった。でっぷりとした掌がすりすりと気持のよい音を立て、口の周りにはお菓子のかけらがくっついている。バスの中は光にあふれ、庭は静けさに包まれている。さあ、何の心配もいらない、思い切りチェスをやろうじゃないか、と微笑みの中から呼び掛けてくるような、そんな表情だった。

マスターは焦げ茶色のなめし革の袋に入った駒を、無造作に盤の上にばらまき、対局時計をセットした。対局時計は互いの持ち時間を計る特殊な時計で、丸い文字盤が二つ並び、各々にボタンがついていた。手番が替わるごとにボタンを押すと、片方の時計が交互に動く仕組みになっていた。マスターはごく早い段階から、持ち時間をきちんと定めた対局を少年にやらせた。少年も時間に囚われない気楽なゲームより、対局時計のカチカチ鳴る、緊張感にあふれたゲームの方を好んだ。

テーブルチェス盤同様、駒もよく使い込まれていた。白のルークは切り込みの縁が欠け、黒のナイトには何か鋭いもので引っ掻かれた跡が残っていた。そのどれもがマスターの指の形によく馴染んでいた。どんな駒であれ彼が持った途端、指の間にすっと収まり、余分な力が抜けてゆくように見えた。少年の場合はそうはいかなかった。すべての駒が、ポーンでさえもが指からはみ出し、居心地が悪そうで、ここぞと決めた升目に動かした後もなぜか不安が拭えない様子だった。

愚かにも少年は最初、駒の動かし方さえ覚えればそれでいいのだと思っていた。ところがすぐに、そんな生易しいものではないと悟った。マスターの教え方は実に忍耐強かった。系統立った指導法を持っているわけではなく、ゲームを進めながら、行き当たりばったり、その場で思いついたことを口に出しているだけのようでありながら、あとでゆっくり思い返してみれば、すべてのアドバイスが星座のように連なって見事な模様を大空に描き出しているのだった。

初めの頃少年はよく駒の動かし方を間違えた。ついうっかりアンパサンやキャスリングのやり方を忘れたりもした。けれどマスターは一度としていらいらした表情を見せず、ただ落ち着いた声で、

「あっ、これはここには動かせないんだよ」

と言うだけだった。間違いを正すというより、残念だがチェスの世界ではこういう決まりになっているんだ、悪いな、とでもいうかのような口調だった。

おかげで少年は間違いを怖れなくなった。びくびくする必要がなかった。まずは思うがまま、自由奔放に駒を動かすことで、少年は少しずつチェスの海に潜るための準備を整えていった。

第3章

マスターの出す問題を解くのも、少年は好きだった。本棚に並ぶ数々の問題集からマスターが適切な難しさのものを選び出し、盤上に再現した。

「白のルークが黒のキングを詰めるためには何手必要だろう」

「この局面をドローに持ち込む方法が分かるかな」

マスターは答えが分かっているはずなのに、少年が問題に没頭している間、一緒になって考えてくれた。同じ局面をにらみ、同じように腕組みをし、同じタイミングでうめき声を漏らした。マスターの考えは自分などよりずっと高等だと分かってはいたが、それでも少年はマスターと対面していると、同じ困難を分け合っているのだ、という喜びに浸ることができた。

もちろん少年にも欠点があった。持ち時間をありったけ使うことに、罪悪感を持ってしまうのだった。マスターが決してイライラしない人だと知っているからこそ余計、これ以上待たせてはいけない、このままでは自分はマスターを怒らせた初めての弟子になってしまう、何としても速やかにマスターの期待に応えなければ……と局面よりもマスターの気持ばかりが気になってしまい、結局わけの分からない一手を指してしまう場合が、時折あった。

「ん？　何でだ？」

マスターはどんな時も見逃さなかった。それが考え抜かれた結果の手か、そうでないか、マスターにはすぐばれてしまうのだった。

「あの……えっと、だから……」

少年が答えに窮していると、マスターはゆっくりその駒を元に戻し、

「何となく駒を動かしちゃいかん。いいか。よく考えるんだ。あきらめず、粘り強く、もう駄目だと思ったところから更に、考えて考え抜く。それが大事だ。偶然は絶対に味方してくれない。考えるのをやめるのは負ける時だ。さあ、もう一度考え直してごらん」

と、言った。そして最後に、

「慌てるな、坊や」

と付け加えるのを忘れなかった。

二人がチェスをしている間、ポーンはテーブルチェス盤の下でじっと聞き耳を立てていた。時折、少年のぶらぶら揺れる足に尻尾を巻きつけたり、マスターの爪先を舐めたりした。

よし、遠慮せずとことんまで考えてやろう、とある瞬間から少年は覚悟を決めた。

「ポーンを抱いてもいい？」

なぜそんなことを願い出たのか、彼自身もよく分からなかったが、とにかく考えることを決意したのと同時に、ポーンに向かって手をのばしていた。

「ああ、構わんよ」

マスターは少年の好きにさせた。少年はテーブルチェス盤の下に潜り込み、ポーンを抱き寄せ、

第　3　章

チェス盤の裏側の一点に視線を集中させた。それはただのテーブルの裏だった。塗料の垂れた跡があり、所々ささくれがあり、木目が波打つように渦を巻いていた。少年はポーンの顎の下に指を這わせたあと、頭からお尻にかけ何度も撫で付けた。背骨の突起や、心臓の収縮や、筋肉のしなりや、血液の流れや、ポーンの身体に詰まっているあらゆるものを、彼は感じ取ることができた。その温かさはゆったりと少年を覆い、心を鎮めた。いつしか彼は自分がポーンを撫でているのではなく、ポーンに抱き留められているのかもしれないという錯覚に陥った。ポーンの感触を味わうための小さな塊、ちょうど唇くらいの小ささになって、ポーンの肉球に包まれていた。

唇になった彼は、生まれた時のまま、しっかりと閉じられていた。余計なものは何も入ってこず、何も出てゆかず、ただ汚れのないしんとした静寂だけを湛《たた》えた唇だった。

その時少年の目には、テーブル裏の木目模様に浮かぶチェス盤が見えていた。駒の位置も正確によみがえっていた。もはや少年は慌てる必要などなかった。

「はい」

掛け声とともに少年はテーブルの下から頭を出し、自分の白いナイトでc6の黒いポーンを取った。今度はマスターは何も言わず、駒を元に戻しもしなかった。

ポーンは自分の役目を心得ているかのように、テーブルチェス盤の下で、じっとされるがままになっていた。

以来、少年は難しい局面を迎えると、テーブルチェス盤の下に潜り込むようになった。ポーンを撫でながら、盤を下から眺めるためだった。そうすることがルール違反になるのかどうか、少年は考えたためしもなかったが、とにかくマスターは止めなかったし、その位置関係によって集中力が一段と研ぎ澄まされるのは間違いなかった。更に日を追うごとにテーブルの下にいる時間は増えてゆき、最初の頃はここぞという一手を指す間だけだったのが、やがて十手になり、十五手になり、ついにはゲームの半分以上を床に座って過ごすことになった。

この習性にこそ、彼の能力が最も如実に現れていた。マスターは最初、チェスをやるのと猫を可愛がるのと両方をやりたいだけで、むしろ子供っぽさの表れかと思ったのだが、すぐにそうではないと気づいた。坊やは刻々移り変わる駒の動きをそのつど瞬時に記憶し、写真をアルバムに貼るように保存してゆく。チェス盤を目の前にしなくても、いや、むしろ駒など目の前にない方が、坊やの目はよく見える。頭の中のチェス盤で奏でられるメロディーの方が、ずっと繊細で深みがある。いくらお行儀が悪くても少年の好きにさせたのは、マスター自身、そのメロディーが聴きたくてたまらないからだった。

もし回送バスの中をこっそり覗き見する人がいたら、さぞかし怪訝《けげん》に思うだろう。巨大に太った男が一人、チェス盤に向かっている。向かい側には誰も座っていない。男はだぶついた頬を左

第　3　章

手で支え、盤を見つめている。何の前触れもなくテーブルの下からひょっこり男の子が現れ、素早く駒を動かし、対局時計のボタンを押すとまた元の場所へ引っ込む。猫がみゃーと鳴く。男は出っ張りすぎた自分の腹に往生しながら、駒に手をのばす。こんなふうにして駒だけが動いてゆき、二人と一匹はかたくなに自分の居場所を守っている……。

マスターが見抜いた少年の最もすぐれた能力は、彼が一つの間違いから実に多くを学ぶことだった。チェスを覚えはじめの子が陥りがちな罠に、少年もことごとく引っ掛かったが、普通の子が一刻も早くそこから脱出しようとしてもがくのとは違い、彼は罠に身体を預けたまま、その位置や形状や手触りをじっくり味わうのだった。そして二度と同じ穴には落ちなかった。

ある日、マスターは少年に一冊のノートをプレゼントした。学校で使うノートよりも小ぶりで細長く、表紙はポーンの瞳と同じ水色をしていた。開くと中には、規則正しく縦線と横線に区切られ、番号を振られた、試験の解答用紙のようなものが印刷されていた。

「チェスノートだよ」

と、マスターは言った。

「ゲームを記録しておくためのノートさ。坊やがこれから誰かと対戦するたび、このノートに記録を残してゆくんだ。一ページ一ページが坊やの歴史になる」

「これを僕にくれるの？　本当？」

少年は思わず大きな声を出した。

「本当だとも」

「この僕に？　ここにいる、この僕に？」

何度問い掛けてもまだ心もとない、といった様子で少年は二度、三度、自分の鼻の頭をつぶれるほどに人差し指で押さえつけた。そうやって自分の勘違いなどではないことを十二分に確かめてから、チェスノートの表紙にそろそろと指を這わせた。

「どうも、ありがとう」

感謝の言葉が出てくるまでしばらく間があったのは、少年が人から何かをプレゼントされることに慣れていないせいだった。

「ノートを持っているだけで、いっぺんにチェスが上手くなったような気分だよ」

「えっと、いいか。まずここに日付と、白黒それぞれ名前を書いて……。ずらっと並んだ数字はもちろん手番号だ。で、駒の種類を示すアルファベットと、移動した先の地番を記入する。キングがK、クイーンがQ、ビショップがB、ナイトがNでルークがR。何も難しくはない。そのまんまだ。チェス盤の横がaからh、縦が1から8なのはもう知ってるな？　×は駒を取った時の印だ。あっ、ポーンのアルファベットは省略する」

予想以上に少年が大喜びしたせいでマスターはどぎまぎしてしまい、照れくささを誤魔化しためにすぐさまチェスノートの使い方を説明しはじめた。

「どうしてポーンは省略なの？」

身を乗り出して少年は尋ねた。

「ポーンはチェスの命だ。いちいち記号で表さなくったって、ポーンはポーンだ。そうだろう？」

「うん」

元気よく少年はうなずいた。

「さあ、記念すべき第一ゲームをやろうじゃないか」

マスターは両手を擦り合わせ、チェスをはじめる時にいつも見せる、少年の大好きな表情を浮かべた。

「ゲームの記録はな、棋譜って言うんだ。これが書き記されていれば、どんなゲームだったか再現できる。結果だけじゃなく、駒たちの動きの優雅さ、俊敏さ、華麗さ、狡猾さ、大らかさ、荘厳さ、何でもありのままに味わうことができる。たとえ本人が死んだあとでもな。棋譜は人間より長生きなんだ。チェス指しは、駒に託して自分の生きた証を残せるってわけだ」

マスターはチェス盤の上で駒の入った革袋を逆さまにした。少年にはマスターの言った言葉のほとんどが理解できなかった。ただ一つ分かったのは、これからチェスをするということだけだった。

少年が白、先手になった。少年はｅ２のポーンをｅ４まで、二升進めた。

［ｅ４］

もらったばかりのチェスノートの一ページめ、第一行の一手めに、少年は鉛筆でそう記した。少し緊張しながら、間違えないよう丁寧に、小文字のｅと数字の４を書き入れた。

チェスをしない人にとってみれば、それは単なる意味不明の記号に他ならなかった。けれど少年にとっては意味深い印だった。チェスと共に歩むこととなるその後の人生の、まさに第一歩だった。

しばらく少年はｅ４を見つめていた。狡猾や荘厳や証の意味は知らなくても、ｅ４が醸《かも》し出す特別の光は感じ取ることができた。その光がなぜ特別なのか、なぜならそれが自分の力で刻み付けた足跡であり、自分の死んだあともずっと残るからだと、ちゃんと分かっていた。少年はマスターが思うよりも、少年自身が思うよりも、ずっと多くのことを既に知っていた。

第4章

その日はよく晴れた冬の終りの日曜日で、少し風はあったが、おかげで雲は海の向こうに流れ去り、空は澄み渡っていた。普段の週末と同じように、少年は朝ごはんを済ませるやいなや、運河沿いの道を走って回送バスまで急いだ。水辺にはボートが浮かび、カモメたちが気ままに空を舞い、その隙間を風に乗って汽笛が響いていた。操車場から出てゆく洗車したてのバスはどれも水滴をまとい、キラキラと光って見えた。普段はうらぶれている独身寮の裏庭にさえ、春を思わせる日差しが降り注いでいた。回送バスの窓辺に干されたポーンの敷布も、蘇鉄の葉も、屋上に掲げられたバス会社の旗も、気持よさそうに風になびいていた。

「おはよう、マスター」

少年は軽やかにステップを飛び越えた。

「やあ、坊や」

バスの中には既に甘い匂いが満ちていた。テーブルチェス盤の下で、ポーンが伸びをし、再び丸まって目を閉じた。

少年は生涯を通し、その日曜日の出来事を繰り返し思い返すことになる。他の思い出たちとは違う別格の小箱に仕舞い、何度でも開けてそっと慈しむことになる。チェスに裏切られたと感じるほどに傷ついた時、マスターとの思い出に浸って涙ぐんでしまう時、あの柔らかい冬の日差しに包まれた回送バスでの一局をよみがえらせ、マスターが教えてくれたチェスの喜びに救いを見出すことになる。

それは午後に入ってからすぐ、パウンドケーキをお腹一杯食べたあとの一局だった。序盤はいつも通り静かに進んだ。マスターは自分から攻撃を仕掛けてゆくタイプではなく、その点、プールで溺れ死んだ運転手の、犠牲を怖れず攻め入ってくるスタイルとは対照的だった。マスターの駒の動きには、蜘蛛の巣を連想させるものがあった。様子をうかがいながら慎重にキングの周りに糸を巡らし、余計な脅しは掛けず、相手が痺れを切らすのをひたすら待つ。とうとう我慢できなくなった相手が、一歩、二歩、前進をはじめると、知らず知らずのうちに駒に糸が絡み付いてゆく。その糸はポーンの髭ほどにか細く、最初のうちは誰もそれが罠だとさえ気づかない。けれどふと足元に目をやった時、自分の陣地はぐるぐる巻きにされ、もう取り返しがつかなくなっている。

第　4　章

少年が陥るのも必ずこの罠だった。ようし、今度こそ油断するものかと、どんなに固く決意して臨んでも、ぎりぎりのところで辛抱しきれず、自ら敵地の罠に足を踏み入れてしまうのだった。その対局もおおむねそうした展開を見せようとしていた。マスターが着々と足場を固めている間、少年は幾度か揺さぶりを掛けたが、軽くいなされるばかりでどれほどの抵抗にもなっていなかった。マスターはパウンドケーキの甘さが染み付いたままの指から、迷いなく糸を吐き出していた。

ゲームに色が出てきたのは十五手めを過ぎたあたりからだった。少年はテーブルチェス盤の下に潜り、チェスノートを床に置き、ポーンを抱いていよいよ臨戦態勢に入った。相変わらずマスターの陣地には隙がないように見えた。こちらにその実感はないのに、いつしかマスター自身の選んだプランが実行に移され、骨格が築かれつつあった。少年はポーンの首筋に指を這わせながらチェス盤の裏側に目を凝らした。

しばらくにらみ合いが続いた。マスターがルークをa8からd8へ動かした。少年はもう、いちいち頭を出して盤をのぞかなくても、テーブル裏に響くコツンという音だけで、マスターがどの駒をどこに動かしたか分かるようになっていた。これは一点突破のはじまりなのか、基地の整備なのか、こちらをおびき寄せるためのおとりなのか、少年はあらゆる可能性を頭に巡らせた。仕掛けるべきだ、という声にならない声が耳のどこかで鳴っていた。これ以上ぐずぐずしていたらビショップを失って、ドローに持ち込める可能性さえなくなってしまう。

少年がビショップで仕掛けようとしたその時、ポーンがげっぷをした。小さな口から吐き出された空気の塊は髭を揺らし、テーブルチェス盤の下をふわふわ漂った。あまりにも懸命に目を凝らしていた少年には、駒の動きだけでなく、テーブルチェス盤の下で起こるあらゆることが形を成して浮かび上がって見えた。ポーンのげっぷでさえ、手でつかめそうだった。

少年はビショップで仕掛ける手を止め、全く逆の発想で退路を整備し、砦を強固にした。そうしてみて初めて、取られる寸前にある駒が、どれほど大きな役目を果すか気づいた。ぎりぎりの危険にさらされているからこそ、隠れた威力を発揮できる。その時ビショップは、蜘蛛の巣をかいくぐって蜜を吸う蝶だった。蜘蛛の糸は蝶の羽ばたきで揺れるほど近くにあったが、蜜はうっとりする甘さをたたえていた。

そこから少しずつ情勢が変わっていった。マスターの駒の音から、それまでの落ち着きある澄んだ響きが消え、ためらうような翳りが射すようになった。二十一手、二十二手、二十三手……と、お互い力強く揉み合った。やがて信じられない事態が起こった。マスターの方が先に基地を出発し、攻撃に転じたのだった。少年は一瞬ひるんだが、痺れた指先をポーンの毛に埋め、心を落ち着かせた。天日干ししたばかりの敷布からは、気持のいい日差しの匂いが立ち上っていた。

太陽は高く、バスの中はまぶしいほどに明るかった。ステンドグラスを埋め込んだ天窓に当た

第　4　章

る光が、黄色やブルーや臙脂に染まって溶け合いながら、長い帯になってテーブルチェス盤の下にまでのびていた。朝方の風はおさまり、バス会社の旗はポールに巻き付いて垂れ下がっていた。

　ポーンを抱き寄せ、光の帯に身体を預けた時、少年は今まで味わったことのない不思議な感触を覚えた。少年はデパートの屋上で、海を泳いでいた。水面は頭上はるかに遠く、海底はあまりに深く、水はしんと冷たいのに少しも怖くない。怖くないどころか、ゆったりとして身体中どこにも変な力が入っていない。ああ、自分は唇だけになっているのだ、と少年は気づく。医者に余計な手出しをされる前の、ぴったりと抱き合うように離れない、神様が造られたままの唇で、海中を旅している。そのうえ一人ぼっちじゃない。インディラとミイラも一緒だ。インディラは鼻をぶらぶらさせ、耳を羽ばたかせながら、少年の周りを泳いでいる。もちろん鉄の輪は外され、四本の脚は屋上のコンクリートを飛び立って自由自在に動いている。泳いでいるというより、まるで歓喜の舞を踊っているかのようだ。そしてミイラは、ポーンが吐き出した空気の粒の中に入り、インディラが巻き起こす海流に乗って漂っている。相変わらず引っ込み思案だけれど、透き通った粒の膜に、可愛らしい微笑がくっきりと浮かんで見える。生まれたての唇とインディラとミイラ、大きさが随分違うはずなのに、インディラはミイラと一緒に泡の中に入ることができるし、少年は唇の先でインディラを持ち上げることができる。しかし誰もそれを変だとは思わない。

　少年は彼らとはぐれないよう海流に身を任せ、目を閉じる。すると海流のずっと先、光の帯が指し示す方角に、マスターの黒いキングが姿を現す。それはさっきまでのキングとは違う。精巧な罠に守られ、堂々と足を踏ん張っていたはずのキングが、なぜか頼りなく、心細げに見える。やがて少年は、美しい蜘蛛の巣の一箇所に、綻《ほころ》びを発見する。破れた糸の先はむせび泣くように打ち震え、そこから冷たい一筋の風がキングに吹き付けている。

「チェック」

少年はクイーンをf7へ滑らせ、再びテーブルの下に潜った。

しばらく間があって、テーブルチェス盤が、コツンと鳴った。かつて少年が一度も耳にしたことのない種類の音だった。どんな妙手の駒音よりも思慮深く、清廉だった。テーブルチェス盤の上に頭を出して初めて、少年は何が起こったのか悟った。マスターは自らの黒いキングを倒していた。

これが、少年が初めてマスターに勝ったゲームだった。回送バスに通いだして四年、少年は十一歳になっていた。

「坊やの勝ちだ」

と、マスターは言った。

「本当に？」

と、少年は問い返した。マスターは微笑んでいた。

チェスというのは相手の王様を詰ませるゲームだと、今初めて教わったかのように、少年は倒れたキングを見つめた。最初、三十二個もの駒で賑わっていたチェス盤はいつの間にかすっかり淋しくなり、キングの他にはどちらもクイーンとルークとポーンが一個ずつ残っているだけだった。空いた升目にはもはや、その上でにらみ合いぶつかり合った駒たちの熱気は残っておらず、ただ静けさが満ちあふれるばかりだった。少年はまだ、自分がどれくらい喜んでいいのか見当がつかなかった。

「違うんだよ。頭の中にいつの間にかインディラとミイラが……あの、マスターは知らないと思うけど、つまり僕の友だちがやって来て、手助けしてくれて……」

「いいや。誰の手助けでもない。坊や、お前が自分の力で戦い抜いたんだ。立派だった」

マスターは少年の言葉をさえぎり、

「おめでとう」

と言って盤上に手を差し出した。少年は甘く柔らかくたっぷりとしたマスターの手を握った。その感触が少年に、お前は堂々と誇らしく思ってよいのだ、と告げている気がした。倒されたキングも役目を終えた駒たちも擦り切れたテーブルチェス盤も食べ残したパウンドケーキの欠片も、ありとあらゆるものたちすべてが、日差しに包まれた少年を祝福していた。

「さあ、チェスノートに締めの一行を記入して」

マスターに促され、少年は最後の一手、Qｆ7を書き込み、白が勝ったことを示す記号、1―0に丸印をつけた。

この棋譜は少年の宝物になった。生涯を通し、繰り返し開けることになる別格の小箱、そのものだった。あまりに何度も同じところばかりを開くので、綴じ糸がゆるみ、ノートのそのページだけがより濃い茶色に変色していった。

後々振り返れば、さほどの新鮮さは感じられない、ミスの目立つ平凡な棋譜だった。少年はこれ以上の、目を見張るほどの棋譜をいくつも残すことになる。しかし折りに触れ、彼が立ち返るのは必ず、マスターに初めて勝利した時の棋譜だった。

そこには確かに真正面からチェスに立ち向かってゆこうとする若々しい情熱があった。そしてそれを受け止めようとする温もりがあった。白の手は、平原を駆け回る野生動物の子供のように怖いもの知らずで、黒の手は、大地の奥深く掘られた巣穴で黙想する長老のように、どっしりとしていた。世界チャンピオン決定戦の名局に比べれば当然未熟であり、一手一手が結ぶメロディーはたどたどしかったが、決して耳障りではなかった。どんなに未熟でも、駒の奏でる響きに心打たれ、もっと美しい音を聞こうと耳を澄ませる、その息遣いが棋譜に染み込んでいた。

いつどんな時でもチェスノートのそのページを開きさえすれば、少年は回送バスの甘い匂いで胸を一杯にすることができた。懸命に自分の使命を果そうとする駒たちの動きに、敬礼したい気持になった。盤上で握手した感触を思い出し、自分はいつまでもマスターの太った両手に守られているのだと確認することができた。チェスノートを閉じる時、開ける前より必ず、少年はチェスが好きになっていた。

第 4 章

最初の頃、毎日バス会社の独身寮に寄り道してくる少年を祖父母は怪訝に思ったが、やがてチェスを教わっているらしいと知り、余計な口出しはせず好きなようにさせた。むしろ無口だった少年がチェスについて生き生きとお喋りをするようになっただけでなく、マスターというあだ名の友だちまでできたことに安堵していた。産毛の生えた唇のせいで、この子には無邪気に転げ回って遊べる友だちなど一人もできないのではないかと案じていたからだ。実際、マスターは少年と一緒に転げ回るには身体が巨大すぎたが、チェス盤の上ではお互い密に絡み合っていたのだから、祖父母の思いも決して的外れではなかった。祖父母はできれば、チェスにのめり込んでゆく少年を手助けしたいと願っていた。しかし手助けをしたくても、何をどうすればよいのか方法が分からず、結局は邪魔をしないようそっと見守るしかなかった。

少年は一度だけ、練習相手を増やすつもりで、マスターに借りたマグネット式ポータブルチェス盤と、入門書『図解　チェスの第一歩』を使い、祖父母と弟にルールを教えようとしたが、全くの無駄に終った。

「先に王様を追い詰めた方の勝ちなんだ」

そう説明すると弟は、

「こんなふうに？」

と言ってスタート位置に並べたばかりの駒から、白と黒二つのキングをつかみ取った。

「違うよ。駒を動かして追い詰めてゆくんだよ」

いくら言い聞かせても弟は、そんな面倒なやり方をしなくても、手で取ってしまえば早いじゃないか、という彼なりの理論を捨て切れなかった。

祖母は一応、少年の説明に耳を傾ける努力はしてくれた。

「この頑丈そうな塔の形をしたのがルークだよ。縦と横に好きなだけ進める。斜めには動けないけど、盤の角っこにいる時でも、中央にいる時と同じくらい効果的に働ける。これはね、斜めに動くビショップ。キングとクイーンの助言者なんだ。僕の一番好きな駒だよ。斜め移動の不自由さの中に、独特の自由さが感じられるんだ。で、馬の格好をしているのがナイトだ。こいつは不器用ないたずらっ子、っていう感じだなあ。敵味方の駒を飛び越えてゆくくせに、横の升に一つ行こうとしたら三手必要なんだよ。頭の固い人にはなかなか使いこなせない。でも上手な人が使えば、天空を駆け巡るペガサスになれる。僕はまだとってもそこまではいかないけどね。どう？

第　4　章

面白い？」

「もちろん面白いとも」

祖母は大きくうなずいた。しかしその視線はチェス盤ではなく、布巾に注がれていた。まるで皺を利用してチェック模様の盤をこしらえようとするかのように、丸めたり折り畳んだりまた広げたり、を繰り返していた。

「おばあちゃん、布巾はちょっと置いといて、このチェス盤を見て。ほら、ここにずらっと駒が並んでいるでしょう？」

「ああ、分かるよ。ちゃんと見てるさ。たくさんあるねえ。この動き方をお前は全部覚えているのかい？　へえ、すごいじゃないか。こんなにややこしいゲームができる人間は、世界にそう何人もいるわけがない。その一人が我が孫だ。おばあちゃんは鼻が高いよ。ビッ……ビショ……何とかっていう駒の名前、それ一つ覚えるだけでも大したものだ。お前なら塔だろうがいたずらっ子だろうが馬だろうが、怖れることなんかない。誰とだって仲良くなれるし、誰もがお前の助けになってくれる。そういう子なんだよ、お前は。おばあちゃんにはよく分かる」

祖母はいっそういとおしげに布巾を撫で回した。固まった鼻水か、干からびた水垢か、正体不明の欠片が皺の間からこぼれ落ちた。祖母はただ少年を褒めるばかりで、ルールを覚えるところまでは行き着かなかった。

三人の中で唯一脈があったとすれば、それは祖父だったかもしれない。しかし彼が興味を示したのは、ゲームの中身ではなく、チェスの道具だった。

「なるほど。これがチェス盤か。最初に見せてくれれば、ボックス・ベッドの天井に、もっと上手く白黒模様を描けたんだが……」

「天井チェス盤はとっても使いやすいよ、おじいちゃん。僕の視界に収まるちょうどいい大きさだし、白と黒の濃さもバランスが取れてるしね。マスターが持っているのは、テーブルと兼用になったチェス盤なんだ」

「テーブル?」

さすがに家具修理職人の祖父は、テーブルという言葉に反応した。

「うん。テーブルの面がチェック模様になっているのさ」

「模様を印刷したものが貼り付けてあるのかい?」

「たぶん違うと思う。白と黒の四角い木片が八×八個埋め込んであるんだ。その証拠にかなり表面が擦り切れているのに、チェック模様が消えてるところはないからね。そういう家具、見たことある?」

「ないなあ。一度修理してみたいもんだ」

「とっても古びていて傷だらけだから、おじいちゃんが手を入れてくれたら、きっと見違えるようになるはずだ。でも、そういう傷や窪みは、そこでチェスを戦った人たちの思い出だからね。そうあっさりなかったものにするわけにもいかないんだよ。死んじゃった人がつけた駒の痕跡は、その人の形見だからね」

「お前の言うとおりだ。家具に残った窪みや染みやささくれは、それを使った人の形見さ。だからおじいちゃんは家具を修理している時、いつもそういう人たちと会話してる」

ああ、そうか。おじいちゃんが無口なのは、死んだ人と話をしているからなんだ、と少年は気づいた。

「もし脚がガタガタしたり、外れたりした時はおじいちゃんに直してもらうよ」

少年は言った。おじいちゃんなら、プールで溺れ死んだ運転手さんの形見だって大事に手当してくれるはずだと確信できた。

「ああ、任せとけ」

祖父は煙草の火を消し、作業エプロンの紐を結び直した。

「それにしてもチェスは、こんなちっぽけな板の上でやるにもかかわらず、奥の深いゲームのようだなあ。一筋縄ではいかん。しかし若い者が、一筋縄でいかないものに取り組むのは、悪いことじゃない」

ルールについては何も知らないはずなのに、祖父はいかにも感心したように独り言をつぶやきながら少年の頭を撫で、一階の仕事部屋へ降りていった。

死んだ人と話をするのなら、少年も得意だった。生きている人を相手にするよりずっと上手に話すことができた。産毛の生えた唇はもともと死者と会話するためにあるのかもしれない、と感じるほどだった。

少年はマスターから借りるチェスの本の中でも特に、偉大なプレーヤーの伝記を読むのが何より好きだった。彼らの波乱に富んだ人生に思いを馳せ、彼らの名前を冠した定跡や、歴史に残る名局を天井チェス盤に再現していると、いくら長い夜でも時間が足りなかった。

少年は、俳優でもあったスタントンの美男子ぶりに驚き、流星のような天才モーフィーが生み出した、調和という概念に圧倒され、美ではなく科学によって勝利のメカニズムを分析したシュタイニッツが、晩年精神を病んだことに心を痛めた。シュタイニッツが残した言葉、「もしポーンを一つ多く持っていれば神をも打ち破ることができる」という一行には、哀れみさえ感じた。あるいは、マルセル・デュシャンが目指した、動き続ける駒がかもし出す静や、顕微鏡レベルのミスも見逃さないボトヴィニクの厳密さには、ついうっとりしてしまった。

少年は棋譜さえ見れば、そのプレーヤーがどんな人間か思い描くことができた。慎重派か怖いもの知らずか、皮肉屋かお人よしか、社交的か口下手か……。性格だけでなく、駒を持つ手つき

第 4 章

や声のトーンや体臭までもがよみがえってきた。たとえ三百年前の人でも、現チャンピオンでも変わりはなかった。ボックス・ベッドの天井チェス盤では、死者もそうでない者も平等だった。

少年は何人ものチェスプレーヤーをミイラに紹介した。皆ミイラを気に入ってくれた。

「やあ」

と気取ってウィンクをする人もいれば、礼儀正しく握手を求める人もいた。ミイラは恥ずかしそうに微笑を返した。

なぜただの記号のつながりでしかない棋譜から、そんなにも多くのことが感じ取れるのか少年は不思議に思い、マスターに尋ねてみたことがあった。

「もしチェスが頭脳だけを使ってやるゲームなら、棋譜は単なる記号にしかすぎないだろうな」

と、マスターは言った。

「しかし、チェスは頭脳の良し悪しだけで勝敗が決まるものではない」

「運も必要ってこと？」

「いいや。運は無関係だ。運がよかったと思える試合でも、それは天から偶然降ってきたのではなく、本人が自分の力で導き出したものだ。チェス盤には、駒に触れる人間の人格すべてが現れ出る」

宣誓文を読み上げるようなかしこまった口調で、マスターは言った。

「哲学も情緒も教養も品性も自我も欲望も記憶も未来も、とにかくすべてだ。隠し立てはできない。チェスは、人間とは何かを暗示する鏡なんだ」

少年にはマスターの説明は難しすぎたが、ああ、鏡なんだからプレーヤーたちの姿がありありと見えてくるのも当然だと、彼なりに納得し、また同時に祖父の言った、チェスは一筋縄ではいかない、という言葉が案外適切であることに気づいたのだった。

伝記上のプレーヤーの中で少年が最も大きな憧れを抱いたのは、ロシアのグランドマスター、アレクサンドル・アリョーヒンだった。まずとにかく、アリョーヒンに贈られた称号〝盤上の詩人〟に一目ぼれした。グランドマスターだけでも歴史的名誉なのに、更にこんなにも誇らしい称号を得たプレーヤーが他にいるだろうかと、信じられない思いだった。少年は詩がどんなものかよくは知らなかったが、アリョーヒンの棋譜から立ち上る朝霧のような静けさ、風に震える花弁の可憐さ、一瞬を貫く稲光、大地を吠えさせる風のうねり、暗闇に浮かぶ月の孤独、などを詩と評するのならば、詩というものは素晴らしい宝石であるに違いないと確信した。少年にとってアリョーヒンの一手一手が胸に染み込む詩句だった。

実はもう一つ、アリョーヒンの虜《とりこ》になる理由があった。それは彼が猫好きであることだった。アリョーヒンが右手に猫を抱き、左手でチェスを指している写真を見つけた時、少年は思わず「あっ」と声を上げた。

第　4　章

　どこか部屋の片隅、温熱器のそばにチェス盤が置かれている。アリョーヒンは黒。相手は首元にスカーフを巻いた、教授風の男だ。ゲームははじまったばかりで駒はまだ全部そろっているが、早くも詩が綴られようとする気配に彩られている。肩幅の広い立派な身体つきをしたアリョーヒンは、椅子を斜めにずらし、ゆったりと足を組んでいる。スーツもカフスボタンも革靴も高価そうに見える。やや禿げ上がり気味の額にさえ、詩人の称号に相応《ふさわ》しい上品さをたたえている。

　そして猫だ。何とポーンと同じ、白と黒のまだら模様をしている。アリョーヒンの右手に抱かれ、耳をピンと立て、ご主人様より真剣な面持ちでチェス盤を見つめている。ご主人様が書いた詩を誰よりも早く読む権利は自分にあるのだ、とにらみを利かせているようでもあり、対戦相手の心を惑わせるため、呪いをかけているようでもある。猫の名前はカイサ、チェスの女神だ。

　アリョーヒンはポルトガルのホテルで、チェス盤を前に変死した。死因は心臓発作とも肉を喉に詰まらせたからとも他殺とも言われている。アリョーヒンの伝記には発見された時の遺体の写真も載っていた。空になったルームサービスの食器の脇に、駒を並べたチェス盤があった。その駒がスタート位置のまま一つも動かされていないことが、少年は残念でならなかった。もし白がe4で、黒がナイトf6で受けているだけだったとしても、そこからアリョーヒンの最後の言葉が読み取れたのに、と思った。死へ向かう時の情景を、アリョーヒンならどんな美しい言葉で棋譜に残しただろうか。少年は自分で想像する幻の棋譜を、何度となく天井チェス盤に浮かび上がらせた。

アリョーヒンの伝記の最後には、パリのモンパルナスにあるというお墓の写真が載っているのだが、少年はそこを開くたびいたたまれない気持になった。墓石の前に埋め込まれたチェス盤の方向が間違っているからだった。向かい合う二人の、それぞれ右下隅が白升にならなければいけないのに、黒升になっている。これではアリョーヒンはチェスが指せない。お墓には色とりどりの花が手向けられ、アリョーヒンの愛した猫の彫刻も飾られていたが、少年には何の慰めにもならなかった。チェス盤の向きを間違えるなんて、これはきっとアリョーヒンのことを大事に思わない人が作ったお墓なのだ。アリョーヒンこそ天国で神様とチェスを指す資格があるチャンピオンなのに。人間がチェスで描いた詩がどんなに素晴らしいか、神様に分かってもらえるはずなのに。


そう思うと少年は悔しくて可哀相で、ますます眠れなくなった。そうしてアリョーヒンを慰めるために、また彼の棋譜をめくり返すのだった。

もう一つ、本から学んだ大事な発見があった。ビショップの原形はアラビア語で象を表していたというのだ。初めてルールを習った時から、なぜ自分がビショップという駒に心惹かれたのか、その理由がようやく分かった気がした。ああ、そうか、チェス盤にはいつもインディラがいてくれたのか、と少年はうれしくなり、ボックス・ベッドの天井を見上げ、c1とf1、c8とf8

のビショップの升目に向かって微笑みかけた。

　少年には、誰にも言えない心配事があった。マスターがますます太っていくことだった。いよいよ首はなくなり、目は細くなり、ズボンのホックはいつも開いたままで、ベルトでどうにか押さえつけている状態だった。チェスを教えてもらうのに、それは何の不都合にもならなかったが、駒に手をのばす際、テーブルチェス盤の縁に食い込むお腹を見ていると、いつか駒に手が届かなくなるのではという不安が頭をもたげた。

　バスの中を移動するマスターの姿は、以前に比べて明らかに窮屈そうだった。自慢のアラベスク模様のチェストも、女神の胸像を戴く柱も、単にマスターの邪魔をする無用の飾りになってしまっていた。お茶を沸かしたり、戸棚からケーキ皿を取り出したり、フォークを並べたりする時、必ず身体のどこかが何かとぶつかって、どんなにささいな仕草でもスムーズに運ばなかった。関節が痛むらしく、始終顔をしかめて膝や腰を撫でていたし、少し動くだけで息が荒くなり、喉がゼーゼー鳴った。ベッドから起き上がる時には、スプリングが耐え難い悲鳴のような雑音をバス中に響かせ、そのたびに少年はマスターが苦悶の声を上げているのかと錯覚し、びくりとしてしまうのだった。

　それでも少年は幸せそうにおやつを頬張るマスターを見ていると、「甘いものの食べ過ぎは身体によくないかもしれないよ」などとはとても言えなかった。マスターはいっそうおやつ作りの腕を上げ、レパートリーはトルコ風焼き菓子やインドネシア風冷菓にまで及んでいた。マスターにとってチェスとおやつは切り離せないものだった。おやつはルールの一つ、キングを追い詰める駒の一種、と言ってもよかった。

ある日、珍しいことが起こった。独身寮から運転手の制服を着た男が一人やって来て、バスの窓をノックしたのだ。少年は驚いてチェス盤から顔を上げた。マスターは窓を開け、二言三言男と話をしたあと、

「悪いな、坊や。ちょっと待っててくれるか。すぐ戻ってくるから」

と言った。マスターの本職は寮の管理人なのだから、こうしてチェスばかり指している方がおかしいのだが、少年はその時初めて、マスターがバスの外へ出るのを目にした。

マスターは用心深く膝を曲げながらステップを降り、ポールをつかんでドアを押し開いた。早くも息が上がったのか、喉の鳴る音が少年の耳まで届いてきた。

「僕が押さえておいてあげる」

とっさに少年は立ち上がり、ドアに手をのばした。

「すまんな、坊や」

ばつが悪そうにマスターは、頬の肉に埋まった目をいっそう細くした。謝る必要なんてないん

だよと少年は、胸の奥でつぶやいた。

その巨体がドアを通り抜けられるかどうか、少年はひやひやして見守った。マスターは身体の角度を微妙に変えつつ、まず出っ張ったお腹、次に右足、右肩、左足、左肩、と順番に外へ出していった。少年は少しでも隙間を広げようと、ドアを押さえる手に精一杯力を込めた。最後まで引っ掛かっていたお尻の脂肪が変形しながら無事に通り抜けた瞬間、少年は安堵のため息をついた。

用事を告げに来た運転手はとうに去り、マスターは一人、裏庭を横切って寮に向かって歩いて行った。チェス盤を離れ、狭いバスを降りたというのになぜか、マスターの後ろ姿は、より太って不自由に見えた。足取りは覚束なく、ちょっとした窪みによろけたり、ゴム草履が脱げそうになったりした。バスの中にいる時よりずっと窮屈な思いをしているかのようだった。一歩進むたび、全身の贅肉がだぶだぶと揺れた。

これがあの、精密で悠然とした手を指すマスターなのだろうか。少年は信じられない思いにとらわれ、慌ててすぐに取り消した。あの丸々とした指で、一つ一つ駒の並べ方を教えてもらったじゃないか、あの指が音もなく罠を仕掛けてゆく様を、何度も目にしてきたじゃないか、と自分に言い聞かせた。途中、マスターはふと立ち止まり、ずり落ちるベルトを持ち上げたが、ただ膨らんだお腹が波打つばかりだった。

マスターの背中は少年に、勝負がついたあとのチェス盤を思い起こさせた。厳しい戦いの記憶が去り、多くの駒が姿を消し、残ったわずかの駒ももはや使命を終えて、ただもの悲しい空洞ばかりが広がるチェス盤だ。チェスは激しくはじまり、淋しく終る。まるでマスターの背中のように。

回送バスの窓ガラスに頬を寄せ、寮の中に消えてゆくマスターの後ろ姿を、少年はいつまでも見送っていた。

第5章

一度マスターに勝利して以降、少年は格段に腕を上げていった。もちろん続けざまに勝てるわけではなかったが、同じ負けるにしても、その手ごたえが残るようになった。斬りつけられたことに気づかないまま血を流し続け、ふとした瞬間にばったり倒れる、という負け方ではなく、傷口を手当てし、自分の血の跡を遡ることができる負け方だった。そういうなかで、ポツリポツリとマスターに勝てる一局も増えていった。

また、初めてマスター以外の人とチェスを指す経験もした。久しぶりに祖母と弟と一緒に行ったデパートで、偶然〝チビッ子チェス大会〟が催されているのに出くわし、飛び入り参加したのだ。もっとも対戦相手のチビッ子たちは、ようやく駒の動かし方を覚えたばかりのレベルで、少年には物足りなかった。そばにいる父親が一手一手耳打ちするというささやき作戦に出た子もいたが、父親の腕前がさほどでもなかったので問題外だった。

あっという間に少年は優勝した。予定よりずっと短い時間で優勝者が決まってしまい、主催者が慌てるほどだった。一等賞として少年は、デパートの商品券をもらった。

「すごいよ、優勝だなんて。お前が一番なんだよ。ああ、何て素晴らしい」

少年は優勝した実感もなく、ただ祖母の派手な喜びぶりが恥ずかしいだけだった。

「おばあちゃん。こんなの、大したことじゃないんだよ」

と言ってみたが祖母の耳には届かなかった。

「お前のママが生きていたら、どんなに喜んだことか……。きっと天国でうれし泣きしているよ」

とうとう祖母は布巾で目元を押さえ、泣き出した。布巾に染み込んだ何かの菌が目に入りはしないかと、少年は心配になった。

「ねえ、その券でプラモデルを買おうよ」

弟の興味はあくまでも商品券だった。

「駄目駄目。これはお兄ちゃんが自分の力で勝ち取ったご褒美なんだよ。他の誰かが好き勝手には使えないんだ」

祖母は布巾から顔を上げ、泣いているとは思えないきりりとした口調で言った。

「いいかい。このご褒美はお前だけのものだ。深い考えもなく馬鹿げたことに使っちゃいけない。

第　5　章

一等賞を獲得した名誉に相応しい使い道が見つかるまで、大事に仕舞っておくんだよ。いいね」

そう言って祖母は少年の手を握り、掌の奥に商品券をそっと包み込むようにした。名誉だなんて大げさすぎるよ、と言おうとして少年はその言葉を呑み込み、自分と同じくらい小さな、けれどカサカサに乾いて皺だらけの祖母の両手に、視線を落とした。


「パシフィック・チェス倶楽部、っていうのを知ってるか？　坊や」

ある日マスターは少年に尋ねた。いよいよ回送バスを降り、次の乗り物に乗って新しい段階へ進む時期が少年に近づいてきたことを、マスターは感じていた。

「町で一番由緒正しいチェス愛好家の集まりだ。そこの入会審査を、受けてみないか？」

「何のために？」

「会員になれば、チェス仲間が増えるし、トーナメントにも出場できる」

「遠慮しておくよ」

しばらく考えてから少年は答えた。どこであれ、見ず知らずの場所へ出掛けてゆくのは気が進まなかった。

「仲間はマスターがいれば十分だし、僕はこのバスが気に入っている。この回送バスの、テーブルチェス盤で、マスターとポーンと一緒にチェスをするのが、僕は好きなんだ」

正直に少年は言った。

「そんなふうに思ってくれるのはうれしいが、何もバスに閉じこもってばかりいる必要はない。もっといろいろなタイプのプレーヤーたちと試合をしてみたいだろう?」

雰囲気を深刻にしないためか、マスターはわざと少年から視線をずらし、運転席の脇にぶら下がっている給水タンクのバルブを調節しながら、さり気なく話を進めた。

「でも、この前デパートの大会に出たけど、ちっとも楽しくなかった」

「まあ、あれはお遊びみたいなものだからな。でも倶楽部の会員たちは違う。チェスの虜になった人たちばかりだ。坊やと同じようにな。もちろん皆、俺よりうんと強い。強い相手と対戦しなくちゃ、チェスは上手くならないし、チェスの喜びも味わえない。チェスの海は、坊やが思うよりずっと広くて深いんだ」

少年はマスターの背中に目をやった。それはほとんどバスの通路を塞いでいた。背中を覆いきれないシャツがズボンからはみ出し、下着がのぞいて見えていた。

「誰でもその倶楽部に入れるの?」

「いいや、誰でもってわけにはいかない。テストがあるんだ」

「どんなテスト?」

「もちろんチェスだよ。会員とチェスをやって、勝てばいいんだ。坊やなら必ず合格できる。俺が保証する」

「僕、自信ないよ……。そんな聞いたこともない倶楽部へ一人で出掛けて、知らない人にテストされるなんて……」

「坊やを一人で行かせたりするもんか。俺も、もちろんポーンも一緒だ」

マスターは振り向き、真っ直ぐに少年を見つめた。自分の名が呼ばれたことを察したのか、テーブルチェス盤の下でポーンが耳をピクリと立てた。

少年はしぶしぶ入会審査を受けることを承知した。倶楽部になど少しも入りたくはなかったが、マスターのがっかりした姿を見るのが辛かったのだ。初めて回送バスを訪れて以来、マスターにはチェスを教えてもらうばかりで何もお返しをしていないのだから、一つくらいは望みをかなえてあげるべきだろう、という考えもあった。

その日彼らは朝早く出発した。デパートへ行くのとは系統の違う中央公園行きバスに乗り、チェス倶楽部の本部が置かれているパシフィックホテルへ向かった。

巨体の男と、小さな少年と、バスケットの猫という組合せは人々の目を引いた。同じバスでも走っているバスに乗ったマスターはやはり、どこか心もとなく、おどおどして見えた。料金を払い、他の乗客たちをかき分け、一番後ろのシートに（彼の身体が収まる席はそこしかなかった）腰を下ろすだけでも、随分手間取ってしまった。少年は肩を貸し、腕を取り、できるだけマスターがスムーズに動けるよう気を配ったが、大して役には立たなかった。その間、こんなにも太った人間に会うのは初めてだ、という目で皆がマスターの方をちらちら見やった。なかにはマスターの出っ張ったお腹に身体を押され、露骨に舌打ちをする人もいた。「どうもすみません」と、マスターは礼儀正しく謝った。ポーンはバスケットの中でじっと息を殺し、上目遣いに外の様子をうかがっていた。

僕に付き合ったためにマスターが嫌な目にあっている、と思うと少年はいたたまれない気持になった。するとなおいっそう、まだ見ぬパシフィック・チェス倶楽部が憎々しい場所のように思えてきた。少年は声にならない声で、バスの乗客全員に向かい、「この人はチェスの名人なんですよ。木の駒で、雨上がりの蜘蛛の巣みたいに美しい模様を描ける人なんですよ」と叫んだ。そんなふうに、いたたまれなくなったり憎んだり叫んだりしていたおかげで、少年はバスに酔わないで済んだ。

そこはフロックコート姿のドアマンが恭《うやうや》しくお辞儀をして出迎えてくれるような、格式高いホテルだった。ロビーにはふかふかした絨毯が敷き詰められ、シャンデリアが光り輝き、お洒落に着飾った人々が行き交っていた。

「さあ、坊や。行くぞ」

第5章

バスケットを握る手に力を込め、マスターは気合を入れた。これからどんなことが起こるのか、チェスを指すという以外何も分からなかったが、少年は深々とうなずいた。巨体の男と小さな少年とバスケットの猫は、はぐれないように寄り添い合いながら、地下にあるパシフィック・チェス倶楽部を目指した。

木製の扉に掲げられた、真鍮《しんちゅう》のプレートに刻まれたアルファベットは、おそらくパシフィック・チェス倶楽部を表していたのだろうが、流麗すぎるデザインのせいで少年には判読できなかった。ノックをする間もなく扉は内側から開き、目の前に倶楽部が姿を現した。少年はたじろぎ、一歩後ずさりした。そこは彼の想像とは何もかもが違っていた。チェスをする人の集まりなのだから、チェス盤が規則正しく並ぶ、トレーニングルームのようなところと思っていたのに、部屋は薄暗く、重厚に飾り立てられ、目を凝らしてもどこにチェス盤があるのかよく分からなかった。革張りのソファーがいくつも配置され、あちこちに花が活けられ、天井まで届く本棚は難しそうな本で埋まっていた。チェスと何の関係があるのか、壁には油絵や絵皿や鹿の角が掛けてあった。回送バスの甘い匂いとは似ても似つかない、ひんやりとした空気が足元に漂っていた。

「よくいらっしゃいました。さあ、どうぞこちらへ。準備は整っております」

薄暗がりの中から姿を現した初老の男が彼らに近づいてきて言った。案内されたのは、更に奥にある、もう一回り小さい部屋だった。確かにそこには、すべてが準備されていた。中央に白いクロスを掛けた四角いテーブル、その上にチェス盤と対局時計。水差しとコップ。脇には記録員。周りには見物人。

彼らは一斉に無遠慮な視線を少年たちに向けてきた。ひそひそ耳打ちをし合う人もいた。皆きちんとネクタイを締め、髪を撫でつけ、優雅にコーヒーを飲んだり煙草をくゆらせたりしていた。寸足らずのシャツにずり落ちそうなズボン姿のマスターと、すり切れた普段着の少年は、明らかに場違いな雰囲気だった。

「行っておいで、坊や。大丈夫。ここで見てるから」

マスターが普段通りの口調でささやいた。バスケットの中からポーンが爪をガサガサさせる音が聞こえた。マスターとポーンを安心させるため、少年は微笑みを返そうとしたが、ただ口元がぎこちなく歪むばかりだった。

初老の男に促されチェス盤の前に座った時、ようやく少年は対戦相手が自分とさほど歳の違わない男の子であることに気づいた。色白で目が大きく、いかにも利発そうな、つやつやとして形の整った唇をしていた。紺色のズボンには真っ直ぐ折り目がつき、ブレザーの胸元には、倶楽部の会員を証明するらしい金色のバッジが誇らしげに留められていた。少年の方をちらりと見やり、唇に一旦目を留めたものの表情は変えず、座り慣れた様子で対戦用の肘掛け椅子に腰を下ろしていた。

第　5　章

しかし何より少年を戸惑わせたのは、チェス盤と駒だった。それは光るほどに磨き込まれ、傷一つなく、駒の一個一個に、安易に手で触れるのがはばかられるような重厚感があった。回送バスの中で慣れ親しんでいるテーブルチェス盤と同じ種類の道具だとは、とても信じられなかった。こんなにも重々しい駒を、どうやって動かしたらいいのか、少年は途方に暮れる思いがした。ますます鼓動が早くなり、冷や汗が浮かび、気持が悪くなってきた。忘れていた乗り物酔いがよみがえってきたかのようだった。初老の男が持ち時間や合格ラインやその他細々とした注意事項について説明をはじめたが、少年の耳には入ってこなかった。ふと気づいた時にはもう、相手方の白先手で対局がスタートしていた。少年は恐る恐るキングの前のポーンを一つ進めた。指先から伝わるポーンの感触は、ポーンではないもののようによそよそしかった。

倶楽部のメンバーの中から、対戦相手がどういう基準で選ばれたのかは不明だったが、彼が相当に強いことは少年にもすぐ分かった。まるで少年などそこに存在していないかのごとくひたすら盤に集中し、眉毛一つぴくりともさせない様子はふてぶてしくさえあるのに、一旦駒を動かせば、その軌跡は華麗で優美だった。しなやかに伸びる指は自信に満ちあふれ、まるで立派なチェスセットに合わせて誂《あつら》えられた装飾の一部のように見えた。少年は自分の貧相な指に視線を落とし、それがチェスの実力を象徴しているとしか思えず、盤に手をのばすたび、いっそうびくびくしてしまうのだった。

そうこうしている間にたちまち少年は主導権を握られた。相手方の繰り出す手は、マスターとは随分色合いが違っていた。危うい橋を渡って果敢に攻め込んできながら、決してこちらに武器は手渡さず、時には息を殺し、静寂を保ち、バランスよく陣地を固めていった。どんなに奔放に見える手もただ華々しいだけではなく、強固な骨格に支えられていて、隙がなかった。

平静を取り戻そうとして少年は、冷や汗を拭ったり首を回したり唇の産毛を撫でたりしたが、相手方の落ち着きぶりが目立つばかりでかえって逆効果だった。肘掛け椅子は固く、そのうえ少年には高すぎて足が床に届かず、お尻が始終もぞもぞした。おじいちゃんなら、こんな座りにくい椅子はすぐさま修理してくれるのに、と少年は思った。そう思った途端、自分は二度とボックス・ベッドへは帰り着けないかもしれないという気分に陥った。対局時計の針と記録員の鉛筆の音が、なぜかとても怖かった。更に少年を痛めつけたのは光が乏しいことだった。地下にあるせいでそこには窓がなく、盤を照らすのは上品な白熱灯の明かりだけで、どんなに目をしばたたかせても駒の輪郭がぼんやりとしか浮かんでこなかった。少年はバスの窓から差し込んでくる太陽の光が欲しかった。砂糖の匂いと、傷だらけの駒の感触と、マスターの太った指が恋しかった。

少年は自分らしさの欠片も表現するチャンスを得られず、相手に振り回される一方だった。相手の様子は最初から少しも変化していなかった。堂々と駒を操り、エレガントに対局時計のボタンを押し、それを繰り返しながら思い通りのプランを実行に移していった。見物人たちの間には

第　5　章

次第に、期待はずれの白けた空気が漂いはじめていた。突進しても、おとりを仕掛けても、危険地帯におびき出しても、何をやっても上手くいかず、すべてが裏目に出た。今まで自分がどうやってチェスを指していたのか、わけが分からなくなってしまった。その時だった。

「慌てるな、坊や」

懐かしいマスターの声が部屋に響いた。見物人の誰かが不愉快そうに「シッ」と舌を鳴らしたが、構わず少年は振り向き、マスターを見つめた。見物人の中でマスターだけが、チェス盤ではなく少年を見守っていた。その表情は回送バスの中にいる時と変わらず、どっしりとして穏やかだった。そうだ、慌てちゃ駄目だ、と少年は自分に言い聞かせた。慌てる必要はない。チェスの海は自分が思うよりずっと広くて深いんだ。

少年とマスターはうなずき合った。それからマスターはそっとバスケットの蓋を開けた。もう待ちきれないといった感じでポーンがジャンプし、見物人たちの足元をすり抜け、垂れ下がったクロスの隙間からテーブルの下に姿を隠した。それと同時に少年も肘掛け椅子から飛び降り、ポーンを追いかけ、本来自分が身を置くべき場所に潜り込んだ。

あっという間の出来事に、皆何が起こったのか理解できていなかった。記録員は鉛筆を握ったまま呆然とし、見物人たちは落ち着きをなくし、初老の男は眼鏡を外して立ち上がった。さすがの対戦相手も表情を変え、神経質そうにチェス盤の端を爪で弾いた。

「棄権だよ、これは」

「いや、もっとたちが悪い。逃亡だ」

「我が倶楽部はじまって以来の珍事じゃないか」

あちこちから抗議の声が上がり、苦笑が漏れた。そのざわめきのなか、胸にポーンを抱いた少年がテーブルの下から不意に姿を現し、ナイトを中央に進め、時計のボタンを押して再び姿を消した。時計がカチリと音を立て、相手側の秒針が動き始めた。その音が、棄権でも逃亡でもなく対局がまだ続いていることを示していた。対戦相手はテーブルクロスをめくり、そこに猫と一緒にうずくまる少年の姿を認め、憮然として頭を振ったが、減ってゆく持ち時間を気にして再びチェス盤への集中力を取り戻した。

裏板の構造や、木目模様や、床の材質や、ありとあらゆるものがテーブルチェス盤とは異なっていたけれど、そこがチェス盤の下であるということに違いはなかった。そのうえポーンまでもが一緒なのだから、もう何の心配もいらないのだった。少年は更に小さく身体を丸め、心を落ち着かせ、これまでの展開を反芻してみた。見物人たちの視線を逃れ、こうして小さくなってみるといっそう、いかに自分の戦い方が腰抜けであったかが分かった。と同時に、目もくらむようだった相手方の指し手の足元に潜む、影が浮かび上がって見えてきた。

相手が次の手を指した。駒の音はテーブルチェス盤に比べてほんの微かにしか響いてこなかったが、テーブル裏に浮かぶ盤にははっきりと、白いクイーンがぐいぐいと前進してくる姿が映っていいた。少年はポーンの毛に指を滑り込ませ、皮膚の下で波打つ血の巡りを指先に感じ取った。その同じ指先で黒いビショップを握り、頼む、インディラ、とつぶやきながら、前進してくるクイーンの進路を切断した。

小さなどよめきが起こった。マスターは蓋が開いたままのバスケットを提げ、ふっと息を一つ吐き出した。少年の一手が事態を好転させる光になるのか、それとも単なる悪あがきに終るのか、まだ誰にも判別はできなかったが、何かしらの驚きを与えるには十分だった。なす術《すべ》もなく押し込まれ崖から転落するばかりと思われていた味気ない局面に、ある転調が訪れ、共鳴とうねりが湧き起こったことだけは確かだった。

見物人たちはチェス盤だけでなく、テーブルの下からも目が離せなくなっていた。テーブルクロスの隙間から見える少年の姿はあまりにか弱いのに、駒の動きがどんどん力強くなってゆくのが、不思議でならないようだった。対戦相手は自分の足元がどんな状況になっているのか極力考えないように努め、あくまでも最初からのプランにこだわった手を指そうとしていた。

テーブルの下は静かだった。聞こえるのは駒の音と、対局時計のボタンが押される音だけだった。ポーンは鳴かず、瞬きさえせず、ただひたすら少年の胸に身を任せていた。ポーンと少年はどこにも継ぎ目のない一塊となり、チェスの精霊のようになって盤の海底を漂っていた。

「まるでアリョーヒンじゃないか」

「盤上の詩人じゃない。盤下の詩人だ」

誰かがそうつぶやいた。もう、「シッ」と制する人はいなかった。

少年はアリョーヒンと呼ばれるに恥ずかしくない詩を描いた。対局の前半が雑音だとすれば、後半はシンフォニーだった。少年は陣形を建て直し、自らの駒たちに伸びやかなメロディーを奏でさせた。いつしか、チェス盤の前に一人しか座っていないというこのスタイルを、誰も奇妙に思わなくなっていた。

二人は粘り強く戦った。少年が前半にまき散らした醜い残骸は、既に払い清められていた。対局時計の残り時間が少なくなってゆくなか、お互い力を尽くし合った。

最後、白いクイーンがh５へと叩きつけられた。少年はテーブルの下から這い出し、肘掛け椅子に座り直し、ポーンをマスターの元へ解き放ったあと、自分のキングを倒して負けを宣言した。しばらく間があってのち、倶楽部の中に静かな拍手が沸き起こった。


これが、少年が盤下の詩人、リトル・アリョーヒンと呼ばれた最初の対局となった。しかしその棋譜は、パシフィック・チェス倶楽部の公式記録から抹消され残っていない。勝敗が単なる少年の一敗ではなく、反則負けとされたからだった。

第　5　章

『……先日の入会審査第一局につき、評議委員会にて検討しました結果、対局中における貴君の態度が当倶楽部の品位を著しく損ねるものであるとの意見で一致いたしました。そこで、誠に異例ではありますが、正式な結果を反則負けとして取り扱うこととなりました旨、ご承知いただきたく、書面にてお知らせする次第です。ただし、入会審査の基準としましては従来どおり、三局で二勝、あるいは一勝二分け以上、と変更はなく、当倶楽部は第二局以降の貴君の健闘を祈るものであります。次回、貴君が当倶楽部に相応しい礼節を保たれるよう期待してやみません。

……』

倶楽部から届いた手紙をマスターに易しく読み砕いてもらった時、少年は殊更驚きもしなかったし、怒りも覚えなかった。ただ、自分にはもう二局め以降のチャンスはないのだ、という結論を平静に受け止めた。テーブルの下に潜り込むのが反則なら、少年は倶楽部でチェスを指すたび、必ず反則を犯してしまうことになる。それは彼にとって、負けるよりもずっと惨めなことだった。

「ごめんね」

と、少年はマスターに言った。

「なぜ謝る？」

「倶楽部に入会できないから」

「そんなのは大した問題じゃない」

マスターは手にしていた泡立て器を振り回しながら言った。ちょうど新しいお菓子の製作に挑戦しているところで、泡立て器の先から卵白が飛び散った。

「うん、そうだね。僕が本当に謝らなくちゃならないのは、あんな不細工な試合をしてしまったことだ」

少年は小麦粉と砂糖を合わせ、ふるいにかけた。ボウルからこぼれた粉が食卓の上にふんわりと舞い落ちた。チェスが始まらない限り自分の出番はないとでも思っているのか、ポーンは本棚の隙間に入り込んだまま姿を見せなかった。

「まあ確かに、ちょっとバランスは悪かったかもしれん」

「ちょっとどころじゃないよ」

「最後、ドローまで巻き返せるかと思ったが、間に合わなかったな。動ける陣地が窮屈すぎた」

二人は協力して粉と卵白を混ぜ合わせた。マスターが卵白の泡を消さないようゴムべらを操っている間、少年はボウルをしっかり押さえていた。運転席のシートの上からは、ケーキ型を温めるためにジリジリと鳴る電熱器の音が聞こえていた。

「俺はお前がチェス盤の下に隠れるのを止めやしない」

マスターが言った。

「相手を無視するために坊やがそうしているんじゃない、と知っているからな。むしろ逆だ。相手のチェスをよりよく見るために隠れる。そうだろう？」

　ゴムべらの先で生地がどんどん滑らかになってゆくのを見つめながら、少年はうなずいた。

「それにしても相手の子は強かったなあ。ジュニアクラスのチャンピオンだって聞いていたが、相当な自信の持ち主だ」

「だから僕、圧倒されて、上がってしまったんだ」

「ああ、誰だって強い相手と当たれば逃げ出したくなるし、不必要に力んだりもする。坊やも前半はそうだった。でもいいか。そういう時こそ思い出すんだ。チェスの試合は一人でやるものじゃない」

　マスターは生地を型に流し込み、底をコンコンと食卓にぶつけて空気を抜いた。

「チェス盤に描かれる詩は、白と黒、両方の駒が動いて初めて完成する」

「うん」

「相手が強ければ強いほど、今まで味わったこともない素晴らしい詩に出会える可能性が高まるんだ」

　やがて二人にとって馴染み深い、甘い匂いが立ち上りはじめ、それはたちまちバス中を覆い包んだ。電熱器はいっそう張り切ってジリジリと鳴っていた。少年は胸一杯にその匂いを吸い込んだ。

「だから僕、潜ったんだ。相手の駒と協力し合うために……」

「そうだとも。それがどうして品位を欠くことになる？　なるもんか」

マスターは倶楽部からの手紙を丸め、ゴミ箱に投げ捨てた。マスターのシャツも髪の毛も指も、小麦粉で白くなっていた。

「チェスを指していると、いろいろ不思議な気持を味わうよ」

少年は言った。

「心の底から上手くいってる、と感じるのは、これで勝てると確信した時でも、相手がミスをした時でもない。相手の駒の力が、こっちの陣営でこだまして、僕の駒の力と響き合う時なんだ。そういう時、駒たちは僕が想像もしなかった音色で鳴り出す。その音色に耳を傾けていると、ああ、今、盤の上では正しいことが行われている、という気持になれるんだ。上手に説明できないけど……」

「ああ、分かるよ。よく分かる」

マスターは親指を立て、ＯＫサインを出した。

「つまり、最強の手が最善とは限らない。チェス盤の上では、強いものより、善なるものの方が価値が高い。だから、坊やの気持は正しいんだよ」

少年も短い親指を精一杯立ててマスターの方に向けた。マスターのその合図で少年は、負けたことも反則を取られたことも倶楽部に入れないことも全部が帳消しになったような、すがすがしい気分になった。

「さあ、シフォンケーキが焼けたぞ。食べようじゃないか」

少年は元気よく「うん」と返事をした。いつの間にか匂いを察知したポーンが、マスターの足元に擦り寄っていた。

第6章

ある日祖父に頼まれ、お得意さんの家まで整理ダンスの飾りネジを届けた少年は、その帰り道、橋のたもとの公園でチェスをする五、六人の男たちに出くわした。遠く離れた橋の上からでも、それが紛れもなくチェスであると、少年にはすぐ分かった。たまらず少年は運河沿いの散歩道へ降り、彼らの元へ駆け寄った。

しかし彼らのスタイルはマスターとも倶楽部のメンバーたちとも随分異なっていた。チェスセットが埃まみれなのは仕方がないとしても、駒の傷み具合は、長い年月の積み重ねというよりただの乱暴な扱いの結果としか見えず、盤の上には煙草の灰やビールの泡が飛び散っていた。近所の小学校から持ち出してきたらしい椅子に皆気ままに腰掛け、ゲーム中でもお構いなしに冷やかしあったり大声で笑ったりしていた。

チェスの戦い方もまた独特だった。まず彼らは駒を動かすより煙草をふかす方に忙しいのでは

第6章

ないかと思うほど、早指しだった。ほとんど何も考えていないようにさえ見えた。無造作に駒をつかみ、相手の駒をガツンと弾き飛ばし、少々升目をはみ出していてもお構いなしだった。攻撃が何より優先され、我慢や避難とは無縁。挑発、不意打ちの連続。少年には駒のぶつかり合う音が、メインストリートを突き進むブルドーザーの騒音に聞こえた。

「クイーンをそんなに大きく動かしちゃ駄目だ」

男たちに紛れゲームを覗き見していた少年は、にぎやかな雰囲気に乗って思わず叫んでしまった。男たちが皆少年を振り返った。

「なぜそう思う?」

たった今クイーンを動かしたばかりの男が、煙草を口にくわえたまま尋ねた。

「一升だけe7へ持ってゆく方が、後々ルークを活用できる……」

男を怒らせてしまったのかと思い、少年はおどおどしながら答えた。

「ほお……」

含み笑いとからかいの混じった声が上がった。

「坊主、チェスが好きか?」

少年はうなずいた。

「お前さんの相手をしてやりたいのはやまやまだが、おじさんたちも遊びでやってるわけじゃないんだ」

「チェスの大会なの?」

男たちは一斉に笑った。

「そんなややこしいものじゃない。勝った方が金をもらう。それだけのことさ。だから坊主のように賭ける金を持ってない奴は、ここではチェスができないんだ」

「お金なら僕、持ってるよ」

なぜ咄嗟《とっさ》にそんなことを口走ってしまったのか、少年は自分でも上手く説明できなかった。かつて経験したことのない斬新なスタイルのチェスに挑戦してみたかったのか、ただ単に子供扱いされて癪《しゃく》に障ったのか、とにかく少年は、チェス盤に灰を撒き散らしながらクイーンを乱暴に扱う男と勝負するまでは、決して引き下がれないという気持になっていた。

「ほら」

少年はズボンのポケットから、デパートの大会で優勝した時にもらった商品券を取り出して見せた。いつでも使えるよう、ポケットの奥にずっと仕舞っていたのだった。

更に大きな笑い声が巻き起こった。何人かが予想外の展開を面白がり、クイーン男をけしかけた。

商品券の額はおそらく、彼らの賭け金よりもずっと少なかったに違いない。それでもクイーン

第　6　章

男が勝負を承知したのは、ちょっとした気まぐれだったのだろう。成り行きに押され、二人はチェス盤を挟んで向かい合った。いや、正確に言えば、少年はチェス盤の下に潜り込んだ。

この戦いで少年が学んだのは、勝って当たり前の局面を本当の勝ちに持ってゆくのは想像するより難しい、ということだった。

少年が定位置についた時、男たちは珍妙なショーを目の前にしたかのように興奮した。

「おい坊主。随分と恥ずかしがり屋さんじゃないか」

「足の臭いをかがなきゃ、チェスができないのかい?」

野次は止まなかった。それどころか徐々に少年の実力が侮れないことがはっきりしてくるにつれ、いっそうヒートアップしてゆくばかりだった。

早指しならば少年の体勢はただ不利になるばかりと思われたが、彼にとっては相手側に合わせたチェスをするより、普段通りのやり方を通す方が大事だった。相手の駒がどんなに素早く動こうとも、その響きは確実にテーブル裏に伝わり、彼の鼓膜はすぐさまそれを目蓋の盤に映し出すことができたからだ。

強い駒が持っている力をありったけ出し切らなければ気が済まないクイーン男のチェスは、確かに威勢はよかったが、少年から見れば隙だらけだった。野次馬たちは少しでも少年が逃げの素振りを見せるだけで弱虫呼ばわりしながら、後にその駒が頑強な攻めの武器となることが判明すると、途端に大喜びで口笛を吹き鳴らした。クイーン男はイライラし、憎々しげに煙を吐き出し、ますます無理な手を指してきた。

少年が気を配らなければならないのは、急いで引っ込む時、テーブルに身体をぶつけて駒を倒さないようにすることと、優位な局面をありのままの自然な流れに乗せることだった。どう転んでも勝てる、という対局であっても、これしか勝つ方法はないという対局と同じく、善き道を進まなければならない。殊更に目立とうとしたり、不必要に相手を痛めつけようとしたりすれば、いつしか泥水に足を突っ込むことになる。勝てる対局でこそ、澄んだ流れに身を任せるべきなのだ。

そんなふうに感じながら少年はうずくまっていた。運河を渡ってくる風は冷たく、膝小僧は地面とこすれてひりひりした。橋を渡ってゆく車の音が遠くに聞こえた。小学校のシールが貼られた傷だらけのパイプ机の裏にも、最も善き道は浮かび上がってきた。クイーン男は煙草を投げ捨て、踏み潰した。それが降参の合図だった。

少年が生まれて初めて自分の力で稼いだお金は、彼にとってみれば大金だったが、弟の欲しがる潜水艦のプラモデルを買えるほどではなかった。少年は土曜のお昼、弟を連れてデパートの食堂へ行き、一緒にお子様ランチを食べた。

祖母には、学校の帰りにマスターの所でご飯をご馳走になるから、と嘘をついた。もちろん嘘をつくのは心が痛んだ。バス代とお子様ランチ代を合わせれば、祖母の分を出すには少し足りないから仕方ないと自分を説得したが、そんなのは言いわけに過ぎないとよく分かっていた。本当は商品券を現金に換えて割り増ししたことが、祖母の言った一等賞の名誉に相応しい使い道かどうか自信が持てなかったのだ。クイーン男から受け取ったお札は砂まみれでざらざらし、お酒のにおいが染み付き、何か惨めなもののようにくたびれ果てていた。その感触が、自分のたどった善き道を汚しているのではないだろうかと、心のどこかで少年は心配していた。

ただ弟のはしゃぎ振りだけが少年の心配を打ち消してくれた。

「わあ、すごいね、お兄ちゃん」

兄の手をきつく握り、弟は何度もそう繰り返した。ショーケースの中に並ぶ料理を、まぶしそうな目で一皿一皿じっくり眺め、あれにしようかこれにしようかと散々悩み、結局は最初からの予定通りお子様ランチを選んだ。二人ともデパートの食堂に足を踏み入れるのは初めてだった。中は混雑し、食券売り場の前には行列ができていたが、おかげで小さな子供が二人きりでいても目立たなかった。彼らは窓際の、ちょうどインディラの立て札が見える席に並んで腰掛けた。

弟は運ばれてきたお子様ランチの一体どこから手を付けていいのか分からないといった様子で

目を輝かせ、もう一度、

「すごいね、お兄ちゃん」

と言った。それからまずチキンライスのてっぺんに刺さった国旗を抜き取り、いとおしそうにズボンのポケットに仕舞った。

「お兄ちゃんのもあげるよ」

少年が皿を差し出すと、弟は弾む声で「ありがとう」を言い、兄の分の国旗をつまんでクルクル回しながら笑った。

「美味しいね、お兄ちゃん」

一口食べるごとに弟は繰り返し、そのつど少年は相槌を打った。しかし正直なところ少年には、それが本当に美味しいのかどうかよく分からなかった。チキンライスもハンバーグもフライドポテトもただ、胸の奥に浮かぶ暗闇に吸い込まれてゆくばかりだった。

屋上は子供たちで賑わっていたが、インディラの立て札は相変わらず淋しげで、少年たちがいつも座るベンチはがらんとしていた。

「いいか、おばあちゃんには黙っているんだぞ」

少年は弟に言い聞かせた。

「今度、チェスでもっとお金をもらえたら、今度はおばあちゃんも、おじいちゃんも一緒に食堂に来られる。その時まで内緒だ。約束が守れるかい？」

「守れるとも」

弟はフォークの先でエビフライを高々と掲げながら、元気よく答えた。

「賭けチェスをやったんだね、坊や」

賭けチェスが何を意味するのか、少年は正確に理解はしていなかったが、マスターの口調からそれが好ましくないものであり、公園で酔っ払いを相手にしたあのチェスを差しているのだということは、すぐに分かった。

「はい」

少年は素直にうなずいた。

「で、勝ってお金をもらったのかい？」

「はい」

「そうか……」

マスターは無精髭に手をやり、ジョリジョリ音をさせながら、長いため息をついた。怒っている気配はなかった。むしろ思案に暮れ、弱り果てているように見えた。その様子がいっそう少年を辛い気持にさせた。公園で男たちに商品券を差し出し、チェスの勝負をして以降、弟とお子様ランチを食べてもなお消えずに淀み続けているどんよりとした後ろめたさが、いよいよ気持悪く膨らんで少年の胸を押し潰そうとしていた。と同時にどうしてマスターが公園での出来事を知っているのか、やっぱり弟から漏れたのか、その理由についての想像が頭を駆け巡っていた。こっそり仕掛けたつもりの手がやすやすと見破られ、たちまちチェックメイトされたかのような、惨めな負け方をした気分だった。

マスターは頭をかき、ベルトを引っ張り上げ、食卓に指先で何かわけの分からない模様を書いた。シャツの襟からはみ出した首の肉をつまみ、シュガーポットの中のスプーンをかき回した。そうやって思いつく限りの仕草を一通りやったあと、ようやく口を開いた。

「俺は坊やがチェスでお金を稼いだことを怒っているんじゃない」

視線はシュガーポットに注がれたままだった。

「例えばグランドマスターたちは、素晴らしいチェスを指して、そのご褒美をもらう。それは当然のことだ。盤上に映し出される絵、浮かび上がる詩、響き渡る音に観客は皆拍手喝采を送り、自分たちの感動の何分の一かでも形にしてプレゼントしたいと願う。それがお金だ。分かるかい?」

「うん、分かるよ」

少年の声は震えていた。マスターは砂糖をかき回し続けた。

第　6　章

「でも、公園にいる彼らがやり取りしているお金は、チェスへのご褒美なんかじゃない。単なる金だ。つまりチェスは金を稼ぐための道具に過ぎないんだ。なりふり構わず、手っ取り早く勝つ。それだけが彼らの目的であって、盤上に美しい何かを表現しようなどとはこれっぽっちも思ってない」

ポットの縁から食卓の上に、砂糖粒がパラパラとこぼれ落ちた。

「つまりだ」

マスターは人差し指に砂糖粒を押し付けてなめ、それから視線を少年に移した。

「俺は坊やの駒を、そういう盤上で動かしてもらいたくないんだ。彼らの盤は結局、金を追い求める欲に支配されている。それは相手のキングを倒したいという欲とは、全然種類が違うものなんだよ。いつか話しただろう？　チェスは二人で指すものだ、敵と自分、二人で奏でるものだって。だからいくら坊やの手が澄んでいたって、相手の音が濁っていたら台無しだ。そんなチェスをする坊やを俺は見たくない。坊やなら誰もがはっとして息を呑むようなチェスが指せる。盤上に、いや盤下に詩が刻める。それが俺にはよく分かっているから、だから賭けチェスなんか坊やには……」

「分かったよ」

我慢できずに少年はマスターの胸に飛び込んだ。

「もうしないよ。あんなチェスは二度としない。ごめんなさい。マスターをがっかりさせるつもりなんてなかったのに、どうしてこんな馬鹿な真似をしてしまったのか……。ごめんなさい。本当にごめんなさい。僕はどうしようもない馬鹿だよ」

少年はマスターのシャツに顔を押し付け、声を上げて泣いた。砂埃でざらざらしていたお札の感触を消そうとするように両手を握り締め、唇を無理矢理引き剝がされた時よりももっと大きな口を開けて泣いた。ずっと胸を塞いでいたものが全部涙になって、後から後からこぼれ落ちてきた。

「坊やは馬鹿なんかじゃあるもんか」

マスターは少年の背中に両腕を回した。

「いいや、違う。馬鹿だ。最低の馬鹿だ。せっかくマスターが教えてくれたチェスなのに……よく考えもせず……いい気になって……せっかくの一等賞……おばあちゃんがあんなに喜んでくれた一等賞を……おばあちゃんに内緒で使うなんて……しかも目茶苦茶なチェスで……無理矢理酔っ払いからひったくるみたいにして……ごめんなさい、マスター。ごめんなさい、おばあちゃん。ごめんなさい」

ひどくしゃくり上げ、言葉は途切れ途切れにしか出てこなかった。最後、ごめんなさいと言ったあと、少年は一段と激しく泣きじゃくり、涙と鼻水でマスターのシャツを濡らした。背中を撫でながら何度もマスターは、「いいんだよ。謝らなくてもいいんだよ」と繰り返したが、その口調の優しさがいっそう少年を悲しくさせ、涙をあふれさせた。

「で、お金は何に使ったんだい？」

小さな子供に話し掛けるように、マスターは少年の耳元に顔を寄せた。

「お子様……ランチ……デパートの……弟と……一緒……」

「おお、そうか。それはよかった。弟も喜んだだろう？　よかった、よかった」

胸もわき腹も下腹も太ももも、マスターの身体は全部が柔らかく温かかった。少年が全身の力を預けても、何の苦もなくゆったりと受け止めるだけの余裕があった。少年は目を閉じた。その柔らかさと温もりの奥には果てがなかった。

まるでチェスの海に沈んでいるみたいだ。

と、少年は思った。窓の向こうには夕闇が迫ろうとしていた。少年はいつまでもマスターと一緒にこうしていたいと願った。閉じた目からはまだ涙があふれていた。

あの日の夕方、なぜ自分はあんなにも泣いてしまったのだろうと、生涯少年は考え続けた。もしかすると自分は、何かを予感していたのかもしれない。あの日の夕方が、回送バスでマスターと一緒に過ごす最後の日になったのだから、自分の予感は正しかったのだ。自分は賭けチェスのことなんかで泣いたんじゃない、その予感に突き動かされて泣いたんだ。いや、逆だ。自分の予感がマスターの最期を引き寄せたのだとしたら？　自分が泣いたりなどしなければ、マスターがあんな目にあうこともなかったのだとしたら？……そう思うとたまらなく恐ろしい気持に襲われ、息が止まるほど身体が震えた。

そんな時必ず彼は幻の声を聞いた。

「慌てるな、坊や」

その声はあまりにも温かく、ありありと浮かび上がってくるので、彼は思わずはっとし、あたりを見回さないではいられなかった。そして十一歳の坊やに戻り、あの時と同じように泣きじゃくってしまいそうになるのだった。

学校からの帰り道、回送バスに向かうため操車場を突っ切り、フェンスの隙間をくぐり抜けようとした時、少年は様子が普段と違っているのに気づいた。そこには見慣れているはずの静かな裏庭はなかった。どこからやって来たのか、大勢の人たちがひしめき合い、あたりは興奮と困惑の入り混じった奇妙なざわめきに包まれていた。独身寮のあらゆる窓は顔で埋まり、屋上のフェンスにしがみついている人の姿もあった。大人、子供、老人、運転手、バスガイド、整備士、カップル、浮浪者、主婦、営業マン、学生、金髪、旅人、僧侶、警官……とにかくあらゆる人々が

第　6　章

集まっていた。オペラグラスを覗きながらメモを取っている者もいれば、足を踏み鳴らしたり野次を飛ばしたりしている者もいた。またある者はテレビカメラを担ぎ、照明をたき、マイクに向かって何か喋っていた。ある者ははしゃぎ、ある者は憤慨し、ある者は祈っていた。彼ら全員の視線の先に、回送バスがあった。

少年は四つん這いになり、彼らの足元をかいくぐろうとしたが、あまりの混乱で思うように前へ進めなかった。

「すみません。通して下さい。僕、マスターとチェスをするんです」

いくら少年が訴えても、注意を払ってくれる人はいなかった。

「すみません。マスターが待っているんです。一緒に、チェスを……」

ようやく人々の足の間から回送バスが見えてきた。窓にはめ込まれたステンドグラスの光も、運転席に取り付けられた装置の数々も、屋根に積もった落ち葉の色合いも、すべてそのままの姿でバスはそこにあるのに、なぜか周囲にはロープが張られ、それ以上は近寄れなかった。しかし何より少年をたじろがせたのは、バスのすぐそばで威勢のいいモーター音を響かせている、ショベルカーだった。アームの先には巨大なペンチが取り付けられていた。それは回送バスよりずっと頑丈そうで、蘇鉄の木よりも更に高々と誇らしげだった。

「チェスなんかしてる場合じゃないわよ」

少年の頭上で、誰かが呆れたように言った。

「人が死んでるんだから」

えっ、と聞き返そうとした時、ショベルカーの音が一段と大きくなった。それを合図にするかのように、一斉に人ごみがうごめき、何人もの身体が少年の背中に覆いかぶさってきた。誰かの靴が少年の両手を踏みつけた。

「はい、そこ。もっと下がりなさい」

警官が偉そうに笛を鳴らした。

「いよいよだな」

「どこから攻めるのかしら」

「やっぱり乗降口からじゃないか？」

「でももし、バスと一緒に死体を刻んじゃったら、どうするの？」

あちこちで湧き上がるひそひそ声がモーター音と共鳴し、少年の頭上で渦巻いていた。少年は血のにじむ両手でしっかりと踏ん張りながら、目を見開き、マスターの姿を探した。窓ガラスのどこかにあの大きなお腹のシルエットが映っているはずだと、懸命に目を凝らした。

突然ショベルカーのアームがうなり、巨大なペンチが振り上げられた。

「やめて」

第　6　章

少年は叫び、バスに向かって突進した。

「中にマスターが……」

「駄目駄目」

しかしすぐさま、乱暴な腕が少年を捕らえ、人ごみの中に引きずり戻した。ズボンが泥だらけになり、膝がすりむけてもなお、構わず少年はバスに近づこうと試みたが、人の壁が幾重にも立ちふさがり、どうにも身動きできなくなった。

「お願いだからやめて……マスターを……誰か助けて」

少年の声はただ地面に吸い取られてゆくばかりだった。

「管理人さんを助けるためにやっているんだよ。ああしてバスを壊さなくちゃ、死体を外に出せないんだ」

誰か親切な人が少年の背中に話し掛けてくれたが、彼はその声を振り払うように頭を激しく振った。

「マスターは死体なんかじゃない。僕と一緒にチェスをするんだ」

「気の毒に、昨日の夜、ひっそりと心臓が止まって……」

その時、ペンチがバスの乗降口に突き刺さった。あちこちからどよめきと悲鳴が上がり、一斉にカメラのフラッシュが光った。少年の掌に地面の震えが伝わってきた。

せめてもの抵抗のつもりか、バスは車体を左右へ二、三度揺らしたが、扉は驚くほど呆気なくねじれ、枠がはずれ、砕けたガラスが飛び散った。最初の一撃であっという間にバスはもともとの輪郭を失い、致命傷を負った象のように雑草の中でうずくまっていた。それでもなおペンチは容赦なく傷口を攻め立てた。胴体の鉄板はめくれ、その隙間からコードが垂れ下がり、カーテンは裂け、パイプは折れ曲がった。鉄粉と埃が舞い上がるなか、時折摩擦で火花が散ると、皆、珍しい自然現象に出会ったかのごとく喚声を上げた。カメラマンたちはいよいよせわしなくシャッターを切り、マイクを握る人々は早口で何かをまくし立てた。

いつしか少年の耳には何の音も届かなくなっていた。ペンチが振り上げられてもバスが悲鳴を上げても、少年の鼓膜は静寂に包まれたまま、微かに脈打つことさえしなかった。ただ人々の興奮が重なり合い、熱を帯びて彼を押し潰そうとするばかりだった。彼は群集たちの足元に潜み、息を殺した。できるだけ小さくなっている方が、物事は好転するのだ、チェスの時だってそうなのだから、と自分に言い聞かせながら、ひたすら身体を小さく丸めた。

マスター自慢のアルメニア産の梁とレバノン産の漆喰が、共に崩れ落ちてゆくのが見えた。その下敷きになって、ケーキ皿とお茶のセットが粉々に砕けていた。女神の胸像もアラベスク模様のチェストも同じ運命だった。バスの側面があらかた取り払われ、アームが動きを止めた瞬間、一つの小さな影が瓦礫の中から飛び出し、茂みの奥へ消えていった。いよいよ死体を運び出すという次の展開に夢中になっている人々は、誰一人そんな影に気づきもしなかった。ただ少年だけがハッとして息を飲んだ。

「ポーン」

少年は思い切り叫んだ。

「戻っておいで、ポーン」

回送バスからの遺体搬出についてのニュースは、当日の夕刊とテレビでささやかに報じられた。現場の大騒ぎに比べれば、ニュースの扱いには一応の節度が見られたが、それでも、バスに住む太りすぎの男が病死し、その遺体を運び出すために各種重機が出動したという成り行きには、どこか哀れさと滑稽さが付きまとっていた。

結局、バスを壊して出入り口を広げたにもかかわらず、二百五十キロの脂肪の塊を人間の腕だけで移動させるのは不可能であることが判明し、ショベルカーに引き続いてクレーン車が手配された。遺体は両膝を抱え、顔を腹の脂肪に埋めた格好でバンドでぐるぐる巻きにされ、吊り上げられた。もはや手遅れに過ぎないのだが、最後の最後までできるだけ身体を小さくしようとする努力は、エレベーターの箱に収まろうとするインディラの後ろ姿にも重なり合っていた。しかしその努力を思いやれる人物は、群集の中でただ一人、少年だけしかいなかった。

第 6 章

ようやく遺体がバスの残骸から空中へと姿を現した時、長い時間待たされた人々の多くは思わず拍手をしそうになり、慌てて両手をポケットに突っ込んだ。クレーンがアームを精一杯の高さにまで伸ばすと、遺体はまるで、私はまだ死んでいませんと訴え掛けるように、右に半回転左に半回転した。それに合わせ、ベルトの隙間からはみ出した贅肉がだらんだらんと揺らめいた。重量に耐えかねてフックが外れるのではないかと、見物人たちは息を呑んだ。

いつしか彼らは目の前に吊り下げられているのが人間であるということを忘れていた。顔が腹に押し当てられていたおかげで、テレビ局は画像にモザイク処理を施さなくても済んだ。絶品のお菓子を焼き、チェスの駒で繊細な罠を織り上げた指もまた、脂肪の塊の奥に埋まって見えなかった。遺体は不自然に折れ曲がった関節と、蔓植物のように食い込むベルトのために、本来の人間らしさをとうに失っていた。それはもはや、空中に吊り下げられた、巨大な天への捧げ物だった。

塀の向こう側の操車場に待機するトラックを目掛け、アームはゆっくりと回転した。途中、ベルトからはみ出た臀部が蘇鉄にぶつかり、枝が折れ、ズボンが裂けたが作業は中断することなく続けられた。遺体の動きに合わせ、群集たちも操車場へ向けて移動をはじめた。遺体が荷台に載る瞬間を撮り逃してはならないと、カメラを抱えた人々は一斉に走り出し、ある者は塀をよじ登り、ある者は破れたフェンスを無理矢理くぐり抜けた。少年が通るのに丁度いい大きさだった穴

第　6　章

は、あっという間にだらしなく押し広げられた。

どの新聞記事の写真にも、どのニュース番組の映像にも、一人裏庭に取り残された少年の姿は映っていなかった。少年は瓦礫となった回送バスの中に足を踏み入れた。電熱器も給水タンクも次止まりますのボタンも、ケーキ皿も泡立て器もシュガーポットも、何もかもが粉々に砕け散っていた。しかし少年にはその欠片一つ一つがもともと何だったか、それをマスターがどんなふうに扱ったか、よみがえらせることができた。マスターの指の形からバスの隅々に満ちあふれていた匂いまで、すべてが目の前に浮かんでいた。

割れたガラスが靴底に突き刺さるのも構わず、少年は更に奥へと踏み込み、そこにテーブルチェス盤を見つけた。あらゆるものたちが破壊され、うろたえ、もだえ苦しんでいるなかで、それだけは悠然とありのままの姿を保っていた。鉄粉と土埃を被ってはいたが、どこにも傷ついたところはなかった。

少年はひざまずき、あたりに散らばった駒を拾った。ポーン、クイーン、ナイト、ルーク、ビショップ、キング……。一個一個埃を払い、ズボンのポケットに仕舞っていった。三十二個全部の駒を見つけ出すと、テーブルチェス盤の下で丸まっているポーンの敷布も一緒にポケットに突っ込んだ。フェンスの向こうでまだ続いているらしい騒ぎの気配は、少年のところまでは届いていなかった。

ポケットを膨らませ、血だらけの両手でテーブルチェス盤を抱え上げた少年の姿は、群集が去り、夕闇が迫る頃になってもまだ、回送バスの残骸の中にとどまっていた。その影は静けさの奥に吸い込まれたかのように、じっとして動かなかった。

「ポーン」

夕闇に向かって少年は呼び掛けたが、返事は返ってこなかった。

第7章

マスターを失ってから、リトル・アリョーヒンが最も怖れたのは、大きくなることだった。身長が伸びる、肩幅が広くなる、筋肉が付く、靴が小さくなる、指が太くなる、喉仏が出る……そうしたあらゆる変化の予感が彼を恐怖の沼に引きずり込んだ。大きいという状態を連想させるものはすべて、彼にとっては凶器となった。町で二メートル近い大男を見掛けた時は、血の気が引いて足がすくみ、テレビで世界一巨大なピザを焼く祭りのニュースが流れた時には、吐き気が込み上げてきた。大きくなりすぎたために、マスターの死は見世物にされた。インディラは屋上に閉じ込められた。ミイラは壁に埋もれた。何より大きくなってしまったら、テーブルチェス盤の下に身体を収めることができなくなってしまう。

〝大きくなること、それは悲劇である〟

この一行をリトル・アリョーヒンは深く胸に刻み込んだ。それはいつまでもじゅくじゅくと膿んで癒えない傷であり、また同時に、彼の生涯を貫く鉱脈であった。

容赦なく迫ってくる身体の変化に抗《あらが》うため、そしてマスターの死を弔うため、リトル・アリョーヒンは一日のほとんどをテーブルチェス盤の下にうずくまって過ごした。彼はそれを回送バスの廃墟から救い出し、家まで持って帰った。引きずって脚を傷つけないよう両手で持ち上げ、暗くなった運河沿いの道を運んだ。チェスをしている時には気づかなかったが、それは十一歳の子供一人の手に余る重さがあった。群集に踏みつけられた両手は痛み、膝はすりむけ、頭は埃を被って灰色になっていた。運河から立ち上る水の気配は冷たく、空には一粒の星も出ていなかった。十メートル進んでは休み、腕をさすり、また十メートル進んでは休み、を繰り返しながら彼は一歩一歩テーブルチェス盤を野次馬たちから遠ざけた。時折すれ違う人もあったが、なぜ子供がこんなものを？という不可解な表情を浮かべるだけで、「手伝ってあげよう、坊や」と言ってくれる人はいなかった。ようやく家へたどり着くと、彼はそれをボックス・ベッドの脇に置き、口もきけないまましゃがみ込んだ。

以来、リトル・アリョーヒンは学校から帰ってくると真っ直ぐそこへ向かった。わずかでもテーブルの脚から身体がはみ出さないよう注意を払いながら、祖母の運んでくる料理を食べ、背中を丸めて眠り、両膝の間に顔を挟んで泣いた。チェスの駒を並べてみる気持にもなれず、誰に呼び掛けられても返事さえできなかった。

第 7 章

祖父母は心配のあまり体調を崩すほどだったが、孫を無理にテーブルチェス盤から引っ張り出すような真似はしなかった。祖父は一日に何度となくテーブルチェス盤に近寄り、孫に話し掛ける代わりに、黙ってその表面を艶出しクロスで磨いた。祖母は彼が持ち帰ったポーンの敷布を縫い合わせ、紐を通し、駒袋を作った。おかげで駒で一杯の彼の膨らんだポケットは元に戻った。弟は自分のおやつを我慢して兄の元へ運んだ。しかし甘い匂いはマスターを思い出させ、兄の胸を苦しくさせてしまうので、結局弟は自分の力不足を嘆きながら二人分のおやつを食べることになるのだった。とにかく皆がそれぞれのやり方で、どうにかしてリトル・アリョーヒンの役に立とうとした。

祖母を最も悩ませたのは、孫の唇が生まれた時のようにまたくっついてしまうのではないかという心配だった。滅多なことで唇は開かれず、食事の時でさえほんのわずか隙間ができるだけだった。産毛は粘膜に張り付き、上下の傷跡はぴったりと寄り添い合って、いつ生まれる前の記憶がよみがえってきてもおかしくないように思われた。夜、祖母はひざまずき、リトル・アリョーヒンに身体を寄せ、そっと人差し指を唇の間に差し込んだ。そしてそれがくっついていないことを確かめると、感謝の祈りを捧げるように布巾を握り締め、

「さあ、ぐっすりおやすみ」

と言った。リトル・アリョーヒンは唇に残る祖母の体温を感じながら、眠りについた。

喪《も》がいつ明けるのか、誰にも、リトル・アリョーヒン自身にも分からなかった。祖父母たちはただ見守るしかなく、彼は悲しみの卵を抱くようにポーンの駒袋を両手で包み、ただひたすらうずくまるしかなかった。どんなきっかけがどんな知らせとなって訪れるのか、その時を皆が心静かに待っていた。殻にひびの入る気配を聞き逃すまいと、耳を澄ませていた。

ある日曜日の夜、リトル・アリョーヒンは駒袋の紐を解き、駒をテーブルチェス盤に並べた。それが喪の明けた合図だった。食卓に座っていた祖父母たちは息を殺し、一個一個の駒が定められた升に置かれてゆくのを見守った。久しぶりに盤上に戻ってきた駒たちはどれもすぐさま格子の模様に馴染み、いつ指令を受けてもいいように、凛々《りり》しく敵陣を見つめていた。

その日からテーブルチェス盤の下は再び、チェスの手を考えるための場所に戻った。食事は皆と一緒に食卓でとるようになり、夜はボックス・ベッドで眠るようになった。けれどももちろん、そこがマスターの死を悲しむための場所であることに変わりはなく、マスターの姿を最も身近に感じ取れるのは、チェス盤の裏を見つめている時だった。チェスプロブレムの問題集を解きながら、ふと無意識に、聞こえるはずのないマスターの次の手を待っている自分に気づき、リトル・アリョーヒンはしばしば呆然となった。

裏庭の回送バスは撤去され、ついでに枯れかけていた蘇鉄は引き抜かれ、管理人の骨は遠い故郷の墓地に埋葬されたという噂が町には広まっていたが、リトル・アリョーヒンは耳を塞ぎ聞こえない振りを通した。彼は生涯二度と、独身寮の裏庭を訪ねることはなかった。

第 7 章

喪が明けたことを示す本当の知らせ、目に見えない何ものかが天から送った真の合図、それが明らかになるまでしばらく時間が必要だった。リトル・アリョーヒンは十一歳の身体のまま、それ以上大きくならなかった。精神やチェスがどんなに成長しようとも、身体はテーブルチェス盤の下に収まる大きさを保ち続けた。

誰もその事実を嘆き悲しんだりしなかった。大きくなることの悲劇から救われ、リトル・アリョーヒンは心の底から安堵した。大きくならないとはっきりした時点で、彼は大人になった。

唯一の例外は唇だった。ある日、唇の産毛が濃く太くなっているのを見つけたリトル・アリョーヒンは驚きのあまり叫び声を上げそうになった。もちろん見た目の問題からではなく、彼固有の悲劇に関わる問題からだった。

それは好き勝手な方向にうねり、絡まり合いながら勢いよく生い茂っていた。瞬間、彼はプールに浮かんでいた溺死運転手、犠牲の棋士の腋毛を思い起こした。死んでいるとは思えないほどの生気を放っていた、あのうごめきがよみがえってきた。慌てて彼はズボンをめくり上げ、唇にされる前の元の皮膚、脛を点検したが、とりあえずそこは引きつれた手術痕もその他の部分もうっすら産毛に覆われたままで、おぞましい変化が起こる予兆は見当たらなかった。

もし唇が呼び水となってあちこちが成長しはじめたらどうしよう。もしこれが無理矢理手術をされた唇の、僕に対する復讐だとしたら、どうやって食い止めたらいいのだろう。恐怖に取り付かれたリトル・アリョーヒンはどうしても我慢できず、ハサミを手に持ち、昔同級生にされたのと同じやり方で唇の毛を切り落とした。気色悪く唇に張り付いてくる毛の切れ端を、忌々《いまいま》しげに舌で押し出した。

しかしそのやり方は失敗だった。いくら切っても毛はすぐにまた伸び、彼の浅はかさを笑うように、太さも密度も前より更に勢いを増していった。もっと困ったのは伸びはじめの毛がチクチクと唇を責め立て、チェスに集中できないことだった。チェス盤裏に目を凝らせば凝らすほど唇が痛み、イライラして駒の動きを見逃してしまった。

とうとうリトル・アリョーヒンは唇に対する抵抗をあきらめ、好き放題毛が生えるままに任せることにした。唇以外の場所に対する観察は怠らなかったが、極力毛については考えない努力をした。やがて一日一日と時間が過ぎてゆくなかで、次第に唇だけが特別なのだとはっきりしてきた。正しくは、唇だけが当たり前の成長をしたと言えるのかもしれないが、とにかく彼の心配は杞憂《きゆう》に終った。唇に生えた脛毛は、リトル・アリョーヒンが文字通りどんなにリトルであっても、もう立派な大人なのだと証明する唯一の証拠となった。

第 7 章

回送バス無きあと、リトル・アリョーヒンがチェスの実力を発揮した場所は、パシフィックホテルの地下だった。パシフィック・チェス倶楽部入会審査のいざこざを考えれば、そこに再び足を踏み入れチェスをすることになるとは、彼自身考えてもいない成り行きだった。

彼の家に倶楽部の男性が訪ねてきた時、それが入会審査を取り仕切っていた初老の事務局長だと、すぐには思い出せなかった。男は相変わらず隙のない背広姿で、ポマードを塗り付けた髪と襟に挿した倶楽部のバッジを、同じくらい誇らしげにピカピカと光らせていた。あの時の少年が本当に少しも成長していないのかどうか確かめるように、事務局長はリトル・アリョーヒンの身体を眺め、やがて唇の脛毛に気づくとすぐにそこから目をそらした。リトル・アリョーヒンは十五歳になっていた。

「僕はとっくに反則負けを宣言されています」

彼は言った。

「ええ、分かっていますよ。実に心苦しい結果でした。あっ、その前に、管理人氏は残念なことでした。お悔やみ申し上げるのがこんなにも遅くなってしまい、どうもすみません」

白々しく事務局長は頭を下げた。

「実は今回、あなたをお誘いしたいのは、パシフィック・チェス倶楽部ではございません。パシフィック・海底チェス倶楽部です」

どう返答をしていいか、リトル・アリョーヒンは見当もつかなかった。

「パシフィック・チェス倶楽部の会則では、あなたのあの独自なスタイルは受け入れられませんでした。けれど海底チェス倶楽部ならば、あなたは十分ご自身の実力を発揮できると、我々は考えます」

台所の片隅で祖母が布巾をいじりながら、心配そうに事の成り行きをうかがっていた。

「海底チェス倶楽部って、何ですか」

リトル・アリョーヒンはごく当然の疑問を投げ掛けたが、事務局長はその質問には答えず、一つ咳払いをして間《ま》を稼いだ。

「あのスタイルはつまり、自分の姿を対戦相手に見せたくないからですか？　それとも逆に、相手の顔を見たくない、あるいはその両方？　盤を見ないことはつまり常に目隠しチェスを挑んでいるわけで、相当不利な条件だが、それを承知でなお盤下に隠れるメリットは何でしょう。猫と関係ありますか」

事務局長は次々と質問を繰り出してきた。管理人氏の指導なのか。特別な訓練を受けたのか。本当に盤を前にして指すより盤下の方が強いのか。勝敗の統計は取ったか。狭い場所が好きなのか。ならば暗い場所はどうか……。

リトル・アリョーヒンにとってはどれも答えづらい問題ばかりだった。彼は自分のスタイルに

第　7　章

理由があるなどと考えたためしは一度もなく、マスターに至っては盤下で猫を抱くことを、ポーンが一歩ずつ前進するルールと同じくらい当たり前に扱っていたからだ。

「まあ、よろしい」

リトル・アリョーヒンが返事もできずに黙ったままでいると、事務局長は一人勝手に納得した様子でうなずき、一挙に話題を転換した。

「人形を操ってチェスを指してみませんか。海底チェス倶楽部で」

「えっ、人形？」

思わず彼は問い返した。

「そうです。からくり人形です。一七六九年にハンガリー人のケンペレン男爵によって作られたチェスマシーン、〝トルコ人〟のことはあなたもご存知でしょう。トルコ人の衣装を身に付けて強いチェスを指す自動人形。ウィーンの宮廷で初めてマリア・テレジアに披露されました。一八〇九年にはナポレオンとも対戦しています。もちろん自動と言っても、中に人間が隠れて操作していたわけですが」

事務局長は無遠慮に部屋を見回し、テーブルチェス盤と、ボックス・ベッドの天井チェス盤とを交互に見やった。

「ええ、知っています。本で読んだことがあります」

「ならば話が早い」

事務局長は足を組み替え、顎をさすった。

「人々がチェスに求めるものは実にさまざま複雑です。単なる暇つぶし、娯楽で済む人もいれば、至上の快楽を得ようとする人もいる。生身の人間相手で十分な人もいれば、そうでない人もいる。古来チェスを愛する人々は、人間の頭脳を超越したところ、例えば宇宙の彼方から届く星の瞬きや光のスピードの中に、誰も知らないチェスの秘密が隠されているのではないかと夢見てきました。その幻想に応えようとしたのが〝トルコ人〟です。人間以外の何ものかと一緒に、チェスを指したいんです。コンピューターはお話になりません。あれは単なる計算の速い機械にすぎません。チェスの秘密はもっとロマンティックな香りに包まれています。あなたも、そう思うでしょう?」

リトル・アリョーヒンはうなずいた。

「我が倶楽部に、なぜ海底部門が必要なのか。そのわけもそこにあります。厳密なルールにのっとり、ゲームとしてのチェスをとことん追求し、知性の高みにまで到達するための集まりがパシフィック・チェス倶楽部であるとするならば、幻想という名の潜水艦に乗り組み、チェスの深海を冒険するための集まり、それがパシフィック・海底チェス倶楽部なのです。邪道だとか、おふざけが過ぎるとか、そういう陰口を気にせず、存分にロマンティックなチェスを指すための場所、と言ってもよろしいでしょう」

「で、人形を操る話はどうなったんですか」

「ええ、まあそう急ぐ必要もありません」

もったいぶって事務局長は再び咳払いをし、祖母の運んできた紅茶のカップに形だけ口をつけた。

「海底チェス倶楽部では、前々から自動チェス人形のご要望が高かったのですが、このたびパトロンの某ご令嬢から、とある有名なからくり人形を寄付していただけることになりました。ペンを握らせると手紙を書くという、実に賢い人形です。それを、チェスを指すように改造するのです。ペンの代わりに駒を操らせるのです。腕利きのからくり人形師も既に手配してあります。木製の人形が、あたかも人間の心を持つかのように、駒を動かし、キングを追い詰める。何とスリリングでしょう。そして人形の心となるに最も適した人物は、リトル・アリョーヒン、あなたしかいません」

きっぱりとした事務局長の口調に戸惑い、リトル・アリョーヒンは、言葉に詰まって目を伏せた。

「一八五四年、アメリカ、フィラデルフィアの博物館に収蔵された〝トルコ人〟が火事により焼失したのは、あなたもご存知のとおりです。八十五年の生涯でした。人形なのですから百年でも二百年でも生きられたでしょうに、チェスを指すうち、人間とあまりにも離れがたく密着し、半ば人間のようになって、人間らしい寿命を全《まっと》うしたのかもしれません。あなたなら必ず、〝トルコ人〟と同じようにチェス人形と一体になれます。〝トルコ人〟の再来かと皆が驚愕し、興奮するはずです。あなたは人形の心となれるばかりでなく、人形そのものになれるほどの天分を持っておられる。何しろあなたは、こんなにも小さいのですから……」

その時、事務局長は初めて笑った。胸の前で指を組み、少年の唇を見やりながら忍び笑いを浮かべた。

リトル・アリョーヒンは上の学校には進学せず、パシフィック・海底チェス倶楽部で、〝リトル・アリョーヒン〟として働いた。

その名に相応しく、海底チェス倶楽部はパシフィック・チェス倶楽部のもう一段下、地下二階にあった。入会審査が行われた部屋の西奥にある、葉巻を並べたキャビネットをスライドさせると、そこに地下二階へ続く扉が姿を現した。倶楽部名を記す真鍮のプレートも呼び鈴もない、ただ黒々と錆び付いた鍵穴だけが目立つ、胡桃製の扉だった。

鍵を持っている人間は限られていた。出入りが自由なのは例の事務局長とパトロンの令嬢、あとは二、三人の有力な幹部だけで、会員でさえも事務局長の立会いがなければ地下二階へと降り

第　7　章

てゆくことはできなかった。リトル・アリョーヒンはホテル裏口にあるボイラー室の螺旋階段を使っての出入りしか許されておらず、関係者たちと顔を合わせる機会は滅多になかった。チェス倶楽部の会員と海底チェス倶楽部の会員がどの程度重なっているのか、あるいは全く別なのか、どうやって連絡を取り合っているのか、やはり入会審査が必要なのか、全部で何人くらいいるのか、会費はいくらなのか……リトル・アリョーヒンには分からないことばかりだった。

地下二階はもともとホテルの室内プールがあった場所だった。部屋の中央には水の抜かれたプールがそのまま残っていた。コンクリートは干からび、給水孔はひび割れ、タイルは欠け落ちていた。床や壁は水色のペンキで塗られていたが、それもすっかり色あせ、あちこちで不気味なまだら模様を浮かび上がらせていた。地下二階にしては天井が高く、ポーンを一個床に落としてもはっとするほど大きな音が隅々にまで響き渡った。頭上のパシフィック・チェス倶楽部が重厚なインテリアで飾り付けられているのに比べ、海底は素っ気なく、冷ややかだった。そこにはふかふかの絨毯も、チェス連盟から贈られた賞状も、チェスの風景を描いた高価な絵画もなかった。ただ八×八の黒白格子模様に塗り替えられたプールの底だけが、かろうじてそこがチェスの倶楽部であることを示していた。

海底倶楽部の活動は頭上の倶楽部が閉まっている時と決まっていた。一度として例外はなかった。つまり火曜日と、その他の曜日の午前〇時から明け方までだった。海上を滑るヨットと、海底をさ迷う潜水艦は決して同時に航海できないのだった。

プールをコの字に囲んで並ぶさまざまな部屋が、活動場所として使われた。もちろんそれらは室内プール時代の役割をとうに終え、チェスをするためだけの部屋になっていた。バルブをひねっても水は流れず、売店のレジスターは空っぽだった。

リトル・アリョーヒンに割り当てられたのは元女子シャワー室で、そこに自動人形をしつらえ、会員たちの相手をした。他の部屋でどのようなチェスが為《な》されていたのか、やはりリトル・アリョーヒンには分からなかった。多面指し、早指し、長考、ランダムチェス、ゲームを通しての精神分析、だいたいそのようなことらしいと察しはついたが、確かめる術はなかった。会員たちに姿を見られないため、つまり人形はあくまでも人形なのだという幻想を守るため、滅多なことで装置の外へ出てはならないと、事務局長に厳命されていたからだ。

自動人形の製作段階でリトル・アリョーヒンが絶対に譲らなかったのは、マスターのテーブルチェス盤と駒を使うことだった。人形がテーブルチェス盤の前に座らないのであれば、何の意味もない。自分はマスターのテーブルチェス盤の下に潜り込んでこそチェスができるのであって、どんな盤の下でも同じというわけではないのだ、と主張した。精巧な人形に比べ、薄汚れたテーブルチェス盤と駒は見るからに不釣合いだったが、リトル・アリョーヒンの勢いに押され、しぶしぶ事務局長は承諾した。

第　7　章

まずテーブルの脚を楓《かえで》の木の板で囲い、床板を張り、ローラーを取り付けて移動可能な箱状のチェス盤に作り変えた。会員が座る側の箱の前面は扉になっており、自由に開閉することができた。ここまでの作業はからくり師ではなく、祖父が担当した。それもまたリトル・アリョーヒンの譲れない要求の一つだった。祖父は事務局長に対してもからくり師に対しても恥ずかしくない、立派な仕事振りを見せた。楓の木はまるで回送バスの頃からずっとそこにあったかのように、ごく自然にテーブルと馴染み、扉はカタリと音も立てずに開いた。リトル・アリョーヒンは自慢で仕方なかったが、祖父はただ自分の腕が孫のために役立ったことを、天に感謝するばかりだった。

テーブルチェス盤の頃と比べ、リトル・アリョーヒンに与えられるスペースはずっと狭くなった。からくりと共存しなければならなかったし、何より周囲が囲われて暗くなったことで圧迫感が増した。更に対局を始める前と終った後、箱の扉を開け、会員に中を見せるのが決まりとなっていたため、その瞬間彼はからくりの奥に張られた黒い幕の向こう側へ隠れる必要があった。目の前にいるのは紛れもない人形なのだという会員の幻想をあくまでも守るのが、海底チェス倶楽部の方針だった。からくり師はできるだけそのスペースを広げるよう工夫したが、それでもそこは猫の寝床ほどの広さしかなかった。

「やはり君、テーブルチェス盤では小さすぎるんじゃないかね」

と事務局長は不安げに言った。

「いいえ、大丈夫です」

リトル・アリョーヒンの答えは毅然としていた。まず肩をすぼめ、肋骨を圧縮させて幕の奥に滑り込む。それから骨盤を緩め、上体を極限まで折り曲げて頭を膝の間に埋める。すると最初から計算したかのように、身体はすっぽり猫の寝床に収まった。

「ほら、このとおり」

扉の向こうから心配げに覗き込んでいた事務局長とからくり師は、感心して拍手を送った。箱の板に身体を押し当てながら、ミイラもこんなふうに壁の隙間に身を潜めているのだろうか、とリトル・アリョーヒンは考えた。

人形の顔はアレクサンドル・アリョーヒンに似せて作られた。キューバのホセ・ラウル・カパブランカに勝利し、初めて世界チャンピオンになった頃の、ハンサムで若々しいアリョーヒンだ。髪をきちんと撫でつけ、仕立てのいい背広を着こなし、カフスボタンまではめている。頭は檜《ひのき》、胴体は桜、駒を持つ大事な手は花梨《かりん》の木で出来ている。色ガラスを埋め込んだ目は鋭く盤上に注がれているが、ガラスの奥にはどこか遠い場所を陶然と見つめるような柔らかい光が宿っている。そして右腕には猫だ。白黒の利発な猫が、腕の中に居心地よくすっぽりと収まり、両耳をピンと立てて盤上の詩に耳を澄ませている。その猫をポーンに似せて作ることが、リトル・アリョーヒンの最後の要求だった。

ポーンはどこへ行ったのだろう。人形に抱かれた猫を見た時、彼は幾度となく自分に問い掛けてきた疑問を再び口に出さないではいられなかった。マスターを看取り、回送バスが壊されるぎりぎりまでマスターに寄り添い、その後はもう自分の役目は終ったのだと悟るかのように、潔く去っていったポーン。どうして自分はポーンを救い出してやれなかったのだろう。思わず彼は真新しい木の匂いが残る猫の背に手をのばし、

「ごめんよ」

とつぶやいた。リトル・アリョーヒンにとってそれは、ポーンの墓碑となった。

こうして完成した人形は当然、〝リトル・アリョーヒン〟と名付けられた。

からくりはリトル・アリョーヒンが思うよりずっと複雑だった。小さな歯車や鯨の髭で作られたぜんまいがいくつも、連動し合い反発し合いながら動力を腕に伝え、小指の先に至るまで微妙に制御していた。初めて箱の中に入った時、自分をぐるりと取り囲む装置たちの見事さに、彼は息を漏らした。そこにはアレクサンドル・アリョーヒンの棋譜に通じる繊細さと優美さとダイナミックさがあった。彼がほんの少し操作レバーをいじるだけで、あらゆる歯車、ぜんまいが一斉に動き出し、それに合わせて箱の中の闇までもが対流しはじめた。自分の為した労力が何倍にもなって箱の中で増幅されてゆく様は、序盤のささやかな一手がいつしか強力な武器に変貌してゆくのに似ていた。彼はしばらくうっとりとし、壊さないように細心の注意を払いながらすべての

部品を指先で撫でた。

しかしどんなに装置が立派でも、それに相応しい動きを人形にさせられるかどうかはリトル・アリョーヒン一人の責任にかかっていた。彼が操るレバーは先端が三叉《みつまた》に分かれ、人形の左腕内部を通る木製カムにつながっていた。その三叉を広げたり絞ったりして人形の手に駒を握らせ、目的の場所まで移動させるのだが、その技術を習得するのはチェスのルールを覚えるより難しかった。まず当然ながら彼には一切盤上が見えないのだから、g1からf3へ、d5からh5へ、e6からa2へ、と人形の手を動かすのにレバーにどれほどの力を掛けたらいいか、その加減がなかなかつかめない。長年駒の音で位置を聞き取ってきたので、正確な升目を盤下に思い描くことはできても、人形の動きはそう簡単にイメージできない。チェスでは、一度触れた自分の駒は必ず動かさなければならず、相手の駒は取らなければならないルールになっている。うっかり余計な駒に触るなどという恥ずかしい失敗をしては、アリョーヒンに申しわけない。そう自分に言い聞かせながら、リトル・アリョーヒンは訓練に励んだ。

とにかく耳を澄ませること、これが何より大事だった。自分の駒が正しい升目に動いたかどうか、コツン、という音だけを頼りにレバーを微調整した。暗闇の一点を見つめ、耳と指先にだけ神経を集中させながら、当然ゲームの先も読まなければならなかった。あまりにも集中力が高まる時、暗闇に自分の瞳と同じ大きさの小さな穴が開き、そこへ吸い込まれてゆくような気持になり、めまいを起こして気が遠くなることさえあった。

人形は駒を動かす以外に、もう一つだけある仕草をすることができた。レバーの脇の突起を押すと、瞬きをするのだった。人間よりもずっとゆっくりしたその瞬きは、彼の思慮深さを表すのに役立った。リトル・アリョーヒンはなぜか、その突起だけは練習しなくても最初から上手に押すことができた。


一つ、リトル・アリョーヒンには不満が残った。会員と自分、もちろん自分は人形に置き換えてもいいのだが、とにかく二人だけではゲームが成立しないという不満だった。人形は腕の可動範囲が限られているため、対局時計が押せない。更に、駒を動かせるが、取った相手の駒を取り除くことはできない。二つの駒を一度に持てないからだ。そのため人形は、自分の駒を目的の升目まで動かし、相手の駒をほんの少し押し出すようにする。そのタイミングを見計らって相手の駒を盤上から外へ運び出す人間が必要になってくる。

チェスとは二人の心をぶつけ合い融合させて作り上げる、一つの広大な交響曲である、というマスターの教えからすれば、一人余分な人間が盤上に手を出すのは、楽譜の余白に子供がいたずら書きをするようなものではないだろうか、と彼は心配した。

「大丈夫」

事務局長は全く取り合わなかった。

「あなたは大げさすぎます。第三者が関わるからと言って、〝リトル・アリョーヒン〟の誇りがいささかも傷つくものではありません。そうでしょう？　その人は、ちょっとした手助けをするのです。取った駒をどかし、時計を押す。たったそれだけです。天才ピアニストの脇に控える楽譜めくりと同じじゃありませんか。その人には棋譜も記入してもらいます。ですから記録係でもあるのです。それがどうして不満ですか？　対局に記録係はつきものです。その手助け人兼記録係を当倶楽部はちゃんともう雇い入れています。任務に相応しい実に立派な人物です。そうだ、丁度いい。今、紹介しておきましょう」

こうしてリトル・アリョーヒンは、ミイラと出会うことになった。

第8章

元女子シャワー室に彼女が入ってきた時、リトル・アリョーヒンは思わず、

「ミイラ、どうやって壁から抜け出してきたの？」

と、声を上げそうになった。広い額に尖った顎、黒々とした瞳とカールした睫毛、潤んだ唇、真珠色の肌、耳の脇で二つに結ばれた真っ直ぐな髪……そうした何もかもが、ボックス・ベッドの向こうに感じてきたミイラの姿そのままだった。

「はじめまして」

声を聞いていっそう彼は彼女から目が離せなくなった。ボックス・ベッドの暗闇を揺らすあの声が、今そこにある唇から発せられている様に出会い、信じられない思いで立ち尽くした。

彼女はリトル・アリョーヒンの唇に目をやり、すぐに目を伏せた。それは唇の脛毛に驚いたからではなく、ただ恥ずかしがり屋なだけなのだと、彼には分かった。彼女はとても痩せていた。

身体中どこにも不必要な厚みはなく、首も指もふくらはぎも彼が知っているどんな女の人より細く、そのうえシャワー室のタイルとよく似た薄水色のワンピースを着ていたので、黙って立っているとまた壁の中に吸い込まれてゆきそうに見えた。

「ああ、どうも、よろしく」

どぎまぎとしてリトル・アリョーヒンは答えた。唇の脛毛が絡まって上手く言葉が出てこなかった。その時になってようやく彼は、ボックス・ベッドの中では予想できなかったミイラの特徴を一つ発見した。彼女は左の肩に、鳩を一羽載せていた。

それはミイラよりも更に存在感の薄い、慎み深い鳩だった。自分は紛れもない鳩なのだ、と周囲に訴えかけるようなところが一切なかった。肌色の嘴と二本の脚、それからミイラと同じ黒い瞳以外、あとはすべてが一点の曇りもない白色だった。ミイラがお辞儀をしても首を傾けても鳩の体勢は変わらず、羽を折り畳んで前を見据えたまま、ただひたすらじっと肩に留まっていた。脚踏みもせず、胸も膨らませず、クウという鳴き声さえ漏らさなかった。

ミイラはパシフィックホテル専属の手品師の娘だった。助手としてホテルのショーに出演していたが、事故で父親を失い、海底チェス倶楽部に雇われることになった。ホテル最上階の宴会場から地下二階への異動だった。父親は瞬間移動のマジックの最中、床下へ降りてゆくゴンドラの機械に蝶ネクタイをはさまれ、絞首刑のようになって死んだ。

第　8　章

言ってみれば鳩は父親の形見だった。以来彼女は鳩とひと時も離れなかった。手品用に改良されたその鳩は、シルクハットの底にいつまでも大人しく隠れていられるよう、普通の鳩より身体が二回りほど小さく、何があっても鳴かない訓練を受けていた。彼女の肩に乗っていても、自分の存在をきれいに消すことができた。

諸々のいきさつを知ったリトル・アリョーヒンは、ミイラと鳩の組合せの見事さに感心した。彼女たちは誰にも気づかれない場所に、身体を小さくして潜んでいる者同士として、またとないコンビだった。それと同じことが、リトル・アリョーヒンとインディラにも言えた。

二人は協力してチェス人形の練習に励んだ。真夜中過ぎ、元女子シャワー室にこもり、どうすれば正確に人形の手を動かし、人形とミイラが一体であるかのごとく速やかに相手の駒を取れるか、あれこれと工夫を重ねた。もちろん鳩も一緒だった。

「あとほんの少し右。もう少し。あっ、黒のビショップにぶつかりそう。気をつけて」

扉の隙間から微かな光しか入ってこない人形の暗闇の中で、身体を丸め、レバーを握りながらミイラの声を聞いていると、彼はボックス・ベッドで眠りに落ちる前の安らかな気持を思い出した。彼女を壁の中から救い出したのは自分だ、という誇らしい気分にさえなれた。第三者の手が盤に触れるのは許せない、などと文句をつけた自分がいかに愚かだったか思い知った。

彼女の声はしとやかで、ひっそりとし、時に人間の声とは思えない秘密めいた響きを持っていた。長年、狭く暗い壁の中に閉じ込められてきた人に相応しい声だった。彼はふと、もしかしたら喋っているのは鳩ではないだろうかと疑い、今すぐテーブルの下から這い出て確かめてみたいという思いにかられた。時にその欲望を抑えるのに集中力を乱され、手元が狂いそうになることもあった。

「上から被せる感じで駒を持つと、上手くいくみたい。そう、その調子。そんなに強く押さなくても大丈夫。私、リトル・アリョーヒンがどの駒を取りたいか、指先の動きを見れば分かるわ」

彼女の指示は的確だった。次第に彼は、耳と盤下の升目とレバーを正しく連携させることができるようになった。人形の手がどう動いているか、ミイラの手とどう協力し合っているか、感じ取れるようになった。ためらいもつまずきもなく駒が目指すべき場所へ動く瞬間、人形と彼とミイラの区別はなくなっていた。鳩もインディラも皆が一つになり、海底に和音を響かせた。

そんな時リトル・アリョーヒンは喜びを表そうとして、一回だけそっとレバーの突起を押した。その合図にミイラが気づいてくれているかどうか、確かめる術はなかった。

「君のことを、ミイラと呼んでもいいだろうか」

ある日、練習を終えたあと、リトル・アリョーヒンは思い切って彼女に切り出した。

「きっと、何かわけがあるのね」

しばらく考えてから彼女は言ったが、そのわけを尋ねようとはしなかった。

第　8　章

元女子シャワー室は肌寒かった。乾いたタイルから染み出す冷えた空気が、床のあちこちに淀んでいた。ブースの仕切りもカーテンも石鹸受けも取り払われ、部屋にはただシャワーのノズルが一列、うな垂れるように下を向いて並んでいるだけだった。排水口の蓋には干からびた髪の毛が絡み付いていた。中央に置かれた〝リトル・アリョーヒン〟は一日の練習を終え、左手をクッションの上に載せて心なしかリラックスした様子に見えた。その脇で二人は、かつてプールサイドにあったらしいプラスティックの白い椅子に腰掛け、お互いうつむいて相手の足元ばかりを眺めていた。他の部屋ではまだ倶楽部の活動が続いているのかどうか、人の気配は遠く、彼らの元にまでは届いてこなかった。

「うん、分かった。構わないわ」

と、彼女は言った。肩の鳩が目の玉だけをくるりと動かし、リトル・アリョーヒンの方に向けた。彼がどんなに背伸びをしても、視線は彼女の肩までしか届かなかった。

「ありがとう」

と、リトル・アリョーヒンは言った。鳩に向かってお礼を伝えたかのような気分だった。

「手品の助手時代、数え切れないくらいの呼び名を付けられたけど、ミイラ、っていうのはなかったわ。ちょっとユニークでいいじゃない。三千年の眠りから覚めた人みたい」

ミイラは笑ってぴょんと飛び跳ねるように立ち上がり、大きな伸びをした。肩の鳩が落ちるのではと心配したが、その細い両脚はミイラの鎖骨をしっかりと握っていた。地上ではそろそろ、運河から朝靄《あさもや》が立ち上りはじめる時刻になろうとしていた。

〝リトル・アリョーヒン〟の対戦相手第一号となったのは、事務局長がパトロンの令嬢と呼ぶ女性だった。人形の資金を提供したのだから、彼女ほどこの記念すべき対局にうってつけの人物はいなかった。

〝リトル・アリョーヒン〟のお披露目となった日、元女子シャワー室には人形を取り囲んでプラスティックの椅子があるだけ並べられ、片隅にはチョコレートとコーヒーが用意された。チェス盤のすぐ脇にある丸テーブルでは、対局時計と棋譜用紙が大人しく出番が来るのを待っていた。人形はガラスの目を、真っ直ぐに見開いていた。

午前一時の開始を前に、一人、また一人と見物の会員が集まってきた。しかしパシフィック・チェス倶楽部のような華やかさはどこにも見られなかった。部屋はあくまでもシャワー室であり、チョコレートは安物、コーヒーはインスタントだった。会員たちは皆、足音を消そうとするかのようにこっそりと階段を降りてきた。お互い視線を合わせようとせず、言葉も交わさなかった。シャワー室には海底の名に相応しい静けさが漂っていた。

リトル・アリョーヒンは最初の会員が到着する何十分も前から人形の中に入り、準備を整えていた。水分を控え、関節をほぐし、マスターを思い出して動揺しないため、チョコレートの匂いを無視するよう努めた。更にすべての駒を一個一個握り締めて感触を掌に染み込ませ、特にビショップには「どうか僕を守っておくれ、インディラ」と語りかけた。そうすれば対局中、直接駒に触れなくても、レバーを通してその重みを感じ取り、対戦相手の手と会話することができる気がしたからだった。更に駒の傷跡はマスターの姿をよみがえらせ、彼の心を落ち着かせてくれた。

「大丈夫よ、私はここにいる」

人形の中に入る時、ミイラが耳打ちした。鳩の羽先が頰に触れてくすぐったかった。その声に重なって、

「慌てるな、坊や」

という、マスターの声も聞こえた。

「皆様お揃いでございましょうか。それでは、そろそろ始めさせていただきたいと思います」

芝居がかった事務局長の声が元女子シャワー室に響いた。引き続き〝リトル・アリョーヒン〟の由来やゲームの進め方についての説明があった。このあたりの段取りについて、人形との対局をよりドラマティックに盛り上げるにはどんな演出が必要か、事務局長とミイラとリトル・アリョーヒンの間であらかじめ綿密に打ち合わせがなされていた。手品師の娘であるミイラの経験が

随所に生かされた。それでいて彼女は、会場にあって最も目立ってはならない存在だった。リトル・アリョーヒンが最初からそこにいないものとして扱われるのに対し、ミイラは身をさらしながら決して手出しをしていないかのように見せる、という難しい技を要求されていた。

「ではまず、これが正真正銘の人形であることをお目にかけましょう」

そう言って事務局長が人形をテーブルチェス盤ごと後ろへ三十センチほど動かす、そのタイミングに合わせリトル・アリョーヒンは、ローラーがゴロゴロ鳴る音に紛れて装置の奥へ隠れた。素早く肩と腰の関節を緩める訓練は十分に積んであった。黒い幕が揺れないよう、息も止めた。

扉が開かれると一気に光がなだれ込んでくるが、目を閉じている彼にとって相変わらず周りは暗闇のままだった。それでも会員たちが感嘆の声を漏らしながら装置を覗き込む様子は、ギシギシと悲鳴を上げる関節の痛みとともに伝わってきた。それ以上に、すぐ脇に立っているミイラのほっそりした足と鳩のシルエットが、鮮明に浮かび上がって見えた。

「申しわけございません。お手は触れないようにお願いいたします」

装置に触れようとした会員を、事務局長が注意していた。

「あっ、猫にお触れになるのもご遠慮いただきたく……」

誰だってポーンのことは思わず撫でてみたくなるだろう、と思いながらリトル・アリョーヒンは関節の痛みに耐えていた。関節を緩めていられる限度は四十五秒だと、あらかじめ実験ではっ

第 8 章

きりしていたので、打ち合わせどおり事務局長は、三十秒で扉を閉じた。

リトル・アリョーヒンは幕をめくり、本来の位置にスタンバイをし、余計な音を立てないよう用心しつつ両腕の筋肉を揉みほぐした。やがてちょっとしたざわめきが起こり、ヒールの音が真っ直ぐ人形の方に向かって近づいてきた。いよいよ令嬢が登場し、盤の前に腰掛けたのだった。サイコロが振られ、令嬢が白、〝リトル・アリョーヒン〟が黒と決まり、駒が並べられた。

勝敗について、一切余計な手加減は必要ないと、あらかじめリトル・アリョーヒンは事務局長から念を押されていた。人形だから必ず勝たなければならない、あるいは上手に負けてやらねばならない、などという配慮は無用。その点においては、いくら海底であっても頭上の倶楽部と同じ、いつでも真剣勝負である、と。それを知って彼は安心した。回送バスの時代から随分いろいろなものが変わってしまったが、元女子シャワー室で行われようとしているのは、マスターと一緒にやっていたのと同じチェスなのだと、改めて自分に言い聞かせることができた。

〝リトル・アリョーヒン〟は令嬢と握手をした。カムを伝わってくる掌の感触は、はっとするほどに冷たかった。無言のまま令嬢は初手、d4と指し、〝リトル・アリョーヒン〟はNf6で受けた。二つの駒の音が、コツン、コツンと響き合った。黒のナイトは花梨の指によって最後列から前線へと躍り出し、一ミリもはみ出すことなくf6の升目に着地した。素晴らしい妙手を目の当たりにしたかのような歓声が沸き上がり、天井にこだました。

すぐにリトル・アリョーヒンは令嬢がそう若くはないことに気づいた。令嬢という呼び名から勝手に若い娘を連想していたが、微かに聞こえてくる息遣いや、痰のからんだ咳払いや、震えがちな駒の音から浮かび上がってくる姿は、どう考えても老人だった。同時にもう一つだけはっきりと分かる点があった。令嬢であろうが老婆であろうが、チェスの腕前は相当なレベルだった。

最初から令嬢は落ち着いていた。自動チェス人形のお披露目という浮き足立った雰囲気のなか、彼女は全く平常心で手堅く序盤を乗り切り、中盤に入ると一気に大胆さを発揮してきた。リトル・アリョーヒンは決して油断していたわけではないのだが、やはり人形の操作とチェスの読みをリズムよくこなすのに手間取り、もたもたしてしまった。

けれど初めて相手の駒を取る一手は、練習のとおりに上手くいった。〝リトル・アリョーヒン〟がビショップを握り、腕を持ち上げた時点でミイラは勘よく、それがどこへ移動しようとしているか察知し、b4の白いポーンを取って脇のテーブルに置いた。ミイラの手と人形の手が重なり合いながら、白いポーンを退場させ、黒いビショップを新たな地平へと導いた。ポーン、インディラ、ミイラ、リトル・アリョーヒンの四人が一続きの舞を披露した瞬間だった。ミイラの手は白く透き通り、指紋は花梨の木目と見分けがつかず、観客の誰一人、介添えが入ったことにも、彼女の肩に鳩が留まっていることにも気づかなかった。続けてミイラは無言のまま、棋譜に一行を書き込んだ。

第　8　章

リトル・アリョーヒンは呼吸を整え、ズボンのポケットに右手を突っ込み、そこにしまってあるポーンの敷布の駒袋で汗を拭った。それは柔らかく滑らかで、思わずもっと深く指先を埋めてみたくなるほどだった。ポーンは自分のすぐそばにいる、と彼は改めて感じた。墓碑の地下、チェス盤の下にうずくまって、ちゃんと駒の音に耳を澄ませている。僕の腕の中にあって、一緒にチェスの海を探検している。そう感じてようやく彼はリズムを取り戻しはじめた。

年齢に似合わず令嬢のチェスはエネルギッシュだった。リトル・アリョーヒンが理詰めで中央に圧力を掛けている最中、そんなことには目もくれず、時には雪山を滑降するように、時にはハンググライダーで大空を舞うように、伸びやかに駒を操った。今にも消え入りそうでたどたどしい駒音とは不釣合いなその動きに、しばしば彼ははっとさせられた。こんなにも広々と、八×八の境界線を飛び出すほどの勢いでチェス盤を使う相手は初めてだった。

特に驚くべきはルークの使い方にあった。白のルークは後方支援を従え、力強く大地を耕し、より自由なスペースを切り拓いていった。どこか不器用なイメージのあるルークが、令嬢の手に掛かると有無を言わせない迫力をまき散らし、相手の駒に対し、取れる希望より取られる怯えをより強く与えるのだった。

リトル・アリョーヒンはその迫力に乗せられ、踊らされないよう注意を払った。気を緩めると本当に盤の外へ弾き飛ばされる怖れがあった。たっぷりと時間を使い、素知らぬ振りを装いながら威嚇を忘れず、ラインを強化してチャンスのバランスを保持した。情勢はあっちへ行ったりこっちへ戻ったりを繰り返し、いっこうに定まる気配がなかった。

最初のうち人形の動きにいちいち反応していた観客たちもいつしか静まり、息を殺して対局の行方に見入っていた。一手一手進むにつれ、人形の実力がアリョーヒンの名を語るに恥ずかしくないものだという事実が明らかになり、盤上から目が離せなくなっていた。誰一人コーヒーを求める者も、チョコレートを口に運ぶ者もいなかった。

終盤が近づくとお転婆だった令嬢の動きは少しずつしとやかになっていった。体操の時間は過ぎ去り、哲学の時間が訪れたのだ。緊張の高まりとともに白い駒の震えは小刻みになり、〝リトル・アリョーヒン〟の手はいっそうゆっくりと動くようになった。とその時、令嬢はクイーンを犠牲にし、ルークでh８へ切り込んだ。シャワー室の淀んだ空気が一瞬うねり、その波はたちまち部屋中のタイルに反響して盤下の暗闇に忍び込んできた。リトル・アリョーヒンの指先は盤の一番ふち、ぎりぎりの境界線を音もなく滑ってゆくルークの気配を感じ取った。それはさっきまでの向こう見ずなルークではなかった。仮面を脱ぎ、邪心を捨てたルークだった。盤上に一筋、何ものにも侵されない一本の直線が引かれた。大地の奥で気体が結晶となる時のような静寂が、あたりを包んだ。

リトル・アリョーヒンはポーンの駒袋を胸の前で抱き締め、まだどこかに残っているかもしれ

第　8　章

ない懐かしい匂いを求めて唇の腟毛を皺の間に埋めた。身体中の関節が疼き、骨の髄まで痺れていたが、暗闇を貫く一本の直線は痛みなど忘れさせてくれるほどに美しかった。こんなにも美しくルークが動けるのならば、それを受け止めるに相応しい一手が必ずあるはずだと、リトル・アリョーヒンは自分に言い聞かせた。

駒の音を吸い込んで暗闇はますます濃くなり、彼の身体を何重にも覆いつくしていた。彼はレバーにそっと指を掛け、クイーンをａ７へ、次の手でキングをｃ７へ、更に、ビショップをｂ７へと動かした。ようやく広い空間に解き放たれ、のびのびと深呼吸するかのように両耳を羽ばたかせながら、インディラは飛び立っていった。それは令嬢のルークがもたらした静寂を打ち破る一手ではなく、反対によりいっそう透明にする羽ばたきだった。

歯車が一つ一つかみ合うごとに暗闇が渦を巻き、ぜんまいが引き絞られ、腕の奥に消えてゆく細い糸に乗って彼の意思が花梨の指先へと伝えられていった。装置のあらゆる部分が、リトル・アリョーヒンのために、黙々と自分の使命を果していた。駒が升目に置かれると、駒を離す瞬間の指の微かな軋みが、ほんのわずか遅れて吐息のように暗闇にまで届いた。

「負けました」

白のキングが倒されたあと、しばらく沈黙があり、それから拍手が沸き起こった。単なる興奮とは違う、たった今盤上に刻まれたばかりの軌跡に対する、敬意を表すための拍手だった。それは長くいつまでも鳴り止まなかった。

令嬢の声はかすれ、疲労のために息遣いは乱れていた。二人は握手をした。あんなにも冷たかった手は、二時間の戦いを経て熱く火照《ほて》っていた。やはり令嬢は一人で立つのも覚束ないほどの老婆なのだと、リトル・アリョーヒンにははっきりと分かったが、手を差し伸べることもかなわず、ただレバーの突起を押す以外他に何もできなかった。〝リトル・アリョーヒン〟は心からの感謝を込めて、瞬きをした。

「さあ皆様、男子更衣室の方へどうぞ。コニャック、バーボン、ウオッカ、ラム酒、何でもお好みの飲み物をご用意いたしております。ゆっくりお寛ぎになって下さい。……誠に残念ながら、写真撮影はお断り申し上げているのです。ご覧のとおり、大変デリケートなものでございますから。あっ、恐れ入ります。どうかくれぐれも人形にはお手を触れられませんように……」

最後まで会員たちに注意を促す事務局長の声は、令嬢とリトル・アリョーヒンの耳には届いていなかった。

〝リトル・アリョーヒン〟第一局の棋譜は令嬢に進呈され、その後、彼女の死とともに行方が分からなくなった。当日、元女子シャワー室に居合わせた人間以外、あの一局の喜びを共有できる者は誰もいなかった。

第 8 章

パシフィック・チェス倶楽部があらゆる記録をファイルし、金庫に保管し、それを倶楽部の栄えある歴史として厳重に扱ったのに対し、海底では一切何の記録も残されなかった。会則も会員名簿もプログラムも日誌も、とにかく海底チェス倶楽部の名を示す品は、最初から存在しないものとして抹殺された。棋譜は金の縁飾りや透かし模様とは無縁の素っ気ない紙で、対戦場所を記す項目はなく、対局が終るとその場で無地の封筒に入れて会員に手渡された。元室内プールにはコピーを保存しておく引き出しはなく、会員が家路につくと、どんなに素晴らしい対局が行われようとその証拠は海底には欠片も残らなかった。海底チェス倶楽部はそこにあっても無いと同然、つまり、リトル・アリョーヒンと同じなのだった。

ようやくリトル・アリョーヒンが人形の外へ出るのを許されたのは、会員たちが全員元男子更衣室へ移動し、プラスティックの椅子とコーヒーとチョコレートが運び出されたあとだった。彼の全身は、ミイラに手を引っ張ってもらわなければ、自分一人ではテーブルの下から這い出せないほどに硬直していた。明るすぎる光のために目を開けることもできず、ただ丸くなってシャワー室のタイルに横たわるだけで精一杯だった。

「大丈夫?」

ミイラがひざまずき、耳元でささやいた。それから恐る恐る、余計に痛い思いをさせてしまったらどうしようとためらうように、彼の背中を撫でた。

リトル・アリョーヒンはミイラの姿を見たくてたまらなかった。けれど眼球は光に握りつぶされたのではないかと思うほど痛み、次から次へと涙があふれ、どんなに強く願っても目蓋を開けることができなかった。

「ああ、平気だよ」

それでもミイラを安心させるため、どうにか微笑む振りをして見せた。暗闇の形に合わせて折り曲げられた関節はみな、光を浴びるのを拒み、かたくなにじっと息を詰めたまま凝り固まっていた。タイルは硬く、冷たかった。それでも苦労してミイラがいると思われる方に顔を上げると、閉じた目蓋の向こうに、鳩の白い形だけがぼんやり浮かび上がって見えた。ミイラは夜が明けるまでリトル・アリョーヒンの身体をさすり続けた。

家にたどり着いた時、既に祖父は仕事場に入り、弟は学校へ出掛けたあとだった。リトル・アリョーヒンはボックス・ベッドに潜り込み、ようやくほっと息をつき、天井チェス盤に令嬢との対局を一手一手よみがえらせていった。そして改めて駒が織り成す独創的な造形に心打たれ、試合に勝ったことよりも、この美しい棋譜を令嬢に渡せたことの方にずっと大きな喜びを感じた。

令嬢はどんな人なのだろう、と彼は考えずにいられなかった。天井チェス盤に白いルークの姿が浮かび、歌うように誘うように魅惑的な動きを見せていた。しかし決して令嬢と顔を合わせる機会は来ないということを、彼はよく承知していた。

第　8　章

「おやすみ」

　壁に手を当ててそう言った時、ミイラはもうそこにいないのだと気づいて彼は苦笑した。ミイラは海底チェス倶楽部にいるのだ。掌の向こう側にあるのはただ、しんとした小さな空洞だけだった。

第9章

十五歳から二十代にかけ、チェスプレーヤーとして最も瑞々《みずみず》しい時代、リトル・アリョーヒンは海底チェス倶楽部の元女子シャワー室で、〝リトル・アリョーヒン〟として数々のチェスを指した。対戦相手はデパートの子供チェス大会レベルから国際マスター級まで、実にさまざまだった。誕生パーティーの余興、役人の接待、人形愛好家の集い、政治家の密談、恋人たちの逢引、単なる腕試し、話題作り、暇つぶし……。〝リトル・アリョーヒン〟を求めてくる人々の事情もまたバラエティに富んでいた。部屋からあふれるほどの見物客で賑わう時もあれば、一対一の夜もあった。そのすべてにミイラと鳩は付き添った。

リトル・アリョーヒンにはその日の対戦相手が誰で、どんな見物客たちが集まってくるのか一切知らされなかった。しかし駒の動きを見れば、人形の前に座る人物が浮かれた気分でいるのか深刻なのか、楽しもうとしているのかそれとも悲しみを鎮めようとしているのか、たいていの心の内を読み取ることができた。

自動チェス人形の活動は、月明かりさえ届かない海底の奥深くでひっそりと為されていたにもかかわらず、噂がさざ波のように少しずつ広まり、対戦の申し込みは後を絶たなかった。最初の頃、噂の中心は人形がチェスを指すというもの珍しさにあったのだが、やがてその人形は相当に強く、しかもどんなに弱い相手に対しても美しい棋譜を残す、という評判に変わっていった。実際、彼はほとんど負けなかった。回送バスの中でマスターにより培《つちか》われた実力は、海底チェス倶楽部での多種多様な相手との対戦によりいっそう磨きがかかり、研ぎ澄まされていった。

自動と言っても何かトリックがあって人間が指しているのだろうと誰もがたやすく気づいたが、それによって人気が下降することはなく、むしろ、ならば〝リトル・アリョーヒン〟とは誰なのだという興味がかき立てられた。リトルと名付けられているものの、それは決して本物のアリョーヒンと比べてチェスの実力が見劣りするからではない、ただ皆の目に触れない狭い所に隠れていられるほど身体が小さいだけなのだ、その誰かが描く見事な棋譜、盤下の詩人が綴る棋譜を是非とも手に入れたい。多くの人がそう願った。

ただし問題はリトル・アリョーヒンの体力にあった。いくら経験を重ねても対局後に彼が味わう痛みは軽減されず、一晩に何局も指すのは不可能だった。事務局長は申し込みを吟味し、本当に相応しいと思われる相手だけに対戦を許可した。もっともそれはリトル・アリョーヒンの身体を気遣ってのことではなく、自動チェス人形の神秘性を守るためだった。

対局は二時間でも、その前の準備から後片付けまでを含めると、彼が人形の中に閉じこもるのは四時間を超え、タイルの床に転がって硬直した関節をほぐすのに一時間以上を要した。けれどそれを辛いと思ったことは一度もなかった。その一時間はミイラと触れ合える唯一のひと時だったからだ。

ミイラは自分など何の役にも立たないのだが、という遠慮がちな手つきで、肘、膝、腰、肩、踝《くるぶし》、顎、指、ありとあらゆる身体中の関節を撫でていった。彼女のしなやかな掌は、どんな形の関節にもぴったりと寄り添い、その隅々にまで指を這わせることができた。ああ、自分の身体にはこんなところにも関節があったのか、と彼は目を閉じたまま思った。ミイラは狭い壁の間に挟まれていたから、関節の痛みについて我が事のように思いやれるのだろうか。そうでなければ、こんなにも上手に他人の身体を撫でられるわけがない。人形の中よりも壁の隙間の方がずっと狭いのだから、ミイラが感じた痛みはどれほどだったのだろう。僕だって本当はミイラの痛みを和らげてあげたいのに、どうすればいいのか分からない……。次々といろいろな思いが込み上げてきては、汗と一緒になってタイルに零《こぼ》れ落ちた。

「中盤、ｅ4のポーンを守るための手が絶妙だったわね。今思い返しても胸がどきどきする」

「十二手めで相手はどうしてビショップでポーンを取らなかったのか不思議。無謀すぎると思ったのかしら」

「ビショップが黒い森に迷い込んだ時は心配したわ。でも抜け出てきた時には二倍強くなってた」

ミイラは彼の痛みを紛らわそうと、終ったばかりの対局について彼女なりの感想を喋った。それはいつも的確でユニークな感想だったが、精力を使い果している彼はほとんど相槌を打つくらいしかできなかった。タイルにこだまする彼女の声は、壁からボックス・ベッドに染み出してくる声と何ら変わりなかった。

からくりの邪魔にならないよう無理矢理に折り曲げられ、更に暗闇の冷たさにさらされ生気を奪われた関節は、ミイラの手の中で少しずつ本来の形を取り戻した。痛みは彼女の掌に吸い込まれていった。ひざまずく彼女の爪先が、タイルの上でキュルキュルと可愛らしい音を立てているのが、すぐ耳元で聞こえた。時折、プールサイドを歩く誰かの靴音が響いてきたが、元女子シャワー室へ入ってくる気配はなかった。人形がただの動かない人形になってしまえば、もう誰もこの部屋に用はないのだった。〝リトル・アリョーヒン〟は左腕をクッションの上で休ませながら、二人の邪魔にならないよう、そっと目を伏せていた。

「ありがとう」

ようやく目を開けた時、最初に視界に入ってくるのは必ず鳩だった。鳩は眼球をくるりと動かし、人形のガラス玉よりもっと澄んだ黒い瞳で彼を見つめた。

相変わらずリトル・アリョーヒンの身体は十一歳の少年のままだったが、海底チェス倶楽部で過ごす時間が長くなるにつれ、骨格がもう一回り縮んだように見えた。装置の形に合わせ、身体の輪郭が変形しつつあった。もちろん彼はそのことを嘆いたりせず、むしろ盤下に潜り込むたび自分の手足が歯車やぜんまいの邪魔にならない形にスムーズに折れ曲がってゆくのを、満足して眺めた。何かの拍子に身体が膨らんで人形の中に入れなくなるという想像の方がずっと恐ろしかった。

身体に比べ、唇は一段とたくましく成長していた。脛毛は唇の皮膚にしっかりと根を張り、自由自在にうねり絡まり背伸びをしながら口元に勢いある茂みを作り出していた。どんなに狭い暗闇に押し込められようとも、唇だけは自由なのだ、この唇は産声を上げることを拒否したほどの気概を持っているのだ、と誰にともなく訴えているように見えた。

しばしばリトル・アリョーヒンは回送バスでチェスを指していた頃の自分を懐かしく思い出した。あの頃はテーブルチェス盤の下にすっぽり隠れているつもりだったが、しょっちゅう行儀悪く足は外へはみ出していたし、痛い手を指されては大きなため息をついていた。それどころか自分の番になれば、身を乗り出して駒を動かしていたのだ。それなのにまるで、世界中の人々から身を隠しているかのように大いばりだった。盤下に潜むというのがどういう意味を持つのか、何にも知らなかった……。

もちろん回送バスの思い出にはマスターの姿があった。マスターはいつも心優しい隠れんぼの鬼だった。坊やの隠れ場所をとっくに突き止めているのに、気づかない振りをして、盤下の見えざる詩人と対局するという態度を貫き通してくれた。どれほど唇の脛毛がたくましく生い茂ろうと、マスターの姿を思い出す時は必ず、坊やに戻って涙ぐんだ。

海底で綴られた詩を求めて人々が人形の前に座ってくれることを、リトル・アリョーヒンは誇りに思った。対戦相手の多くは彼よりも弱かった。勝って当然の一局をありのままに勝つことは簡単ではない、と彼は経験上よく知っていた。相手がどんな初心者であっても勝つためにはさまざまな努力がいった。そういう場合、彼が最も重視したのは棋譜の美しさだった。相手が強ければ、ギリギリのせめぎ合いから自《おの》ずと研ぎ澄まされた手が繰り出されてくる。しかし弱い相手は、しばしば間の抜けた鈍重な一手を指してしまう。その時彼は、相手の足元をすくい鈍重さをあからさまに晒すような手ではなく、新たな風を巻き起こし視界を広げるような手でお返しをする。棋譜に記される一行が調和する方向に目を向ける。多少遠回りになっても、結局はその遠回りが勝利を導いてくれる。スパッと切り捨てる勝ち方はできなくても、相手も含めてすべての駒を星座の一点として生かしながら、勝つことができる。

お手本はマスターにもらったチェスノートだった。それを開けば、マスターが未熟な坊やの一手にどうやって光を当ててくれていたかが分かった。か弱い音を和音に加えるために、マスターが何をしたのか、すべての記録がたどたどしい少年の筆跡で残っていた。ああ、あの頃は何も分かっていなかった、とリトル・アリョーヒンは改めて思った。もっともっとマスターにお礼を言うべきだったのに、いくら言っても言い足りないほどだったのに、と。

彼が美しい棋譜を求めたのは、ミイラにも関係があったかもしれない。彼女に醜い棋譜を書かせたくなかったのだ。長い間壁に埋まっていて、世の中の汚いものに一度も触れたことがないようなあのほっそりした指には、醜い一手は似合わない。棋譜に記される記号は、ミイラに相応しい美しさを持っていてほしい。それがリトル・アリョーヒンの望みだった。

時折、よその惑星からやって来たのだろうかと疑うような強豪も登場した。せっかく遠いところをはるばると訪ねて来てくれたのだから、この人をがっかりさせてはいけないと思い、そんな夜はいっそう緊張し、疲労がつのった。彼らが盤上に刻もうとしている美しい模様に、自分の一手が取り返しのつかない汚点をつけてしまうのではないかとびくびくしながら、同時に、勝ちたいという全く当然で素朴な気持が湧き上がってくるのを抑えきれなかった。

強い相手であればあるほど駒音は澄んでいた。シャワー室の中でタイルに反響しつつ立体的な図形を描き出し、最後は升目の中央に真っ直ぐ突き刺さってくる音だった。そこには敵陣を押し潰そうとする荒々しさも、殊更に自分を強く見せようとする虚勢もなかった。強豪の指は、私は

第 9 章

ただ駒が行きたい場所へそれを運んでいるだけです、とでもいうかのように淡々としていた。
「負けた時、〝リトル・アリョーヒン〟は淋しそうな顔をするの。思わず、力づけてあげたくなる顔」
とミイラは言った。勝っても負けても、対局後、リトル・アリョーヒンが踏む手順に変わりはなかった。握手をし、瞬きを一回する、それだけだった。人形がどんな表情をしているか、彼が目にする機会は一度もなかった。ミイラが人形を慰めている場面を想像するだけで彼は、妬ましい気持になり、胸が苦しくなった。

しかしどんなに疲労しても、どんなに嫉妬しても、強い相手が残す秘密めいた発見にあふれる棋譜は、彼の心を震わせた。一段と激しく痛む身体を床に押し当てながら、勝てなかった悔しさは忘れ、目蓋の裏に浮かぶ一手一手の意味深さに息を呑むのだった。

リトル・アリョーヒンが一番楽しみにしていた対戦相手は、〝老婆令嬢〟だった。人形のお披露目の一局以来、老婆令嬢は不定期に、二か月か三か月に一度の割合で姿を見せた。見物客が押しかけたのは最初の一局だけで、あとはいつも一人だった。チェス盤の前の椅子を目指して響いてくる堂々とした靴音で、すぐに彼女だと分かった。

勝負は最後までもつれる場合が多かった。目に見えないほどの微小なミスのために打っちゃられることもあれば、ドローが続くこともあったが、リトル・アリョーヒンにとって彼女との対局は例外なく楽しかった。老婆令嬢とは相性が良かったのかもしれない。例えばインディラと声にならない声で会話し、親しみを感じ合うのと同じように、老婆令嬢との駒と駒の会話もまた、彼を飽きさせないのだった。ルークの大胆さはつむじ風となって彼を吹き飛ばし、ポーンが犠牲になる時は哀切なメロディーを彼の鼓膜に届けた。

「あなたに初めてチェスを教えたのがどんな人物だったか、私にはよく分かりますよ」

ある日、対局の途中で不意に老婆令嬢が口を開いた。喋り方は令嬢の名のとおり上品だったが、その声は彼が付けたあだ名の〝老婆〟に相応しく老いていた。

「駒の並べ方、動き方を教えてくれたのが誰だったか、それはその後のチェス人生に大きく関わってくると思いません？　チェスをする人にとっての指紋みたいなものね」

話を続けながら老婆令嬢は、ナイトをｃ３に跳ね出した。

「一度刻まれたら一生消えない、他の誰とも違うその人だけの印になるんです。自分では思うがままに指しているつもりでも、最初に持たせてもらった駒の感触からは逃れられない。それは指紋のように染み付いて、無意識のうちにチェス観の土台を成しているのよ。勇敢な指紋は勇敢なチェスを、麗々しい指紋は麗々しいチェスを、冷徹な指紋は冷徹なチェスを指すのです」

リトル・アリョーヒンはビショップをｂ４へ展開した。

第　9　章

「あなたの先生はきっと耳のいい方ね。辛抱強くいつまでも、駒の声にじっと耳を傾けていられる方。自分の声より駒の声を大事にできる方。あなたのチェスを見ていれば分かります」

そうなんです、マスターはそういう人だったんです、と思わずリトル・アリョーヒンは声を上げそうになり、慌てて両手で口を覆い、唇をきつく閉じた。レバーが傾き、〝リトル・アリョーヒン〟の左手がテーブルの縁でコツンと音を立てた。一瞬、ミイラのハッとする気配が暗闇の中にも伝わってきたが、老婆令嬢は平然とポーンをe3に進めた。

マスターはいつまででも待つことができる人なんです。急《せ》かしたりうんざりしたりしないんですす。こんな僕の数歩先に立って、じっと待って、道しるべになってくれる人。俺はここにいるぞと決して叫ばない人。自分の気持は全部自分の中に押しとどめて、それがあふれ出さないようにおやつを一杯食べて、それで死んじゃった人……。リトル・アリョーヒンは産声を上げなかった時の唇をよみがえらせるようにして、言葉を呑み込んだ。

「人形にだってやはり、最初にチェスを教えてくれた人はいるはずよね」

相変わらず老婆令嬢は落ち着いていた。リトル・アリョーヒンはズボンのポケットに右手を突っ込み、ポーンの駒袋を握り締め、気持が鎮まるのを待った。チェスをするたび、盤上にマスターの面影が映し出されていたなんて、自分の指にマスターが刻んでくれた指紋が残っているなんて、どうして今まで気づかなかったのだろうと彼は思った。甘い匂いに包まれた回送バスの中でマスターにチェスを教えてもらえた幸運を、神様に感謝した。

「できれば私も、あなたの先生のような方にチェスを教わりたかった。あなたのチェスは、相手にそう思わせるようなチェスね」

リトル・アリョーヒンは老婆令嬢にマスターの話をしたかった。テーブルチェス盤やポーンや回送バスについて教えてあげたかった。老婆令嬢の先生がどんな人だったか、聞いてみたかった。しかし彼の願いは何一つ叶わないのだった。話し掛ける代わりにリトル・アリョーヒンは、ルークでa3のポーンを取った。ミイラのワンピースのひだが、さっと揺らめく音が聞こえた。

「まあ、何て凄い手なの」

老婆令嬢はつぶやいた。

リトル・アリョーヒンは自分の指紋を見つめた。それは闇に沈んでいたが、マスターに初めて駒を握らせてもらった時の感触が、暗がりの底からありありと浮かび上がって見えてくる気がした。彼はその感触をそっと握り締めた。


ミイラと鳩とリトル・アリョーヒンは、誰にも邪魔されないベストのトリオ、不動のチーム、最強のトライアングルだった。彼らが揃っていれば、元女子シャワー室では怖いもの知らずだった。事務局長でさえもはや彼らに余計な指図はできなかった。会員たちは誰も、ミイラがそばに立っていること、その肩に鳩が載っていることを気に留めず、たとえ視界に入っても、まるでタイルの壁の一部であるかのように見やるだけだった。さすがミイラは自分と壁の境をなくす術に長《た》けていた。

「恐れ入ります。人形にはお手を触れないようお願いいたします」

この台詞も事務局長からミイラへと引き継がれた。ミイラは短い一言の中に、へりくだる気持と毅然とした態度の両方を織り交ぜながら、上手に会員たちを注意することができた。注意された会員は皆、ハッとして手を引っ込め、ミイラではなく人形が喋ったと思い込んでいるような表情で〝リトル・アリョーヒン〟の顔を見つめた。

この台詞を聞くのが彼は好きだった。リトル・アリョーヒンは私だけのものなのです、他の人に手出しをされたくないのです、とミイラが言っているような気分になれるからだった。何度注意されても人形に触ろうとする会員は後を絶たなかった。顔や手の滑らかな木肌、上等な生地で仕立てられた背広、右腕に収まるポーンの背中の曲線など、どれも思わず触ってみたくなる柔らかさを持っていた。おかげで彼は繰り返しミイラから愛を告げられる錯覚に陥ることができた。

仕事が終るとリトル・アリョーヒンはパシフィックホテルの寮までミイラと鳩を送っていった。ボイラー室の螺旋階段を登り、ホテルの裏口から外へ出ると、たいてい夜の暗がりと朝靄が混じり合う時刻になっていた。寮はホテルの裏庭から続く公園の、遊歩道を抜けた先にあった。さほど手入れのされていない、ただ雑木が生い茂り、小川が流れるだけの公園だった。人影のない、車の音も届かないその遊歩道を彼らは一緒に歩いた。

「毎日チェスばかりやっているのに、一度として同じ棋譜を書いたことがないのは、不思議ね。あんな小さなテーブルの上で、限られた種類の駒を動かすだけのゲームなのに」

ミイラは言った。リトル・アリョーヒンは必ず彼女の左側、鳩を載せている方の側を歩くようにしていた。元女子シャワー室を出るとミイラの輪郭はぼやけ、夜と朝の隙間に音もなく吸い込まれてゆくのではと心配になるほどだったが、鳩だけはその白さを靄の中にいっそう際立たせていた。身長が違いすぎて視線がミイラの顔まで届かない彼は、代わりに鳩を見つめながら話した。

「うん、それは仕方ないよ。計算上、チェスの可能な棋譜の数は十の一二三乗あるんだ。宇宙を構成する粒子の数より多いと言われているよ」

「まあ、そうなの？」

驚いた様子でミイラは空を見上げた。梢の向こうにまだいくつか星の光が残っていた。

「じゃあチェスをするっていうのは、あの星を一個一個旅して歩くようなものなのね、きっと」

「そうだよ。地球の上だけでは収まりきらないから、宇宙まで旅をしているんだ」

「〝リトル・アリョーヒン〟という名の宇宙船に乗ってね」

ミイラは振り向き、結んだ髪の毛の先をいじりながらはにかんで笑った。鳩は肩の傾きに悠々と身を任せていた。まるでミイラのために特別に誂えられた髪飾りのようだった。

　下草を踏む二人の靴音が、木立の奥に潜む夜の気配へと吸い込まれていった。彼の膝に残る痛みを思いやってミイラは歩く速度を加減してくれた。本当はタイルの上で十分撫でてもらったおかげで痛みは治まっていたのだが、少しでも長く一緒に話ができるよう、できるだけゆっくり歩いた。

「でも僕はチェス盤以外の旅をしたことはないよ」

「一度も町を出たことがないの?」

「うん。路線バスの始点と終点を結ぶ線が、僕の移動した一番長い距離だし、自分のベッド以外で眠ったこともない」

「私はパパが生きているうちは、ずっと旅をしてた。トランクに一杯手品の道具を詰めて、あちこち興行して回るの。遊園地や公民館やサーカスのテントや広場やお祭りや刑務所。人が集まるところなら、どこへでも出掛けて行く。そうして一通り皆がパパの手品に驚いたらまた別のところへ移動。いつもいつも、誰一人私たちのことを知らない場所を探して歩くの」

「僕には想像もできないなあ……」

「旅のいいところは、思いがけない物と出会えること。不思議な自然現象とか、珍しい食べ物とか……あっ、そうだ。今思い出した。まだ私がほんの小さな子供の頃、大金持ちのお屋敷で手品をした時、チェスセットのコレクションを見せてもらったことがあるわ」

「コレクション？」

「そう。離れがチェス博物館になっていたの。海辺の高台に建つ立派なお屋敷で、離れと言っても体育館みたいに広いの。そこに隙間なくずらっとチェスセットが展示されていたわ。チェス、チェス、チェス……とにかく全部チェス。それこそ毎晩一セットずつゲームをしていっても、全部のセットを使い切るのに何年かかるか分からないくらいの数。象牙や黒檀や水晶や獣骨や陶磁器や、いろいろな材質とデザインがあって、どれも触るのがはばかられるくらいに高価そうだった。実際、一度も誰の手によっても動かされたことがない駒ばかりだったわ。その頃ももちろんチェスのルールは知らなかったけれど、ちゃんと分かったの。これはただの飾りだってね」

「生まれつきミイラにはチェスの才能があるんだよ。どんな高価なチェスセットの美しさも、素晴らしい棋譜が持つ美しさにはかなわないんだ」

「そう。駒は動いている時が一番綺麗」

ミイラがつぶやき、彼はうなずいた。二人は同時に〝リトル・アリョーヒン〟のチェス盤を行き交う駒の姿を思い浮かべた。それはマスターの指紋とおやつの匂いが染み付いた、使い古された駒だった。しかし花梨の指とミイラの指によって自由自在に旅のできる駒だった。

どちらからともなく二人は立ち止まり、遊歩道の途中にあるベンチに腰掛けた。デパートの屋

第　9　章

上にあるのと同じくらい寂れたベンチだった。そのうえ夜露に濡れて冷たく、土埃でざらざらしていた。背後の茂みの底から、小川の流れる音が微かに聞こえていた。

「だから私にとって博物館のチェスセットはどれも、ただよそよそしいだけの置物だった。ところがたった一つ、どうしても無視できない、心をとらえて離さないセットがあったの」

じらすようにミイラは一旦言葉を切り、唇をなめた。

「どんなチェスセット？」

肩をつかむ鳩の、細くゴツゴツした脚を見つめながら彼は尋ねた。

「小さなチェスセットよ」

とミイラは、とても小さな声で言った。大きな声を出すと、そのセットの小ささが損なわれてしまうとでもいうかのように、ほとんど吐息と変わらないささやき声で喋った。

「盤は縦横三センチくらいかしら。とにかくマッチ箱にも仕舞えるくらいの大きさ。駒はナツメヤシの種を彫って作られているの。キングの高さは五ミリ、ポーンは二ミリ。展示ケースには虫眼鏡が置いてあったわ。そのセットでゲームがやりたくても、小さすぎて誰もできないのね。余計な駒に触らないで目的の駒をちゃんと動かせる人なんていないのよ。だからナツメヤシのチェスセットはとっても淋しそうだった。この世に誕生した時から、駒はどこにも動けない運命を背負わされているんですもの」

ミイラのささやき声はボックス・ベッドの壁をすり抜けてきた時と同じくか細く震えながら、リトル・アリョーヒンの鼓膜に染みわたっていった。彼の目蓋には小さなチェスセットの姿がありありと浮かび上がっていた。ナツメヤシが一体何なのか知らなかったが、盤の色調や、ビショップの切り込みのカーブや、ポーンの頭に載った球の感触や、チェス盤に関わるすべてが隈なく見えてきた。そして何よりその小ささが、彼にはよく分かった。小さいという存在が世界に対してどんな意味を発しているか、一冊の物語を朗読するように克明に解読することができた。

ミイラは言った。

「でも、あなたになら、指せると思う」

「だってあなたは、リトル・アリョーヒンなんだから」

彼はミイラを見上げ、どう返事をしていいか混乱し、また鳩に視線を戻した。

遠い博物館に、どこへも動けないまま哀しみに沈んでいる駒がいる。どんなに小さくても八×八の宇宙船が行ける場所は他のチェス盤と同じなのに、ガラスケースに閉じ込められたまま、無遠慮な見物人に虫眼鏡でじろじろ覗かれている。もしその駒を動かせるのが自分一人だとしたら。そのチェス盤が僕を待っているのだとしたら……。

「ごめんなさい。もしかして、気を悪くしたかしら」

心配そうにミイラが言った。

「とんでもない」

彼は慌てて首を横に振り、同時にうぬぼれた妄想を打ち消した。

「気を悪くするどころか、喜んでいるんだよ。そんな遠い町のチェスセットの話を聞かせてくれて。僕の友だちは皆、どこへも移動しない人ばかりだったからね」

「そうなの？」

「うん。一人は動かないバスに住んでた。もう一人は屋上に住んで、地面には降りてこなかった。それからもう一人は……」

と言いかけて彼は口ごもり、唇をもぞもぞさせてわざと脛毛を絡ませ合った。

「もう一人も、窮屈な空間に閉じこもっていた」

「どうして？」

「どうしてだろう。自分から望んだわけでもないのに、ふと気がついたら皆、そうなっていたんだ。でも誰もじたばたしなかった。不平を言わなかった。そうか、自分に与えられた場所はここか、と無言で納得して、そこに身体を収めたんだ」

「あなたも同じ？」

ミイラは足元に積もった枯葉の山を爪先で崩した。湿った土の匂いが立ち上ってきた。

「たぶんね」

と、彼は答えた。

街灯と朝日が混じり合う、ぼんやりとした光が彼女を包んでいた。頬は白く、耳は薄く、唇は作り物のようにすべすべしていた。本当は彼の唇こそ作り物、模造品であるはずなのに、ミイラの唇の方がずっと人間の持ち物とは思えないほどの妖しさを持っていた。うっすらと湿り、狂いのない輪郭を保ち、傷一つなかった。

もしこの唇に、駒を動かす時のように触れることができたら、と彼は想像せずにいられなかった。長い時間壁に押し当てられていたせいで、表面はかじかんでいるのだろうか。けれど柔らかさは失われていないはずだ。指先はきっと、ついうっかり握りつぶしてしまうのではないかという恐ろしさに、はっとして震えるだろう。唇は彼女の顔にある時より、掌にある時の方がか弱く見える。駒が盤を離れた途端心細い表情を見せるのと同じだ。これ以上どうしていいか分からず、彼は掌にミイラの唇を載せたままただじっとしている。自分の唇と今目の前にある唇が、同じ種類のものであるなどとはとても信じられない気持で、夜明けの光に差し出すようにそれを捧げ持っている。

林の真上にわずかに残る群青色が、空の遠い縁から少しずつ広がってくる朝焼けの色に染まろうとしていた。けれどまだ小鳥たちのさえずりは聞こえず、ホテルも寮も緑の向こうに隠れて見えず、公園はしんと張り詰めた空気に満たされていた。この世で目覚めているのは自分たち二人

第　9　章

だけではないだろうかと、彼は思った。

「僕に与えられた場所も、暗くて狭い」

掌の唇に話し掛けるように、うつむいて彼は言った。

「回送バスや屋上の片隅や壁の隙間みたいにね」

「でもチェス盤の上で、とてつもない旅をしているわ」

尊敬の念を込めた口調で、ミイラは言った。

「いいや、違う。チェス盤の下だよ」

「そうね、そうだった」

ミイラは微笑んだ。彼も微笑を返そうとしたが、ただ唇の傷跡が引きつれ、脛毛がもつれるばかりだった。

その時、珍しく鳩が脚をもぞもぞさせ、肩甲骨につながる肩の際まで後ずさりした。リトル・アリョーヒンにとって、眼球以外の部分が動くのを目にするのは初めてのことだった。鳩は首を垂れ、尾羽をピンと持ち上げると、せせらぎが聞こえてくる茂みの底に向けてフンをした。それから尾羽を二、三度震わせ、定位置に戻った。すべては静けさの中で行われた。

朝日が林を包むまでもうしばらくの間、彼らはそのまま並んで腰掛けていた。

ミイラを寮へ送り届けたあと、リトル・アリョーヒンは始発のバスに乗って家へ帰った。停留所から運河沿いの道を歩く間、遊歩道で彼女と交わした言葉の一つ一つをよみがえらせた。対局の一手一手をいつまでも忘れないのと同じように、細かい言い回しから息遣いまで、すべてありのままに思い出すことができた。いつしか靄は晴れ、水面は朝日にきらめき、ヨットの舳先《へさき》で休んでいたカモメたちが海に向かって飛び立とうとしていた。

鳩はどこで眠るのだろうかと、ふと彼は考えた。窓辺に吊るされた専用の籠だろうか。毛布を敷き詰めた段ボール箱だろうか。いや、もしかしたら、ミイラの肩に留まったままベッドで眠るのかもしれない。解かれた髪の上に羽を横たえ、黒い瞳を閉じ、それでも両脚はミイラの肩を捕らえて離さないのだ。その方がずっと鳩に似合っている。鳴くことも飛ぶことも許されない代わり、ミイラの肩だけを居場所として与えられた鳩に相応しい眠り方だ。そう考えるとリトル・アリョーヒンは鳩のことがうらやましかった。

「お帰り。さあ、疲れたろう。朝ごはんができてるよ。しっかり食べて、ゆっくりお休み」

玄関を開けると祖母が飛び出してきた。夜勤が身体に障るのを心配し、小さく丸めた布巾を握り締めながら、いつも台所の窓から顔を出して孫の帰りを待っていた。家中、焼きたてのパンと、温めたミルクの匂いが漂っていた。

第10章

不吉な予兆はとある雨の晩、左足を引きずりながら海底チェス倶楽部へ降りてきた男との対局からはじまった。男の足音が聞こえた時リトル・アリョーヒンはなぜか、元男子シャワー室か更衣室か売店か、目隠しチェスか多面指しかランダムチェスか、何でもいいから他の部屋へ入ってほしいと思った。どうしてなのか自分でも説明がつかなかった。それまでチェスの戦い方に相性の良し悪しは感じても、対局がスタートする前から相手に何かしらの感情を抱いたことはなく、どんな人物であろうとチェス盤を間に挟んで座るのであれば、それは彼にとって駒と駒で会話をする相手、棋譜という詩を綴るための同伴者だった。

しかしその足音にはどこか不穏な響きがあった。耳にする者を凍えさせ萎縮させ、思わずどうか自分の前だけは通り過ぎてくれと祈らずにはいられない気持にさせる響きだった。けれどリトル・アリョーヒンが祈れば祈るほど男の足音は逃れがたく、キングを追い詰める唯一の升を目指す駒のように、元女子シャワー室の前で止まった。

男が部屋へ入ってくるのと同時に、聞こえるはずのない雨の音と夜の冷気が一緒になってリトル・アリョーヒンの足元に吹き込んできた。男はチェス盤に座るより先に立ったままウィスキーを一杯飲み干したが、既に酔っている様子で、足を引きずるのもそのせいらしかった。

「本日はようこそいらっしゃいました。まずは〝リトル・アリョーヒン〟との対局にあたり……」

「つべこべ言わずに、さあ、はじめようじゃないか、お人形さん」

手順通りにテーブルの下を開け、中を見せようとするミイラをさえぎり、男は言った。人形の中を見ようとしなかった客は、彼が初めてだった。

男は恐ろしく強かった。かつてリトル・アリョーヒンが対戦した中で、間違いなく最強の相手だった。精密な序盤から魔術的な中盤へと飛翔してゆく様は、マスターに借りた本で勉強した世界チャンピオンたちの棋譜を思い出させた。このまま放っておいたら一体どんな高みにまで昇ってゆくのだろうかと、相手を畏怖させるような凄味があった。守りと攻撃、後退と前進、ひらめきと論理、丁寧さと荒々しさ、寛容と拒絶、粘りと俊敏、そうした相反する諸々の事柄がすべてバランスよく盤上に配置され、なおかつどこにも弛みがなかった。リトル・アリョーヒンは弱気になり、しばしば立ちすくみ、このままずっと自分の手番が巡ってこなければいいのにとさえ思う場面もあった。

ただ、男の手はどこかしら投げやりな余韻を持っていた。見事な一手であればあるほど、その駒音にはあきらめに似た空しさが漂った。最初のうちリトル・アリョーヒンは自分の錯覚かと思ったが、対局が進み、男がRd8やBf6といった手で探照灯のようなラインを通したり、悠然と中央に砦を築いたりするのを目の当たりにし、自分の直感が間違っていないことを確信した。これほどまでの手を指していながら男は少しも幸福そうではなく、かと言って澄んだ無の境地にあるのでもなく、ただひたすらすさんでいた。男は一手ごとに氷を鳴らしながらウィスキーを飲み、取った駒で行儀悪く対局時計のボタンを押した。けれど男の苛立ちは、そうした表面的な乱暴さではなく、もっと深い夜の奥底からあふれ出てくるようだった。普通、奇跡のような一手には神様の微笑が降り注いでいる。何ものかの祝福を受けている。それが、男にはなかった。

雨のせいか、シャワー室のタイルはいつもよりじっとりと湿っていた。歯車の動きは重く、レバーは硬く、ミイラとのコンビネーションもどことなくぎくしゃくしていた。唯一の救いは鳩がいささかの心の乱れも表に出さず、普段通りに大人しくしていることだけだった。しかしとにかくリトル・アリョーヒンは勝負に挑まなければならなかった。この対局を、男の強さに相応しい棋譜の形にして残す義務があった。

顕微鏡を覗くように、リトル・アリョーヒンは要塞を切り崩すための傷を探した。もし弱味があるとすればこのあたりしかない、と思われる壁に手を這わせ、微かな違和感でも逃すまいとして神経を尖らせた。そうこうしている間にも高射砲からは次々と砲弾が撃ち込まれ、上手くよけたつもりでしゃがみ込んだ途端、落とし穴に転落し、大事なビショップを失った。

あるいは、神様に代わって自分が祝福を与える心持ちで、男の手を受けてみようともした。深呼吸をし、雑念を追い払い、両腕で相手を抱き留めようとした。もちろんリトル・アリョーヒンは神様になどなれなかった。いくら祝福を与えたつもりでも、結局その光はどこにもたどり着けず、盤上で立ち往生しているうちに、男のクイーンに粉々に砕かれた。男の駒は感謝の目配せさえしないまま、楔《くさび》のような傷だけを残し、予測もできない方向へ飛び立っていった。

終盤が近づくにつれ、攻撃の手はますます容赦がなくなり、駒音は勢いで升からはみ出すほどに荒々しくなった。おかげでリトル・アリョーヒンは升の位置を聞き取るのに余計な気を遣わなければならなかった。相手のペースに乗せられないよう、ミイラは殊更丁寧に棋譜を記入し、取った駒を盤上からサイドテーブルへ移動させる際にもたっぷりの間を取った。ミイラと鳩、リトル・アリョーヒンのトリオは力を合わせ、この危うげな男に立ち向かっていた。男は靴底で床を叩き、げっぷをし、更にたっぷりとウィスキーを注ぎ足した。

どうして微笑を受け取らないのだ、その資格があるのに、とリトル・アリョーヒンは胸の中で叫んだ。もはやリトル・アリョーヒンに逃げ場はなかった。花梨の指は自らの王を倒した。

第 10 章

ひととき沈黙が流れ、人形が握手のために腕を持ち上げた時、男は椅子をがたがたいわせながら立ち上がった。

「ふん。くだらん」

誰に向かってというのではなく、自分自身に言い聞かせるような、泥水を飲み込むような口調だった。勝利した喜びは欠片もなかった。酔いが回り、真っ直ぐ立っているのも難しい様子で、チェス盤やグラスやウィスキーの瓶が耳障りな音を立てて震えていた。その間ずっと〝リトル・アリョーヒン〟は腕を持ち上げたまま、握手の時を待っていた。

「おめでとうございます。二十七手、黒の勝ち……」

「チェスなんて、くだらん」

ミイラをさえぎって再び男は声を上げ、床に唾を吐き出した。

その時、異様な衝撃がレバーを貫いた。男が握手をしたのでないことだけは確かだった。衝撃とともに暗闇がうねり、歯車が軋み、関節の疼きとは明らかに異なる重い痛みがリトル・アリョーヒンを襲ったが、一体身体のどこが痛むのかつかめず、そもそもそれを痛みと呼んでいいのかさえも分からなかった。駒の散らばる音と、グラスの割れる音、そしてミイラの悲鳴が響き渡った。

すぐに彼は人形から這い出し、なだれ込んでくる光の渦《うず》を手でさえぎりながら、とにかくミイラの姿を探した。彼女は部屋の片隅にうずくまり、背中を丸め、リトル・アリョーヒンと同じくらい小さくなっていた。その小さくすぼめられた肩に、鳩はしっかり留まっていた。彼はひざまずき、男から守るようにしてミイラを抱きかかえた。

「大丈夫？」

ミイラは赤く染まるほどきつく唇を噛んで、うなずいた。

「何かされた？」

「いいえ」

ミイラの声はかすれていた。

男は駒もグラスも氷も対局時計も、全部を床にばらまいてチェス盤にうつ伏せになり、よだれを垂らして失神していた。あるいは眠り込んでいただけかもしれないが、どちらにしても同じことだった。長身で背中が広く、チェス盤から垂れた右手は、〝リトル・アリョーヒン〟とは比べ物にならないくらいがっちりとしてたくましかった。けれどだらしなく靴は脱げかけ、靴下は破れ、背広は染みだらけで袖口がほつれていた。せっかくミイラが書いた棋譜もウィスキーに濡れ、そのうえ男に踏みつけにされていた。ついさっきまで繰り広げられていた驚異的な駒たちの軌跡は、もうどこにも残されていなかった。

その惨状から視線を上げた時、ようやくリトル・アリョーヒンはそこで起こった出来事の本当の姿を発見した。〝リトル・アリョーヒン〟の首が折れていたのだ。

首は根元の継ぎ目がひび割れ、頭はがっくりと前へ傾き、中を通る仕掛け用のてぐすでかろうじて胴体とつながっていた。髪は乱れ、ネクタイは歪み、左腕は肘からあらぬ方向に曲がっていた。更にポーンの片耳さえもが折れていた。駒の音を利口に聞き分けられるその耳は無残に引きちぎられ、どこへ転がっていったのかあたりを見回しても姿が見えなかった。男の右手から一滴二滴としたたり落ちた血が、タイルに赤い斑点を作っていた。

「男が殴ったんだ……」

人形の中で感じた奇妙な痛みを思い出しながら彼はつぶやいた。その名残りが身体の芯でうずいた。〝リトル・アリョーヒン〟は傷つき、うな垂れ、絶望していた。あるいは何が起こったかわけが分からず、ただ途方に暮れていた。

「なぜなんだ……」

うめくような声を彼が上げると同時に、ミイラが震えだした。彼は背中に回す腕に力を込め、大丈夫さ、心配いらない、と繰り返した。

「私が止めればよかったんだわ」

「無理だよ、そんな危険なこと」

「せめて、ウィスキーを取り上げるべきだったの」

「君のせいじゃない。僕のせいだ。僕のチェスが気に入らなかったんだ」

「いいえ、今日もあなたのチェスは立派だった」

自分の腕の中にミイラがいることが、リトル・アリョーヒンは不思議でならなかった。ボックス・ベッドでもテーブルチェス盤でも人形でも、常に何かの中に入ることしか知らない自分に、これほどの大きさがあったとは、とても信じられない思いだった。いつも耳元で結ばれている真っ直ぐな髪と、鳩の羽が、唇に触れそうなほど近くにあった。脛毛とはほとんど触れ合っていると言ってもいいほどだった。髪と羽は区別なく一つの温かみとなり、祖母の指以外、他人に優しくしてもらったことのない唇の脛毛をそっと包んでいた。そうしている間も鳩は、何が起ころうと肩に留まり続けるのが自分の務めであるという信念を貫くように、ひたすらじっとしていた。

「一体何があった?」

事務局長が飛び込んできた。

「お前たち、何をしてでかしてくれたんだ」

部屋の片隅で抱き合っているミイラとリトル・アリョーヒンを見下ろして、事務局長は言った。その問いかけに応じるのは、男のいびきだけだった。

「何だ、何だ、何だ。このありさまは」

これ以上チェス盤に近づくと自分の完璧な装いがけがれるとでもいうかのように、事務局長は

第10章

半身《はんみ》に構え、腰を引き、顔をしかめて叫んだ。

　ふとリトル・アリョーヒンはチェス盤の片隅、男のもつれた髪の中に小さなガラス玉が一個、転がっているのを見つけた。天井の白熱電灯がそれに反射し、きらっと短い光を放った。

　眼窩《がんか》から零れ落ちた〝リトル・アリョーヒン〟の瞳だった。彼はまぶしさをこらえ、何度も瞬きをしてガラス玉を見つめた。身体の芯に残る例の痛みが不意に目蓋の裏になだれ込んできた。その瞳はチェス盤に創造されるあらゆる彫刻、あらゆる数式、あらゆる哲学を映し出してきたというのに、まるで一切何ものをも見たことがないかのごとく透き通っていた。

「お前たち、どうしてくれる」

　事務局長の怒鳴り声と男のいびき以外、海底チェス倶楽部には何の物音もしなかった。


　再び老婆令嬢がパトロンとなり、〝リトル・アリョーヒン〟はからくり人形師の元で修理されることになった。幸い仕掛けの心臓部にダメージはなく、修理の中心は人形の表面的な部分にとどまったが、それでも元に戻すまでには数か月が必要だった。

　結局、男が何者だったのか、事務局長の口からは一切語られなかった。誰かの背に負われて海底チェス倶楽部を後にして以来、男は二度と姿を現さなかった。しかしチェスの腕前からしてただ者でないことだけは確かだった。あれほどのチェスが指せるのにどうして、という思いはリトル・アリョーヒンの胸にいつまでも残った。ウィスキーを飲んで酔いつぶれながらあの勝ち方ができるのなら、素面《しらふ》で、頭を明晰にして、背筋を伸ばして指せばどうなるか。それを想像すると彼は、心が騒ぎ立つような恐ろしいような気分になるのだった。

見事に勝ったにもかかわらずなぜ男が怒ったかについてもまた、不明だった。男の相手をするには人形の腕があまりに未熟すぎた、というのなら原因はすべて自分にあり、ミイラを怖い目に遭わせたのも自分のせいだ、と考えるとリトル・アリョーヒンはいたたまれない気持になった。謝りたくても、どんな言葉で謝ったらいいのか見当がつかなかった。ミイラは彼があの夜の出来事について話そうとすると、すぐに話題を変えた。二人はもう男について忘れることにした。何もなかったことにしようと心に決めた。

しかし、男が二度と戻ってこないとしても、左足を引きずる足音とともに男が持ち込んだ不吉な予兆までもが、一緒に消え去ったわけではなかった。いくら〝リトル・アリョーヒン〟の傷が元通りに修理されようと、すべてがあの夜以前のままに戻れるわけでもなかった。その予兆は黴のように海底チェス倶楽部のタイル一枚一枚にはびこってゆき、いつしかリトル・アリョーヒンとミイラをも覆い尽くそうとしていた。

〝リトル・アリョーヒン〟が戻ってくるまでの間、二人には新しい仕事が与えられた。人間チェスだった。

「つまりは、人間が駒の代わりをするのだ」

その一言で説明は十分だろうという口調で事務局長は言ったが、二人には何のことか意味が分からなかった。

「元プールの底にチェック模様がペイントされている。丁度白黒八×八になっている。それがチェス盤だ。白黒十六人ずつ、全部で三十二人がキングやポーンになって升目を動く」

「駒が自分の好きなように動くのですか」

リトル・アリョーヒンが尋ねると事務局長は呆れたように首を振った。

「たとえ人間でも、駒は駒だ。駒がひとりでに動いたのではチェスにならないじゃないか。プールを見下ろせる元放送室に会員がスタンバイし、そこからマイクで手を指示するんだ。駒はそのとおりに動く。駒は人間であって人間でなく、移動できる方向はあらかじめ定められており、しかも命令に逆らうことは絶対に許されない。それがどんな悪手であろうと、生贄にされるための一手であろうと、逃げ道はない」

「で、僕は何をすれば？」

「もちろん、会員との対戦だよ」

「僕も人間の駒を動かすんですか？」

「そうだ。しかし君の姿を会員たちの前に晒すわけにはいかないので、元用具室に身を潜めてもらう。そこから指示を出すんだ。正体がばれないよう、念のためマイクには変声器を取り付けるから安心したまえ。用具室からプールのチェス盤は見えないが、君には関係ない話だ。用具室は広い。人形の中に入るよりずっと楽だよ。人形の振りをする立場が、駒の振りをする人間を動かす立場になるだけで、大して難しい話じゃない。あっ、それから君にはやはり、棋譜を書いてもらう」

ミイラの方を向いて事務局長は言った。

「君の書く棋譜は評判がいいよ。字がとても綺麗だ。この棋譜をもらうと会員たちは皆、華麗なチェスを指した気分になれるらしい。美しい手は美しい字によって記録されるべきだ」

「恐れ入ります」

ミイラはうつむいて答えた。

「でもどうして……」

おずおずとリトル・アリョーヒンは口を挟んだ。

「どうしてそんなチェスをする必要があるんでしょうか」

「必要……?」

事務局長はゆっくりと振り向き、彼に視線を注いだ。海底にあっても、パシフィック・チェス

第 10 章

倶楽部のバッジは襟元で輝かしく光っていた。

「君は言葉で説明できる、手に取って他の人に見せることができる目的のために、一度でもチェスを指したためしがあるのかね？　少なくとも、私にはそういう経験はない。金？　賞賛？　称号？　そんなものがチェスの宇宙で何の役に立つ？　私はいつでも、チェスがしたいからチェスをする。それだけだ。にもかかわらず、チェスは無限のものを与えてくれる。君だってよく分かっているはずじゃないか」

事務局長は咳払いをし、櫛目が残る髪を掌でさらに撫でつけ、

「さあ、質問は以上のようだな」

と言って元女子シャワー室を出て行った。

人間チェス第一局は、その冬最初の雪が舞う、寒い土曜日の夜更けに催された。スペシャルな一夜として、他の対局は行われず、ただ人間チェスのためだけに会員たちが海底へと集まってきた。人々のオーバーコートはどれも、溶けた雪で幾分湿っていた。

リトル・アリョーヒンは消毒液の空瓶が詰まった木箱に登り、元用具室の小窓からプールの様子を覗き見した。人形の時と違い、一度も練習の機会が与えられず、いくら事務局長から説明を受けたといってもやはり不安を拭えなかったからだ。対局がスタートするまでにはまだ間がある様子だった。見物人たちはプールサイドのチェアに腰掛け、思い思いの飲み物を口にしながらそ

の時が来るのを待っていたが、談笑する人は誰もおらず、皆張り詰めた表情でプールの底を見つめていた。彼らの間を事務局長がいつもの気取ったスタイルで挨拶に回っていた。

もちろん対局には何の不都合もないのだが、どんなに背伸びをしてもリトル・アリョーヒンには底のチェス盤全体は見渡せなかった。ただ駒たちがまだ登場していないことだけは分かった。プールサイドは乾ききり、監視台の梯子は錆び付き、かつて水がたたえられていたはずの四角い窪みには、虚ろな空洞が広がっていた。人々の足音は真っ直ぐ天井へ昇ってゆき、そこで重なり合いながらいつまでも渦を巻いていた。

彼はすぐにミイラを見つけることができた。彼女はａ８に当たるプールサイドの角で、すべての準備を整え終り、対局時計と棋譜と万年筆を載せたテーブルの後ろに立っていた。まるで鳩の真似をするように前を見据え、ピクリとも動かなかった。水色のワンピースがタイルの色に一段とよく馴染んで見えた。ああ、丁度あそこは、学校のプールに浮かぶ犠牲の棋士を発見したのと同じ位置だ、運転手はａ８に頭を突っ込んで死んでいたのだ、とリトル・アリョーヒンはなぜか不意に思い出した。

届くはずもないと分かっていながら彼は、小窓に顔を押し当て、瞬きをしてミイラに合図を送った。やはりミイラは何も気づかないまま、どこか遠くの一点を見つめていた。

その時、何の前触れもないまま扉が開き、全身真っ白なガウンをまとった女性たちが、海底倶

第 10 章

楽部へと階段を降りてきた。プールサイドは一瞬ざわめいたがすぐに静まり、彼女たちの足音とガウンの衣擦れの音だけが微かにあたりを漂った。誰も靴を履いていないらしく、その足音はガウンの中で温められ、タイルに吸い込まれていった。

皆、それぞれ頭に白いものを被っていた。先頭はキングの王冠、二番めはクイーンの冠、次の二人は僧侶の帽子、ナイトの馬、ルークの櫓《やぐら》、それからポーンの球が八人続いた。身長も実際の駒のとおりに揃えられ、キングが一番高く、ポーンが一番低かった。と、切れ目なく今度は全身黒のガウンが姿を現した。薄ぼんやりした白熱電灯の下、白と黒のコントラストが、階段からプールサイドへと一列の鮮やかなラインを描き出していた。白は果てしなく白く、黒は止めどなく黒く、その他のわずかな色彩は、タイルの水色も酒瓶の茶色も対局時計の銀色もいつの間にか消え去っていた。

リハーサルでもしたのか、彼女たちの動きは統制が取れ、一切の無駄がなかった。先頭の白いキングはプールサイドの二辺を進み、h1の角にある梯子を伝ってプールの底へと降りてゆき、淀みなくクイーン、ビショップ、ナイト、と連なっていった。被り物のために表情は半ば隠れているが、誰一人きょろきょろあたりをうかがったり、目配せを交わし合ったりする者はいなかった。彼女たちはまるで夜露のように染み出してきて、海底の更に一番深い底へと沈んでいった。ガウンの裾が波打ちながら一続きとなって通り過ぎてゆくのを、見物客たちは黙って目で追っていた。

　やがて彼女たちはそれぞれの陣地に分かれ、定められた升に収まった。本物のチェス盤と全く変わらず、キングとクイーンを真ん中にしてなだらかな山の形が出来上がった。どんなチェスの名人でも、これほどの手さばきで駒を並べることはできないだろうと思わせる、見事な移動ぶりだった。一度として流れが滞ることはなく、翻《ひるがえ》るガウンが時に触れ合うだけで駒と駒がぶつかることもなく、ある法則のまま夜露が花弁を転がるように、すべての準備が整えられた。リトル・アリョーヒンが先手白、相手が後手黒と決まった。

　息を詰めて成り行きを見守っていたリトル・アリョーヒンは一つ深呼吸をし、曇った小窓を手で拭い、マイクを手にした。天井に近いところにある細長い元放送室の窓には、対戦相手の姿が映っていたが、用具室からは遠すぎて、小太りの男という以外にはどんな人物かよく分からなかった。対戦相手が見えないことも、盤が確認できないことも人形の時と同じはずなのに、いよいよ対局がスタートする時点になってもまだ、彼は落ち着かなかった。三叉のレバーに比べてマイクは重く、人形に比べて用具室は広すぎた。片隅にはデッキブラシが何本も立て掛けられ、棚の上にはもはや何の役にも立たない、コースロープや救命浮き輪やメガホンや温度計が散らばり、埃を被っていた。姿を見られないようにという事務局長からの注意を無視し、彼は小窓に額を押し当てた姿勢のまま動かなかった。そうしているのが一番、身体を小さくしている気分になれた

第 10 章

からだった。息で湿ったガラスには唇の脛毛が張り付いていた。もっとも見物客たちは皆プールの底に引き寄せられ、用具室の小窓に気を留める者など誰もいなかった。

リトル・アリョーヒンはマイクのスイッチをオンにした。

「e2のポーン、e4」

思いがけず大きな声がプールの隅々にまで響き渡るのを聞き、驚いて彼は木箱を踏み外しそうになった。彼の声は男とも女とも子供とも大人ともつかない、滑稽な声に変えられていた。南国に住む極彩色のインコが、能天気にケラケラ笑っているような声だった。その響きがまだ消えないうちに、e2に立つポーンが二升前進した。リトル・アリョーヒンからは、プールの縁に覗く頭の白い球だけが見えた。

「c7のポーン、c5」

相手方の声は虎の咆哮《ほうこう》だった。それは戦いののろしを上げるに相応しい、ジャングルを貫く轟《とどろ》きだった。今度は黒い球が二升動いた。もしインディラがこの声を聞いたら、きっと怯えて立ちすくんでしまうに違いないとリトル・アリョーヒンは思った。ミイラは幾度もプールの底に目をやりながら、慎重に棋譜を記入した。すさまじいマイクの音にも、鳩は動じていなかった。

インコ、虎、インコ、虎、インコ、虎の繰り返しで対局は進んでいった。序盤が過ぎてもリトル・アリョーヒンは一向にこのスタイルに慣れなかった。まず、駒音が聞こえないことがリズムを狂わせた。彼に駒の位置を教えてくれるのはいつも、盤と駒がぶつかるコツンという音だった。それがどんなに耳を澄ませても、プールの底からは聞こえてこなかった。聞こえるのはただインコの笑い声と虎の咆哮、そしてその底をせせらぎのように流れる衣擦れの音だけだった。

しかし何より彼が戸惑ったのは、チェス盤の大きさだった。両手を広げても足りないこと、とても持ち上げられそうにないこと、駒が指に収まらないこと、広々しているのに猫のポーンの居場所がないこと、そうしたすべてが彼を不安がらせた。一手ごと、更にチェス盤が膨張してゆくような錯覚に陥り、マイクを握る手が汗ばんだ。できるだけ身体を小さく縮めて心を落ち着けようと、彼はなおきつく腔毛を小窓に押し当てた。

せめて相手が老婆令嬢ならば、スタイルがどうあれ対局にのめり込めたのだろうが、残念ながら放送室の男は面白みに欠けていた。目先の利益に固執し、堅実とも勇敢ともつかない中途半端な攻撃を繰り返す男だった。

「g5のビショップ、f4」

取られた駒は誰の邪魔にもならないよう、そっと梯子を伝ってプールから上がり、黒は元女子更衣室へ、白は元男子更衣室へと消えていった。

「d3のルーク、h3」

局面が進むにつれ駒の動きは大きくなるが、彼女たちは落ち着いていた。走るのでもなく、ただ単に歩くのでもなく、独特の足さばきで盤上を移動し、駒であること以上の個性は押し殺し、咳払い一つしなかった。彼女たちは指示されたとおりに動いているにもかかわらず、翻るガウンの動きでリトル・アリョーヒンを惑わそうとしているかのようでもあった。

終盤に入り、盤上が空いてくるとプールの底はいっそう茫洋としてきた。キングに迫る緊張感と、去っていった駒たちの名残りがせめぎ合う終末のチェス盤をリトル・アリョーヒンは愛していたが、プールの底を同じように好ましく感じるのは難しかった。そこはただ無闇に膨らんでゆくばかりの、得体の知れない、身勝手な空洞だった。

とにかく早くリトル・アリョーヒンは勝負を終らせたかった。

「ナイト、f5。チェック」

最後のインコの笑い声は、切羽詰まった彼の気持とは裏腹に相変わらず能天気だった。

「負けました」

虎の咆哮は負けたと思えない威厳を保っていた。

黒のキングがその場で倒れた。冷たいプールの底に、キングはいつまでも横たわっていた。

第11章

人間チェスの日に降った雪はすぐに溶けた。そのあと、丸二日季節風が吹き荒れ、街路樹を倒し、運河の水を舞い上げ、停留する舟を乱暴に揺らした。そして三日めの朝、静寂と塵一つない青空が町を包んだ時、本物の冬が訪れていた。もう決して後戻りしない、容赦のない冬だった。

やがて祖母が風邪をこじらせ、高熱を出した。熱はなかなか引かず、ひどい頭痛が続き、ベッドから起き上がれなくなってしまった。明け方、リトル・アリョーヒンが海底チェス倶楽部から戻ってきても、もう台所には孫の帰りを待ちわびる祖母の姿はなかった。食卓にはただ、祖父と弟の冷えたコーヒーカップが二つ並んでいるだけだった。彼にはそれが、e2とe7で両方のキングが手待ちの応酬を繰り広げている局面のように見えた。弟は学校を卒業したあと、祖父の元で家具修理職人としての修業をはじめていた。一階からは二人の作業する音が、三階の寝室からは絶え間ない祖母の咳が聞こえていた。

第 11 章

ボックス・ベッドに潜り込む前、リトル・アリョーヒンは三階の寝室へ向かい、しばらくの間祖母の身体をさすった。

「夜通し働いてきたんだから、早くお休み」

目やにだらけの両目を細め、どうにか笑顔を見せようとしながら祖母は言った。

「気にしなくていいんだよ」

彼は床にひざまずき、毛布の中に短い腕をのばして腰や背中やふくらはぎをさすった。祖母に手を引かれてデパートの屋上へ通った頃から、自分は少しも大きくなっていないのに、あの日々はいつしか遠くへ過ぎ去り、そして二度と戻っては来ないのだ、ということがリトル・アリョーヒンにはよく分かった。寝巻きから伝わってくる感触は頼りなく、弱々しく、それでいて手足はひどく浮腫《むく》んで輪郭が膨張していた。そのことが彼を打ちのめした。昼の産毛を優しく撫でてくれた手も、台所で忙しく立ち働いていた足も、既に彼のよく知っている姿ではなくなっていた。それらはほとんど二倍ほどに膨れ上がり、関節は強張《こわば》って動かず、皮膚は皺が引き伸ばされて陶器のように白く濁っていた。掌を当てると指先は頼りなくどこまでも深く沈んでゆき、骨も血管も溶けてなくなってしまったかのようだった。

「一晩中チェスをしてきたんだろう。並大抵のことじゃないよ。ゆっくり眠らないと、身体が持たないじゃないか」

「僕の心配はいらないよ」

「心配するのがおばあちゃんの仕事なんだよ」

祖母は握り締めた布巾に顔を埋めて咳き込んだ。いよいよ布巾は祖母のあらゆる体液を吸い込み、内臓の一部となって掌の中に収まっていた。あるいは、魂の一部と言ってもいいほどだった。

「お前がチェスをしているところ、一度見てみたいねえ」

布巾を口に押し当てたまま祖母は言った。

「もう喋らないで。おばあちゃんが眠ったら、僕もベッドに入るよ」

このままどんどん身体が膨張していったら、と考えるとリトル・アリョーヒンは恐ろしくて仕方なかった。それは彼にとって最も耐え難い想像だった。インディラの足輪や、崩れ落ちる回送バスや、クレーンに吊り下げられたマスターの姿が次々と浮かび上がってきては、彼を苛《さいな》んだ。大きくなること、それは悲劇である。

マスターを失った時胸に刻んだ一行が、鼓動のたびにじくじくと疼いた。

リトル・アリョーヒンは人形の中に入っている時よりももっと小さく身体を縮め、祖母の内側から止めどなく湧き出し、輪郭を押し広げようとしている邪悪な何かを鎮めるため、浮腫んだ皮膚を懸命にさすり続けた。

第 11 章

からくり人形師の元で修繕を終えた〝リトル・アリョーヒン〟が、海底チェス倶楽部へ戻る前、一旦祖父の作業場へ運ばれてきた。テーブルチェス盤のバランスを調整するためだった。折られた首の継ぎ目はワイシャツの襟で隠され、落ちた瞳は眼窩に収まり、曲がった左腕も乱れた髪も元通りに直っていたが、表情はどこかおどおどしていた。海底から遠く離れ、見慣れない作業場に連れて来られて落ち着かない様子でもあり、まだ暴力を振るわれた時の衝撃から立ち直っていないようでもあった。

ポーンもまた同様だった。失われた片耳は新しいものに取り替えられ、継ぎ目は色合いや木目を揃えて上手に誤魔化されていた。けれどリトル・アリョーヒンの目にはその真新しい傷跡がくっきりと映って見えた。それが自分の唇の縫い目とよく似ているように思えたからだった。傷跡を隠し持つ者同士として、彼はいっそう人形とポーンに対する親愛の情を深くした。

「大丈夫だよ、ポーン」

耳を撫でてやりながらリトル・アリョーヒンは言った。

「チェスが始まればすぐにまた、アリョーヒンの詩をその耳で聞くことができるさ」

実際その通りになった。彼が人形の中に入り、試しに駒を動かしてみると、途端にアリョーヒンもポーンもいつもの調子を取り戻した。アリョーヒンは瞳のガラス玉を光らせ、ポーンは耳をピンとそばだてた。

からくりは以前と変わらずスムーズに動いた。修繕に伴う人形の微妙な変化に合わせ、テーブルチェス盤の向きと高さを多少調節する必要があったが、祖父にとってはたやすい作業だった。弟がすぐそばに付き従い、必要な道具を手渡したり、テーブルを押さえたりして祖父を助けていた。お子様ランチの国旗が大事に仕舞われていた弟のポケットは、いつの間にか小刀や鋲《びょう》や紙やすりで膨らんでいた。

「どう、兄さん。腕を引っ込める時、肘がテーブルの角にぶつかるんだけど、レバーで微調整できる？　ああ、そんな感じでいいよ。じゃあ今度は対角線上に動かしてみようか」

弟は祖父の作業の流れを見計らいつつ、人形の中にいるリトル・アリョーヒンに向かって適切な指示を出した。六十四の升すべてを人形の手がスムーズに行き来できるかどうか、粘り強くチェックした。久しぶりの暗闇に包まれながらリトル・アリョーヒンは、小さなチェス指しの自分に対して、祖父と弟が最大限の敬意を払ってくれているのを感じた。二人は人形を、自分たちの孫と兄そのものであるかのように扱った。

「さあ、これでよし」

祖父が言った。弟が刷毛《はけ》で、人形の髪や洋服についた木屑を丁寧に払った。こうして、〝リトル・アリョーヒン〟はよみがえった。

第11章

自動人形との対局が再開されるまでの間、人間チェスが行われない晩もリトル・アリョーヒンは海底チェス倶楽部へ出勤し、会員向けのチェスプロブレムを作ったり、ランダムチェスの新しいルールを考えたりした。ミイラも同じく元女子シャワー室で、一緒の時間を過ごした。事務局長から与えられた彼女の仕事は、人間チェスで使われる白と黒のガウンを繕うことだった。二人は倶楽部の目玉である自動人形と人間チェス専門の要員であり、対局の場以外で会員に姿を見られるのを禁じられていた。仕方なく二人は元女子シャワー室に静かに閉じこもっているより他に仕様がなかった。

「どうして毎回、ガウンを修繕しなければいけないんだろう」

ポータブルのチェス盤から顔を上げてリトル・アリョーヒンは言った。斬新なプロブレムになるかもしれないと期待したひらめきが、実は凡庸な軌跡しか描かないことが分かり、最初からやり直すため駒を元の位置に戻した。

「どのガウンも、たった一晩の人間チェスで、ひどく傷んでいるのよ」

針を持つ手に視線を落としたままミイラは言った。裁縫箱はプールの時代から使われているものらしく、アルミ製の蓋にはクレゾールと書かれた文字が見えた。手品、チェス、裁縫、何が目の前で行われていようが、鳩の姿勢に変わりはなかった。

「脇がほつれていたり、裾が裂けていたり。それに背中は汗染みだらけになっているの」

「升目の上を歩くだけで、ガウンが破れたりするものだろうか」

「えっと、そうねえ……リトル・アリョーヒンに向かって私がこんなことを言うのは生意気かもしれないけど……」

待ち針を針山に刺し、玉留めした糸を歯で嚙み切ったあと、しばらく考えてからミイラは続けた。

「それだけチェスの戦いが厳しいものだからじゃないかしら」

ミイラは新しい糸を針に通し、爪の先で糸を柔らかくしごいた。鳩は心持ち重心を背中側に移し、バランスを取り直した。ミイラが手にしているのは白いガウンで、彼女が生地を広げるたび、その白色の中に鳩はすっぽり隠れて見えなくなった。

「一手一手が死に物狂いで、その気迫がチェス盤にみなぎっているから、駒たちも本当に身体をぶつけ合ったみたいに傷を負うのかもね」

「そうか。そうかもしれない」

彼は答えた。サワサワと衣擦れの音を残し、ガウンの裾を翻しながらプールの底を動いてゆく駒たちの姿が、目蓋に映っては消えた。そして棋譜を記入するだけの彼女が、一手に費やされるエネルギーを正しく感じ取っていることに驚き、それを誇らしく、うれしく思った。

二人の間のテーブルには、白いガウンと黒いガウンがそれぞれ一塊になり、ミイラの手によっ

第 11 章

て繕われるのを大人しく待っていた。駒だった頃の緊張感は既になく、皆ぐったりとし、傷の痛みに耐えていた。ミイラは一枚一枚慎重に手に取り、白熱球にかざして広げ、目を凝らして修繕箇所を探し出しては待ち針で印をつけた。

ミイラは小さな針を手に持ち、それで小さな綻びを、小さな目で縫い合わせていった。ミイラの視線も鼓動も二つに結んだ髪も鳩も、彼女の身体に関わるすべてがガウンの小さな縫い目にぎゅっと吸い込まれ、閉じ込められてゆくようだった。その様子を眺めているだけでリトル・アリョーヒンは幸せだった。この世に心配事など何一つないかのような気分になれた。

「裁縫が上手なんだね」

ミイラの指先を見つめながら彼は言った。

「そうでもないの。ただ、手品の衣装は全部、自分で作っていたから」

ミイラははにかんで背中を丸め、いっそう縫い目に顔を近づけた。

リトル・アリョーヒンはふと、初めてマスターに勝った時の対局を思い出し、流れを変えるきっかけになった中盤のビショップの動きを、チェス盤に再現した。何年たってもあの一局は色あせなかった。マスターの駒音一個一個から、ポーンの仕草、おやつの匂いまで、回送バスの隅々の風景が全部チェス盤に浮かび上がって見えた。と同時に、テーブルチェス盤の下で味わった不思議な感覚もまたよみがえってきた。自分はデパートの屋上にある海で泳いでいる。それはインディラの足跡にできた海だ。そして人形の中に入るよりもっと小さく、生まれた時のままの唇だけの姿になって、とても安堵している。ミイラはポーンが吐き出した空気の泡の中で、その控えめな笑顔を透明な膜に映し出している。インディラの鼻が巻き起こす海流に乗り、皆一緒に漂ってゆく。チェスの海は果てしなく、海底ははるかに遠いが、不安など一かけらもなく、唇の奥で沈黙を温めながらどこまでもどこまでも深く沈んでゆく。

「さあ、これでよし」

ミイラは一枚めのガウンを仕上げ、二枚めを手に取った。白い絹地に照り返す白熱灯の明かりで、頬が濡れた膜のように見えた。ビショップを握ったまま、リトル・アリョーヒンはしばらくその頬を見つめていた。

元女子シャワー室をノックする者はなく、そこにはただ海底に似合う静けさが満ちあふれるばかりだった。一列に並ぶシャワーのノズルは二人の邪魔をしないでおこうとするかのように皆一様にうつむき、蛇口も排水口もカーテンを吊るしていたホックも、じっと息を殺していた。

二人は世界で一番小さいチェスセットについて語り合った。ミイラはそれがどれほど圧倒的に小さいか、あらゆる言葉を繰り出して説明し、リトル・アリョーヒンはその指し心地をあれこれ想像した。

博物館の入場者のほとんどはそのチェスセットに気づかないの。二階の一番奥、II－Dのケースに展示されているのだけれど、ちょっとぼんやりした人には、あっさり見逃されてしまうのよ。ごみ屑でも落ちていると勘違いされるのかしら。何でこんなところに虫眼鏡があるんだ？　と独り言をつぶやいて、虫眼鏡にしか興味を示さない人もいる始末。両隣にはセイウチの牙で作ったバイキングの駒と、水晶の裸像の駒が展示されていて、皆そちらにばかり目を奪われるのね。セイウチと水晶？　ええ、そう。でも材料の物珍しさだけで人目を引こうなんて、安直すぎるわ。うん、そのとおりだ。ナツメヤシの種に一個一個模様を刻んでゆく方が、ずっと尊い。たとえそれが砂漠に打ち捨てられ、いつ砂にさらわれてしまうかも知れないナツメヤシの種だったとしても。その尊さを理解できる人だけが気づくのね。そこにもちゃんとチェスセットがある、と。もっと言えば、本物の理解者は虫眼鏡なんて使わないの。瞬きもせず、ガラスケースに額を寄せて、でもガラスが曇るのを怖れて息は止めて、ひたすらじっと見つめ続ける。自分の瞳に丸ごとそのチェスセットを収めてしまおうとするかのように。自動チェス人形の中に入るのと、チェスセットを自分の中に収めるのと、正反対のようだけど、実は同じじゃないかって気がするよ。より深くチェスの海を潜るための道筋なんだ。ええ、あなたならきっと、ビショップの切り込みの奥にあるナツメヤシの芯だって、キングの王冠を輝かせるヤシ油のつややかさだって見通せるに違いない。私が保証するわ。ありがとう、ミイラ。うれしいよ。

二人は小さなチェスセットの偉大さをたたえるに相応しい、小さな声で喋った。ミイラは鳩の声かと錯覚するような秘密めいた声で、リトル・アリョーヒンは唇の脛毛を震わせるほとんど息だけの声で喋った。誰の目にも留まらず、誰の手にも触れてもらえず、博物館の片隅でただその小ささだけをひっそりと表現し続けているチェスセットについて、ミイラとこうして語り合えることが彼には幸福だった。二人の小さな声は、他の誰の耳にも届かない、二人の間にしか通じない信号なのだ、ミイラの声を聞き取れるのは自分だけで、自分の声を聞き取れるのはミイラだけなのだ、という確信に胸が震えた。

「チェス盤を見つめて、じっと考えている時のあなたの顔が好き」

ミイラが言った。どんな表情を返していいか分からず、リトル・アリョーヒンは唇をきつく閉じ、でたらめに黒いナイトをg1からf3へ動かした。脛毛が舌の先に張り付き、もつれ合った。プロブレムのプランはもうとっくに破綻していた。

「普段は人形の中に隠れて見えないから、とても残念」

ミイラはうつむき、糸の先を人差し指に巻きつけたり解いたりした。

ガウンの山に埋もれたミイラの手に触れたいと、リトル・アリョーヒンは思った。壁の暗闇から救い出そうとするかのように、その手を取り、身体をふわりと抱き上げることができたら、と願った。けれど彼がどんなに背伸びをしても、ミイラには届かなかった。彼の掌は、ミイラの手を包むには小さすぎ、その肩を抱くにはあまりにも貧弱だった。

第　11　章

「鳩が……」

何も答えられず、黙ったままでいることにも耐えられず、リトル・アリョーヒンはただ意味もなく鳩を指差した。指差したあと、自分が何を言いたいのか全く分かっていないのに気づいた。

「……もぞもぞしているみたいだけど、トイレは……」

「大丈夫」

髪をとかすように左肩の鳩を撫でながらミイラは言った。

「部屋の中ではしないように、ちゃんと躾《しつ》けてあるから」

鳩は鎖骨の窪みに載せた、細くて瘤だらけの脚を二、三度上下させ、それからまたじっと動かなくなった。

ミイラは黒いガウンに取り掛かり、リトル・アリョーヒンはプロブレムを作り直すために駒を並べ変えた。ミイラが好きと言ってくれた、考える顔を見せようとして懸命にチェス盤を凝視したが、アイデアの欠片も浮かんでこなかった。いつもは彼に詩を語り、音楽を響かせ、星座を描いてくれるはずのチェス盤が、ただの平べったい板にしか見えなかった。その夜、元女子シャワー室で、彼にとっての詩、音楽、星座となったのはミイラだった。

いよいよ海底チェス倶楽部に〝リトル・アリョーヒン〟が戻ってくる日も近いという土曜日の

夜、いつもどおり催された人間チェスで、ちょっとしたトラブルがあった。駒になる女の人が一人、病気で来られなくなったのだ。

急遽、ミイラが代わりを務めることになった。

「とても私にはできません」

と、半分泣き声になって尻込みするミイラを、事務局長がかつて一度も見せたことのない優しい態度で説得した。

「君はずっと棋譜を書いてきたんだから、駒の動きだってよく理解している。余計な心配はいらない。言われたとおりに動けばいいだけなんだよ」

「でも、鳩が……」

「その間だけ籠にでも入れておけばいいさ」

「私と引き離されたら、きっと怖がって鳴きます」

「よし、分かった。じゃあ、駒の間もずっと肩に載せておくことにしよう。白い駒になればいいんだ。こんなにも真っ白なんだから。そう、何の問題もない。君なら立派な駒になれるさ」

ミイラはh2の白いポーンと決まった。たちまち彼女は、裸足にされ、自分の手で繕った白いガウンを着せられ、駒の控え室へ連れて行かれた。その様子をリトル・アリョーヒンは、元用具室の小窓からうかがい見るしかなかった。

第　11　章

自分が先手白と決まり、ミイラを敵に回さずに済んで彼はほっとした。白のキングを先頭に駒たちが行列を成してやって来た時、彼はすぐにミイラの姿を見つけることができた。鳩が肩に載っているからでもなく（それは見事にガウンの白に溶け込んでいた）、h2の位置である白い駒の一番後ろにいるからでもなく、心細げに伏せられた睫毛の影が、間違えようもなくミイラのものだと分かったからだった。

ミイラは他の駒たちの動きによく馴染み、階段を降りてくるところからプールサイドを進み、底のチェス盤h2に到達するまで、一度として流れを乱さなかった。こっそり陰で練習をしていたかのように、足の運びもガウンの裾さばきもスムーズだった。会員たちの誰一人、たとえ鳩に目を留めた人でさえ、代役が混じっているとは気づきもしなかった。いつもならミイラのいる記録係の場所には、事務局長が立っていた。もちろん鳩はこの急展開にさえ動じることなく、自分の定位置を守っていた。

しかしリトル・アリョーヒンは、平常心というわけにはいかなかった。h2のポーンにばかり気を取られてしまう自分を落ち着かせ、ありのままのチェック模様を頭に浮かび上がらせるため、多少の努力を必要とした。彼は覗き窓のガラスにきつく額を押し当て、何度となく深呼吸をした。

その夜の対戦相手は下品な男だった。放送室の窓に映る姿がぼんやりしたシルエットであっても、声が虎の咆哮に変えられていても、数手指しただけでその下品さは隠しようもなく盤上に現れ出てきた。並外れた集中力の持ち主でありながら、それが駒の限りない可能性を引き出す方向に生かされず、ただ自分の有利さを強調するための手、相手を脅すための手にのみ発揮されるのだった。リトル・アリョーヒンは昔、シフォンケーキを焼きながらマスターが教えてくれた、最強ではなく最善の道を探しなさい、という言葉を思い出し、こんな対戦相手と四つに組んだら一体盤にはどんな詩が刻まれるのか、不安を感じた。

「g1のナイト、f3」

不安を覚えれば覚えるほど、マイクを通して響き渡るインコの鳴き声は陽気さを増した。

「クイーン、c7」

お構いなく虎は自信たっぷりに畳み掛けてきた。

「c1のビショップ、f4」

「e6のポーン、e5」

h2のポーンを生かす展開はなかなか訪れなかった。他の駒たちが前線へと躍り出てゆくなか、ミイラはプールの底の片隅にたたずみ、自分の役目が果せる時が来るのをじっと待っていた。調節する暇がなかったのか、丸いポーンの飾りは彼女の頭には大きすぎたらしく、眉毛と耳が半分隠れ、目元の影がいっそうくっきりと際立っていた。

第11章

この対局には必ず勝たねばならない、相手を打ちのめすためではなく、相手の吐き出す毒を浄化するために、どうしても勝ちが必要なのだ、とリトル・アリョーヒンは思った。そう思うことでかえって平静さを取り戻し、盤の隅々にまで神経が行き届くようになった。

相手は多少の危険を払っても、まず何より威嚇を重んじた。その威嚇に美しさがあるかどうかなど問題外だった。こちらがわずかでも怯えた素振りを見せれば、すぐさま目潰しをし、足元をすくい、背中から突き飛ばそうとした。慌てて身をかわすと、悔し紛れに唾を吐き掛けてきた。リトル・アリョーヒンはどんなに脅されても、動じなかった。相手の声を聞き取り、それに調和する音を響かせるのではなく、無音のプールに一個一個小石を投げ込むような手を指していった。心なしか黒いガウンの衣擦れの方が、白いガウンよりざわめいて聞こえた。

その時相手が奇妙な手を指した。

「f8のルークで、f4のビショップを取る」

理屈では損な交換だと分かっていながら、なぜかルークを捨ててビショップを取ったのだ。リトル・アリョーヒンは思わず、何故だ、と声を上げていた。これも薄っぺらな脅しに過ぎないのか、着々と築かれる白の砦に苛立って自棄《やけ》を起こしたのか、あるいは自分が重大な見落としをしているのか……。リトル・アリョーヒンはあらゆる考えを巡らせた。その間に白いビショップは、生きている駒たちの邪魔にならないよう、そっと梯子段を上り、元男子更衣室へ小走りに消えていった。

彼にはその一手がグロテスクに思えて仕方なかった。内臓をひねり潰されたような気持の悪さが、数手たってもまだ残っていた。

「h2のポーン、h4」

彼は唇の脛毛が触れるほど近くにマイクを寄せ、自信を持って新しい展開に着手した。今こそ、相手方の連絡通路を切断し、砲弾を積み込む準備をするため、h2のポーンを生かす時だった。

リトル・アリョーヒンが指示したとおり、ミイラは二升前進した。黒い升から黒い升へ、ガウンの裾をわずかもはみ出すことなく、もしアレクサンドル・アリョーヒンが生きていたら、きっとこんなふうに駒を動かしたに違いないと思わせるような優美さで移動した。

終盤が近づくにつれ、例の一手がやはり回復不可能なミスであることがだんだんにはっきりしてきた。傷口は新たな武器を生み出す気配も見せないまま、ただ膿んでゆくばかりだった。下品さをまき散らす勢いは相変わらずだったが、白い砦を突破するほどの威力はもはや残っていなかった。

「h4のポーン、h5」

リトル・アリョーヒンは更にミイラを先に進めた。

ミイラは尊い犠牲の駒となるのだった。黒いクイーンをおびき出し、ビショップの守りを崩し、

第 11 章

キングを孤立させるための犠牲だった。一つの犠牲が根となり、思いも寄らない鮮やかな花を咲かせるような勝ち方を、リトル・アリョーヒンは最も愛していた。そしてミイラには、誰もが目を奪われる花弁より、地下に隠れた犠牲の根の方がずっと相応しい気がした。

「b5のクイーンでh5のポーンを取る」

虎が吠えた。案の定、黒いクイーンはそれが犠牲の覚悟を固めた駒だと気づきもしないまま、嬉々としてh5のポーンに引き寄せられてゆき、ミイラを取った。黒いクイーンに場所を譲り、駒が少なくなってがらんとした盤上を、ミイラは水面を滑る小石のように横切っていった。

「e6のクイーンでe8のナイトを取ってチェック」

勝利への道を踏み固めようとしているリトル・アリョーヒンの視界に、元男子更衣室へと消えてゆくミイラの後ろ姿が映った。

「g6のビショップでe8のクイーンを取る」

虎の抵抗は既に醜いあがきでしかなかった。

「b2のビショップでf6のポーンを取ってチェックメイト」

ミイラの去った盤上に、リトル・アリョーヒンは最後の小石を投げ込んだ。翻る白い裾のうねりだけが、いつまでも彼の視界に残っていた。

ミイラの身に何が起こったのか、教えてくれる人は誰もいなかった。見物客たちが全員引き上げたあと、リトル・アリョーヒンが元男子更衣室をノックしようとした時、その手を止めたのは事務局長だった。

「でも、ミイラが……」

そう口にしようとする彼を、事務局長は「しっ」と言って制し、首を横に振った。

「君は、先にお帰り」

その口調は、駒の代役にとミイラを説得した時より更に優しかった。

「さあ……」

しかし彼の背中を押し、ボイラー室へと促す手には有無を言わせない力があった。

照明が半分落とされ、プールのチェック模様は闇に沈み、さっきまで虎とインコの声を交互に響かせていたスピーカーは沈黙に包まれていた。プールサイドのテーブルにはグラスが数個残り、時折、微かな音を立てて氷が溶けていった。元男子更衣室の扉は冷たく、重々しく、表面についた傷と汚れが奇妙な模様になって浮き出していた。

リトル・アリョーヒンがその音を聞いたのは、ミイラと一緒に帰るのをあきらめ、地上への出口に向かい、ボイラー室の螺旋階段を上っている途中だった。決して大きくはない、むしろ控えめな、しかし思わず立ち止まって耳を澄ませてしまう切羽詰まった音だった。病気の肺から息が

第 11 章

漏れるような、森の奥で朽ちた木が倒れるようなその音は、海底を伝いながら彼の耳にまで途切れることなく伝わってきた。

「鳩だ」

不意に彼は気づいた。

「鳩が鳴いてる」

一度として鳩が鳴くのを耳にしたことなどなかったのに、彼の目蓋には、その細い首がしなり、嘴が震え、奥に赤い喉の粘膜が痛々しく覗いて見える様まで、何もかもがくっきりと映っていた。鳩は鎖骨の窪みにしがみつき、助けを求めていた。

リトル・アリョーヒンは上りかけた螺旋階段を走り降り、プールサイドを突っ切り、元男子更衣室の扉を叩いた。それはピクリとも動く気配を見せなかった。扉の上に覗き窓があるのに気づき背伸びをしたが、届くはずもなかった。プラスティックの椅子もテーブルもいつの間にか片付けられ、プールサイドには踏み台になるようなものは何一つ見当たらなかった。彼は消毒液の木箱を求めて元用具室に入ろうとしたが、そこにも既に鍵が掛けられていた。

彼が右往左往している間も、鳩は元男子更衣室の中で鳴き続けていた。扉に浮かび上がる模様は、一段と濃さを増し、渦を巻きながら彼に迫ってきた。

「ミイラ、ミイラ」

彼の叫び声はただ扉に跳ね返されるばかりだった。覗き窓はリトル・アリョーヒンのはるか頭上にあった。

第12章

リトル・アリョーヒンは、祖父の作業場に置かれた〝リトル・アリョーヒン〟の中に閉じこもり、何時間もじっとしていた。マスターが死んだ時、チェス盤の下でずっと丸まっていた彼の姿を覚えている祖父と弟は、余計な口出しはせず、ただ普段通りの仕事を黙々とこなした。時折弟が、もちろん兄さんの邪魔をするつもりはないんだ、好きなだけそうしていればいいんだよ、と言い訳するような表情を浮かべながら、温かい紅茶やタルタルソースのサンドイッチやリンゴを、テーブルの開き戸からそっと差し入れた。弟の目には、暗闇に沈む兄の輪郭が、からくりと一続きになって見分けがつかなかった。

人形の左手には白いビショップとポーンが一個ずつ握られていた。花梨の指はぎこちなく折り曲げられたままで、それらの駒をどこの升にも動かせないでいた。

レバーを持つリトル・アリョーヒンの手は強張り、痺れてほとんど感覚を無くしていた。しかし彼を本当に苦しめたのはそんな痛みではなく、自分の犯した愚かさに似合う罰が何なのか、どうやったらその罰を受けられるのか、見当がつかないことだった。彼はひたすら途方に暮れていた。人形の外ではただ、祖父と弟の働く音と、祖母の咳だけが響いていた。

ミイラを犠牲にして美しい勝ち方をした、ミイラにこそ誰の目にも触れない地中の根が相応しい、などと自分は一人で勝手に満足していた。ところがどうだろう。本当の犠牲の意味を知らないのは自分だけだった。わざわざミイラを生贄に差し出し、元男子更衣室へ行かせたのは、この自分だ。しかも、あれほど鳩が懸命に鳴いていたのに、そこから助け出してやることさえできなかった。

相手がf4のビショップを取った時に気づくべきだった。男はチェスに勝つためではなく、ビショップの女性が好みだから取ったのだ。しかも僕の大事なビショップ、インディラのビショップを。

チェスの宇宙が与えてくれる無限の喜びに比べれば、言葉にできる、形ある目的など何の意味もない、と言った事務局長の言葉は嘘だった。人間チェスの喜びはチェス盤の上ではなく、更衣室の中にあったのだ。

愛する二人の友人、インディラとミイラに取り返しのつかない仕打ちをしてしまった、とリトル・アリョーヒンは自分を責め続けた。自分を責めながら同時に、初めてマスターに勝った時の

第 12 章

一局をよみがえらせた。自分の犯した穢れを清めようとするかのように、もう何度繰り返し思い出したか知れないその一手一手を、胸に刻んでいった。そうして、レバーを通して伝わってくるビショップとポーンの感触を胸に抱き寄せた。

「あなたが謝ることなんてないのよ」

とミイラは言った。その言葉が彼をいっそう悲しくさせた。

元男子更衣室の扉を開けることができないまま、ただ呆然とホテルを後にし、彼は遊歩道のベンチに座っていた。ミイラを待ちながら、彼女にどう声を掛けていいか分からず、早く顔が見たい気持と合わせる顔がないという気持の両方に引き裂かれていた。そして実際にミイラが姿を見せた時には、ベンチから飛び降りてただ気まずく口ごもるばかりだった。

「いいのよ、謝らなくて」

ミイラは同じ言葉を二度繰り返した。

鳩は既に、元の鳩だった。自分は生まれつき鳴き声など持っていないのです、とでもいうかのような静けさをたたえて鎖骨に留まっていた。すっかり夜は明け、木々の間から差し込む朝日が、露に濡れた地面を照らしていた。

「誰のせいでもないんだから」

ミイラの髪は耳元で二つに結ばれ、肩から胸へきれいに流れていた。頰は柔らかい曲線を描き、唇はふっくらとし、瞳は透き通っていた。ワンピースの裾からのぞく足はか細く、すべすべとして見えた。何もかもが元のままのようだった。ただ、こめかみに一筋残る被り物の跡だけが、間違いなくミイラがh2のポーンだったことを示していた。

「もう、海底倶楽部で、チェスはできないよ」

ようやくリトル・アリョーヒンは口を開いた。乾いた脛毛が絡み合い、言葉は途切れ途切れにしか出てこなかった。

「〝リトル・アリョーヒン〟を、二度とあの海底には、沈めたくない」

二人ともお互いの顔を見られず、視線をそらし合っていた。

「なぜ？　どんな場所でやろうとも、チェスはチェスじゃないの？」

「違うよ。駒はね、ただ升目の上を行ったり来たりしているだけじゃない。もっと違う何かを作り出していて、その作り出されたものはチェス盤に収まりきらないくらいスケールが大きくて、尊いんだ。だから、海底の人間チェスは、チェスじゃない。ルールを勝手に借用してるだけだ」

彼は一息に喋った。ミイラは靴の先で地面の落ち葉をカサコソと鳴らした。

「ええ、分かってる。だって私はあなたの指した手を全部記録してきたんだもの。倶楽部で一番きれいな棋譜が書けるって、褒められてきたんだもの」

第 12 章

「だからこそ君を、アリョーヒンのチェスを、海底の泥で汚したくないんだ」

「いいの。あなたがそんなふうに責任を感じたり、憤ったりする必要なんて、これっぽっちも……」

落ち葉を踏みつけながら、いいの、いいの、いいの、とミイラは呪文のように繰り返した。もし彼女が、酔っ払いが人形を殴った夜のようにうずくまり、怯えてくれたらどんなに楽だろうかと彼は思った。そうすれば彼女の背中をさすり、涙を拭き、傷ついた心を慰めることができる。自分の小さな両腕に彼女をかくまうことができる。なのにその時彼女は両足をしっかりと踏ん張って立ち、瞬きもせずに彼を見下ろしていた。泣いてもいなければ、震えてもいなかった。

「お願いだから、大騒ぎしないでほしいの」

ミイラは言った。

「海の底で何があったかなんて、たいていの人には関係ないこと。なかったも同然、幻と一緒。そうでしょう?」

木立の向こうから、学校へ向かうらしい子供たちの声と、走り去るバイクの音が聞こえた。

「皆は地上に生きてるの。私たちとは違うのよ」

リトル・アリョーヒンは何も言い返せないまま、ミイラの足元を見つめていた。プールの底の冷たさがまだ残っているように、そのふくらはぎは白く不透明だった。

「おやすみなさい」

長い沈黙のあと、ミイラは一言だけそう告げ、リトル・アリョーヒンが「おやすみ」と答える間もなく木立の中に駆けていった。鳩の尾羽が、束ねた髪の毛と一緒に揺れていた。


「おじいちゃん、お願いがあるんだ」

リトル・アリョーヒンがレバーを放して人形から出てきた時、外はもうすっかり日が暮れていた。一日の仕事を終え、祖父は窓辺に腰掛けて煙草を吸い、弟は床の木屑を掃除していた。一日中握られていた白いビショップとポーンは、チェス盤の上にぐったりと横たわっていた。

「〝リトル・アリョーヒン〟を分解して、僕にも持ち運びできるようにしてもらいたいんだ」

祖父はゆっくりと息を吐き出し、消えてゆく煙と孫の顔を交互に見比べた。

「海底チェス倶楽部へは、もう戻らないんだ」

寝不足と疲労と混乱のために彼の声は弱々しくかすれていた。弟が掃除の手を止め、心配そうに兄の顔を覗き込んだ。

「なぜだ？」

祖父は短く尋ねた。

「あそこがアリョーヒンには相応しくない場所だって、分かってしまったから」

第 12 章

「で、人形をどこへ運ぶ？」

本当に必要なことしか祖父は聞かなかった。

「それはまだ、分からないんだけど……」

気弱になる心を立て直すように、彼は顔を上げ、倒れたビショップとポーンを元に戻してから続けた。

「でも、とにかく、アリョーヒンを倶楽部から救い出さなくちゃいけない。それだけははっきりしているし、それができるのは、僕だけなんだよ」

「もうすぐ、倶楽部の人が人形を取りにくる手はずになっているなあ」

「うん。だから、あまり時間がないんだ」

「一つ、大事な問題がある」

祖父は短くなった煙草を灰皿の縁で押し潰した。

「人形は、お前の持ち物じゃない」

「よく分かってる」

彼はテーブルチェス盤を撫でた。ほのかに温かく、指先をしっとり包み込むその感触は、坊やと呼ばれていた頃から花梨の手を与えられた今まで、ずっと変わっていなかった。彼はマスターの手を思い出していた。人差し指と中指が兄弟のように仲良く並んでポーンの頭をつかむ様や、終盤の大事な一手を指したあと、しばらく盤上にとどまって微かに震えていた手の甲や、耳たぶの脂肪をつまみながら考え込む時の、丸まった小指の形が、あとからあとから胸に込み上げてきた。初めてマスターに勝って握手した感触が、何かの形になってそこに残っているとでもいうかのように、リトル・アリョーヒンは自分の掌をじっと見つめた。

「人形を操れるのは、僕だけだ。リトル・アリョーヒンがいなければ、〝リトル・アリョーヒン〟は単なる木製の飾りに過ぎない」

掌に視線を落としたまま、きっぱりとした口調で彼は言った。

「持ち主が求めているのは、アリョーヒンの顔に似せた人形なんかじゃなく、まるでアリョーヒンが生き返って綴ったのかと思うような詩だ。どんな言葉でも書き表せない詩だよ。たった一人僕だけに求められている役目が、それなんだ。でも、海底チェス倶楽部にはびこる邪悪の中では、その役目が果たせない。だから僕と人形は、あそこから脱出するんだ。僕たちは誰にも切り離せない。おばあちゃんと布巾みたいなものだ。僕たちは二人とも、リトル・アリョーヒンなんだよ」

彼らのやり取りを、人形とポーンは心静かに見守っていた。瞳のガラスに作業場の明かりが映っていた。

「よし、分かった」

第　12　章

しばらくの間、黙って考えてから祖父は立ち上がり、作業エプロンの紐をきつく結び直した。

「大丈夫？　こんな小さな僕が持って逃げられるように、改造できる？」

「もちろんだよ」

答えたのは弟だった。

「おじいちゃんに手直しできない家具なんてないさ。心配いらない」

弟は兄の肩に両手を載せて微笑んだ。その笑顔は、お子様ランチを目の前にした時と変わらず無邪気だったが、いつしか背は兄をはるかにしのぎ、木の香りの染み付いた腕は驚くほどたくましくなっていた。

「ありがとう」

肩に掛かるその腕の重みを感じながら、リトル・アリョーヒンは言った。


いくらリトル・アリョーヒンが小さいと言っても、人間が一人身を隠せるほどのものを分解し、組み立て直せる構造に作り変えるのは困難な作業だった。テーブルチェス盤の直線的な構造と人形の曲線は、収納という点からすれば相性が悪く、更にからくり部分は繊細で扱いが難しかった。家具の職人ではあるが人形の専門家ではない祖父は、からくりに余計な手を加えて取り返しがつかないことにならないよう、細心の注意を払った。

酔っ払いに殴られた傷が癒えたばかりの〝リトル・アリョーヒン〟は再びバラバラにされた。人形はもともと両足、両腕、頭部、そしてポーンははめ込み式になっていたが、からくりの通る左腕と胴体だけはつなげたままにしておくことになった。一方テーブルチェス盤は大掛かりな改造が必要だった。横板、底板、両開きの扉にはそれぞれの形状と重量に相応しい蝶番《ちょうつがい》や留め金が装着され、取り外し可能となり、四本の脚はチェス盤の裏側へ折り畳めるように細工が施された。

リトル・アリョーヒンはただドキドキしながら祖父と弟の仕事ぶりを見守るしかなかった。作業は月曜から火曜まで、丸々二日間続いた。二人はほとんど言葉を交わさず、図面を引くこともなく、無言のうちにすべての工程を進めていった。祖父の図面は空中にあった。しばし空中の一点を凝視し、そこに現れ出る形を吟味し、先を読み、決断を下した。盤下で駒の動きをイメージするリトル・アリョーヒンと何ら変わりなかった。祖父は大胆に電気鋸の音を響かせ、細やかに断面を磨き、つなぎ目の正しい位置を見定めた。

弟は立派な助手だった。彼も祖父の描く同じ図面を読み取ることができた。二人はあれこれ面倒な相談をせずとも、同時に、理想とする形を追い求めていた。単に祖父の手助けをするだけでなく、時には先回りして、進むべき道を整え、指し示している場合さえあった。

一通りの作業を終えたあと、祖父は知り合いの古道具屋から二つのトランクを手に入れ、それに上手く〝リトル・アリョーヒン〟が入るよう更に微調整を重ねた。トランクはくたびれた革製の売れ残りだったが、まるでこのために特別誂えたかのように、人形の肩幅とテーブルの横幅が縦横の寸法と一致し、ポーンも駒も対局時計も、すべてがきちんと収まった。

しかし問題なのは、分解から組み立て、収納までをリトル・アリョーヒンが全部一人でできるかどうかだった。彼は祖父や弟が思うよりずっと非力だった。あれほど自在に駒を操れる手は、驚くほどか細く頼りなげだった。

リトル・アリョーヒンは息を切らしながら〝リトル・アリョーヒン〟と縺《もつ》れ合った。太ももを抱え、右腕を脇にはさみ、頭を持ち上げた。ネジを外し、留め金を引き抜き、ポーンを横たえた。全く思いも寄らぬ格好にされた〝リトル・アリョーヒン〟は、それでもトランクの中で目を見開き、次の一手を読むのと変わらない鋭い視線を遠くに送っていた。全部をやり終えトランクの蓋を閉じた時、彼は死体をバラバラにしたのかと思うほど汗まみれになっていた。

休む間もなく彼は逆のコースを練習した。つまりトランクから〝リトル・アリョーヒン〟を取り出し、組み立てるのだった。どこか一箇所でも手順をお座なりにすると、駒を持つ左手の動きが狂うため、いっそう注意が必要だった。祖父と弟は手助けしたくなる気持をひたすら我慢していた。

チェスの海は坊やが思うよりずっと深い、と言ったマスターの言葉を、彼は思い出していた。ただの平べったい盤にどれほど複雑な世界が隠れているか、その証拠が今自分が味わっている悪戦苦闘なのかもしれないと考えた。そうだ、チェスの海は海底倶楽部より深いのだ、これから僕は本当の海へ探索に出て行くのだ。そう彼は自分に言い聞かせた。

〝リトル・アリョーヒン〟を組み立て直し、ポーンを右腕の穴にねじ込み、駒を並べ、再びからくりの中へ隠れるという重労働が無事やり遂げられた瞬間、作業場には拍手が沸き起こった。たった二人だけのささやかな拍手だったが、そこには安堵と祝福が込められていた。

とその時、不意に誰かが玄関をノックした。祖父と弟は手を止め、同時に玄関扉を振り返り、リトル・アリョーヒンは暗闇の中で身を硬くした。夜、彼らの家を訪ねてくるような者はほとんど誰もいないはずだった。

事務局長かもしれない。咄嗟にリトル・アリョーヒンは思った。何か異変を感じて、予定より早く人形を取り返しにきたのだ、きっとそうに違いない。リトル・アリョーヒンは助けを求めるように、思わず三叉のレバーを握り締めた。その間にも、二度、三度と扉はノックされた。

「はい。しばらくお待ちを」

祖父が答え、扉の鍵を開けた。夜の冷気とともに、乾いた靴音が部屋に忍び込んできた。

老婆令嬢だ、とリトル・アリョーヒンはすぐに気づいた。彼女の靴音を聞き間違えるはずがなかった。

第 12 章

「突然、夜分に失礼いたします」

いつもの上品な口調で老婆令嬢は言った。

「自動チェス人形の修理が無事に終ったと聞きましたので、ちょっと様子を見させていただこうかと思いました」

老婆令嬢は祖父に会釈し、勧められるままチェス盤の前の椅子に腰掛けた。弟はお茶を淹れるため、慌てて二階へ駆けていった。

人形が修理されただけでなく、改造されてしまったことに彼女は気づくだろうか。〝リトル・アリョーヒン〟が海底チェス倶楽部から脱出しようとしていると、察知するだろうか。人形と最もたくさん対戦しているのは彼女なのだから、どんなわずかな変化だって見逃すはずがない。チェス盤の前に座っただけで、すぐにすべてを感じ取るはずだ。

リトル・アリョーヒンがあれこれと考えを巡らせている間、老婆令嬢はレースの手袋を脱ぎ、それを両膝に載せたハンドバッグの中に仕舞い、一つ咳払いをして姿勢を正した。

「まあ、随分と久しぶりだこと。懐かしいわ、この感触」

テーブルチェス盤の縁を指でなぞったあと、老婆令嬢はｈ１のルークを手に取った。テーブルの角に指輪がぶつかる音と、ルークが升を離れる気配が、彼の耳にも届いた。ルークはきっと、一番居心地のいい指に抱かれてほっとし、再びこの指に導かれ、勇敢に敵陣へ攻め入って行ける時を夢見ているに違いない。彼は老婆令嬢の手に抱かれた白いルークの姿を思い浮かべた。

「折れた首も猫の耳もきれいに元通りになって、あんな乱暴な目に遭ったとは、信じられないくらいです。本当にご苦労さまでした」

老婆令嬢は〝リトル・アリョーヒン〟をしみじみと見回し、祖父にお礼を言った。祖父は落ち着いてうなずいた。

いよいよ気づかれたはずだ。テーブルチェス盤にはあちこち見慣れない蝶番が取り付けられている。そのうえ横板の縁にはカンナ屑が残ったままだ。

「ねえ、リトル・アリョーヒン」

老婆令嬢はきりっと視線を上げた。

「生まれ変わったあなたと、一局指したいんだけど、いかが？」

彼は身構えた。

「復帰の手慣らしをするには、丁度いい夜じゃありませんか」

と、老婆令嬢は言った。


祖父の作業場で〝リトル・アリョーヒン〟の対局が行われたのは、その夜が最初で最後だった。そして祖母が孫のチェスをする姿を見たのも、正確に言えば、姿の見えない孫が駒を動かす様子を見たのも、その夜が最初で最後となった。

来客があったこと、作業場でチェスの対局が行われることを弟から聞いた祖母は、身体に障《さわ》るからと皆が心配するのをよそに、是非とも見学したいと言い張った。弟に背負われて作業場に下りてきた祖母は、丁度修理のためにお客さんから預かっていた寝椅子に横たわり、老婆令嬢を見つけると、その人が孫とどういう関係にあるかも知らないまま、ただひたすら布巾を握り締めて頭を下げた。布巾は祖母の病状を象徴するように、布としての形をどうにか保ちながら、今にもポロポロと崩れ落ちそうなほどになっていた。祖母は孫の姿を探したりはしなかった。直接身体は見えなくても、孫が自分のすぐそばにいて、今まさに何か美しいものを産み出そうとしていると、彼女にはよく分かっていた。

「今晩、鳩を載せた子はいませんから、私が時計を押して、〝リトル・アリョーヒン〟の取った駒も私がどけてあげましょう」

老婆令嬢は言った。

「さあ、はじめましょうか」

彼女が老眼鏡を掛けたのが、スタートの合図になった。祖父と弟と祖母、三人が観客だった。先手、白の老婆令嬢がｅ２のポーンを二升進めた。〝リトル・アリョーヒン〟は久しぶりの対局で緊張しているかのように、いつもより慎重なスピードで左腕をのばし、ｅ６のポーンで受けた。決して他の駒に触れない角度で、五本の指が目指すポーンの頭をつかみ、淀みなく新しい升目を定め、再び盤上から離れていった時、祖母はたまらず賞賛の声を上げた。

「まあ、何てことだろう。人形がちゃんと考えて、駒を動かしているよ。立派じゃないか。ねえ、リトル・アリョーヒンは」

「試合中は、静かにしてなくちゃいけないよ、おばあちゃん」

弟が耳元でささやいた。

「構わないんですよ、好きにお喋りをして下さって。私たちは二人とも、それくらいのことで気が散るようなチェス指しじゃありませんからね」

老婆令嬢は言った。

初めて祖母に見せる対局の相手が老婆令嬢でよかった、とリトル・アリョーヒンは思った。彼女とならどんな展開になろうとも、二人で自由にチェスの海を冒険できる。向かい合っていながら、肩を並べて同じ方向にある光を目指してゆくような心持ちになれる。そう確信できる相手は、マスター以外では、ほとんど老婆令嬢だけだった。

あちこち手を加えられた影響もなく〝リトル・アリョーヒン〟は正確に動いた。自分の身に何が起こったのか気づいてさえいない様子だった。目の前にチェス盤と駒があれば、私はチェスをします、ただそれだけです、とでもいうかのように悠然としていた。

第12章

そこが海底チェス倶楽部であろうと祖父の作業場であろうと、人形の中の暗闇には何の変わりもなかった。暗闇はすっぽりとリトル・アリョーヒンの全身を包み、歯車の動きに合わせて対流を起こし、展開の深まりとともに濃密さを増していった。彼の指はすぐさまレバーの感触を思い出し、耳は駒音を確実にキャッチした。人間チェスの名残り、例えば虎とインコの声やガウンの衣擦れや元用具室の黴びたにおいはすべて、どこかへ遠ざかっていった。

Be3　Nf6
Nf3　Ng4
Nbd2　N×e3
f×e3　Qe7
Qe2　f5

………

どちらにも同じだけ可能性が広がる、拮抗した戦いになった。観客の三人はチェスを知らなかったが、退屈してチェス盤から目を逸らす者はいなかった。時折、咳き込む祖母の背中を祖父と弟が交代で撫でる以外、誰も身じろぎ一つしなかった。ただ、祖母の感嘆の声は抑えようもなくあふれ出てきた。弱った肺から漏れる声は痛々しくかすれていたが、感嘆の気持は作業場の隅々にまで響き渡った。ビショップが対角線を鋭くにらんだり、ナイトが気紛れな妖精の舞を踊ったりするたび拍手を送った。孫の指した手でも老婆令嬢の手でも同じだった。祖母は両方の駒を平等に褒め称えた。

そんななか、〝リトル・アリョーヒン〟は十二手め、c6と指した。今度はどんな様相が現れ出るかと胸を膨らませて待っていた祖母は、ポーンが思慮深く、慎ましやかに一歩だけ前進したのを見て、緊張感のこもった吐息を漏らした。まさに祖母の感じた緊張感は正しかった。それは彼にとっての特別な駒、d6のビショップにc7の退路を用意し、対角線のにらみを保持するための手だった。

Nb3　0—0

Rae1　Nf7

Qc2　Ng5

N×g5　Q×g5

序盤でナイトとビショップを交換していたため、〝リトル・アリョーヒン〟はまだビショップを二枚残していた。一方老婆令嬢は相変わらずのルーク使いで爽快な動きを見せ、十七手め、Rf3と指した。

その瞬間、闇の対流のリズムがほんのわずか乱れたのを、リトル・アリョーヒンは見逃さなかった。彼はレバーを握る手を止め、盤下の一点、ルークが浮上したf3を見つめた。観客たちは

第　12　章

何が起ころうとしているのか分からないまま、しかし何か張り詰めた局面に差し掛かったことを感じ取り、ピタリと動きを止めた〝リトル・アリョーヒン〟を一心に見守った。

ルークの駒音を聞き取ったあと、リトル・アリョーヒンの耳からは一切の物音が消えた。老婆令嬢の息遣いも、歯車の軋みも、自分の鼓動さえもが沈黙に呑み込まれ、鼓膜は深海の闇に包まれていた。その闇を照らすのは、d６のビショップからｈ２のポーンへ発せられる一筋の光だけだった。

〝リトル・アリョーヒン〟はビショップを握り、ｈ２のポーンに向けて腕を動かした。不意にリトル・アリョーヒンは、ミイラはもう自分の傍らにはいないのだという思いにとらわれ、指先を震わせた。レバーがぶれ、ビショップがカタカタと音を立てた。ｈ２のポーンはビショップに場所を譲り、盤上を去って行った。彼の目蓋には、拭おうとしても決して拭えない、プールの底から更衣室へと消えてゆくミイラの後ろ姿が映し出されていた。その背中に向かって彼は、

「さようなら、ミイラ」

とつぶやいた。

Ｋｆ２　ｈ５

Ｒｈ１　Ｂｄ６

Ｒｆｈ３　ｈ４

Rｆ3　Bｇ3＋

………

老婆令嬢は懸命に応戦した。リトル・アリョーヒンはミイラを見送った動揺を隠し、冷静に相手を追い込んでいった。二十七手め、彼は老婆令嬢への敬意を表すがごとく、ｅ8のルークをｅ1へとダイナミックに突進させたが、彼女は音《ね》を上げなかった。

初めて兄にルールを教わった時、キングを鷲掴みにして喜んだ弟は、そのキングに近づくため、花梨の手と皺だらけの手がどれほど苦心しているかを目の当たりにして驚いた。二人の手は不屈だった。観客三人はもはやチェスを、キングを追い詰める戦いだとは思っていなかった。白と黒、双方向から築かれる彫刻だと感じていた。チェック模様の盤の上で、石膏が削られ、粘土がこねられ、かつて一度も目にしたことのないある形が、出現しようとしていた。

Kｇ2　ｈ3＋

R×ｈ3　B×ｈ3＋

K×ｈ3　Qｈ4＋

〝リトル・アリョーヒン〟のチェックの連続だった。とうとう最後、三十一手め、〝リトル・アリョーヒン〟はクイーンを握り、去って行ったミイラに花束を捧げるかのように、静かにｈ2へと置いた。チェックメイトだった。

第　12　章

「負けました」

老婆令嬢が眼鏡を外した。

祖母は孫の唇がなぜ閉じられたままだったのか、それと引き換えに孫に授けられた才能が何だったのか、はっきりと悟った。

「あの子には言葉なんかいらないんだよ。だってそうだろう？　駒で語れるんだ。こんなふうに、素晴らしく……」

祖母は見えない誰かを指差すように、震える右腕を持ち上げた。その手を祖父と弟が握り締めた。布巾は彼女の左手よりもっと小さく折り畳まれ、掌の奥でじっと息をひそめていた。

リトル・アリョーヒンには祖母の声がすぐ耳元で聞こえた。耳たぶが息で温かくなるほどだった。

「何とまあ、お礼を申し上げてよいか……。ありがたいことでございます」

祖母は寝椅子の中で老婆令嬢に向かって両手を合わせた。浮腫んだ目蓋で両目は塞がり、胸は苦しげに上下していた。

「お名前も存じ上げないあなた様のおかげで、孫が難しいチェスというものを、こうして見事にやり遂げておりますところ、見させていただき、どんなに感謝すればよろしいか……」

祖母は涙声になっていた。

「お礼を言っていただくようなことを、私は何もしておりません。ただ、チェスをしただけです。この、リトル・アリョーヒンと一緒に」

老婆令嬢は人形を指し示した。

「ああ、お前は何て賢いんだい。おばあちゃんはうれしいよ」

寝椅子から起き上がろうとする祖母を、弟と祖父が支えた。彼女は昔孫がデパートのチビッ子チェス大会で優勝した時と同じように喜んだ。祖母はよろけながら〝リトル・アリョーヒン〟の頭を抱きかかえ、その髪を撫で、額に頬を寄せ、閉じられたままの唇に指先を這わせた。

「他の誰にもできないことが、特別お前にだけはできるんだね。おばあちゃんは自慢でならないよ。お前は神様に指差された子なんだよ」

〝リトル・アリョーヒン〟の瞳ほどの小さな塊となった布巾が床に転がり落ちたのも気づかないまま、祖母は彼を抱き締め続けた。暗闇の中でリトル・アリョーヒンは祖母の温もりを感じながら、じっと目を閉じていた。

第13章

　パシフィック・海底チェス倶楽部から〝リトル・アリョーヒン〟がいなくなったという噂は、隠しようもなく会員たちの間に広まったが、その動揺はごく控えめなものだった。どんな混乱も驚きも憤りも、海底から海面へと浮かび上がってくる途中で潮に流され、波に呑まれ、大方は泡となって消えていった。ある者は元女子シャワー室の扉を開け、そこにガウンを纏う女性と鳩の姿しかないのを発見し、改めて人形はもう去ってしまったのだという事実に打ちのめされて、空しく扉を閉めた。またある者は、本当に〝リトル・アリョーヒン〟など存在したのだろうか、自分の見た幻だったのではないか、という思いにかられ、慌てて棋譜を広げ、間違いなくそこに人形と交わした会話が記録されているのを確かめて、安堵の吐息を漏らした。

　〝リトル・アリョーヒン〟がどこへ行ったのか、倶楽部の人間は誰も知らなかった。いくら問い詰められても、事務局長はただ口ごもるばかりだった。こうした事態と関係があるのかどうか、事務局長はほどなく引退し、名誉理事の称号を得たあと、倶楽部に姿を見せることはなくなった。人形がいなくなって何年もの月日が流れ、人形との対戦経験を持つ会員のすべてが死んでしまってからでもまだ、〝リトル・アリョーヒン〟とチェスを指したいのですが、と希望する問い合わせが時折寄せられた。

「残念ながら今ここにはいないんです」

「以前チェスマシーンを所有していたのは事実ですが、もう行方不明になってかれこれ何年でしょう」

「失礼ですが、それは単なる伝説です。当倶楽部に伝わるおとぎ話です」

歴代の事務局長たちは、〝リトル・アリョーヒン〟とは何なのか見当もつかないままに、そう返答し続けた。

あるいは、棋譜が地下のマーケットで秘かに売りに出されることもあった。しかしそのすべてが偽物だった。どんなにあくどい詐欺師でも、〝リトル・アリョーヒン〟が醸し出すあの色合いを再現し、更にミイラの筆跡を真似するのは不可能だった。もっとも実物を手にしていながら、売ろうなどと考える者は誰一人いなかった。彼らにとってそれは、単なる記念品と名付けるにはあまりにも特別な記憶だった。

いつしか〝リトル・アリョーヒン〟は本物の伝説となった。詩人アリョーヒンとともに優美な

第 13 章

棋譜を綴ることができたらどんなに幸福だろう、という会員たちの願望の象徴となった。それは化石のようにパシフィック・海底チェス倶楽部の深海に刻まれたまま、決して消えることがなかった。

二個のトランクとともにリトル・アリョーヒンが家を出発したのは、眠りから覚めたカモメがようやく一羽二羽、舟の舳先に姿を見せはじめた明け方時分だった。

忘れ物がないかどうか彼は最後にもう一度ボックス・ベッドをのぞき、天井のチェス盤を見上げた。素晴らしい天才たち、モーフィーやカパブランカやラスカーやシュタイニッツや、そしてもちろんアレクサンドル・アリョーヒンの棋譜を再現し、マスターとの対局をおさらいし、数え切れないプロブレムを解いたチェス盤だった。それはまるで、実際の駒を動かしたかのように色あせ、磨り減っていた。

いよいよ始発バスの時刻が迫ってきても、祖父はほとんど喋らなかった。胸元にまで届く重々しい二つのトランクに挟まれたリトル・アリョーヒンの姿を目にし、孫の小ささに改めて気づかされた思いがして胸が詰まったからだった。祖父は「気をつけてな」と一言口にしただけで、あとは人形が間違いなくきちんと収まっているかどうか、こまごまとトランクを点検していた。

「大丈夫だよ、おじいちゃん」

リトル・アリョーヒンが言っても、祖父はトランクに手を当てたまま顔を上げようとしなかった。そうしていればいつまでも、さようならを聞かなくても済むと思っているかのようだった。

「さあ、そろそろ」

と決心して促したのは弟だった。祖父と弟はリトル・アリョーヒンをバス停まで送って行った。

「おじいちゃんのこと、頼むよ」

「うん、分かってる」

「元気で」

「こっちは心配いらない」

兄弟が話している間、祖父は後ろでやはりうつむいていた。

始発のバスは運転手以外誰も乗っていなかった。リトル・アリョーヒンは一番後ろの席に座り、窓の向こうにいる祖父と弟に微笑みかけた。弟は殊更元気よく、飛び跳ねるほどの勢いで手を振り、祖父は笑うことも泣くこともできないまままだ悄然と立ち尽くしていた。バスが走り出し、いつしか二人は朝靄に紛れて見えなくなった。

一人になったリトル・アリョーヒンは、がらんとしたバスの中を見渡し、今自分の座っているシートは、かつてマスターのベッドがあったところだ、と気づいた。左右に揺れる吊革を目で追いながら、あのあたりがキッチン、次が食卓、向かいに戸棚、すぐそこにテーブルチェス盤……

と回送バスの風景をよみがえらせていった。その時ふと、お菓子の甘い香りが漂ってきたような気がして思わず腰を浮かせたが、ただ微かにガソリンのにおいがするだけだった。

「さようなら、マスター」

運転手の背中に向かってリトル・アリョーヒンは言った。今運転席に座り、ハンドルを操っている男が、大きくなる前の昔のマスターその人であるかのように、真っ直ぐに背中を見つめ、別れの挨拶をした。

第13章

バスを降りたあと、人形の新しい基地となるべき老人専用マンション・エチュードまで移動するのに、リトル・アリョーヒンが払った労力は計り知れなかった。

二個のトランクは、いくら祖父がローラーを取り付けてくれたとはいえ、彼が扱うにはあまりに重すぎ、何より倒したりぶつけたりしてからくりを壊さないよう、常に注意を払っていなければならなかった。海底チェス倶楽部の誰かが後を追ってきているのでは、という心配もあった。神経をすり減らしながら、バスの終点、中央駅前ロータリーから駅のホームまで、彼はどうにか大事な二個のトランクを運び上げた。「慌てるな、坊や。慌てるな、坊や」と何度も自分で自分に言い聞かせた。

顔を火照らせ、汗びっしょりになって両脇にトランクを挟み、ローラーの音をキュルキュルと響かせながら歩道を行く彼の姿は、嫌でも目立っていた。人形の中に隠れ続けてきた彼にとって、これほど大勢の人々の注目を浴びるのは生まれて初めての経験だった。角度によっては、人間の姿は見えないのに二つの荷物がもぞもぞ動いているようで、あからさまに不審な表情を向ける人もいたが、もちろん手助けを申し出てくれる親切な人も幾人かは現れた。階段でトランクを持ってくれる紳士もいれば、切符の窓口に顔が届かない彼を後ろから抱き上げてくれる婦人もいた。けれどその誰もが、てっきり小学生だと思った相手がただの子供ではなく、更に奇妙な唇の持ち主であることに気づくと、「やけに大荷物だねえ。中身は何？」と尋ねようとして思わず言葉を呑み込んだ。

「どうもありがとうございます」

リトル・アリョーヒンは礼儀正しく頭を下げた。背中に負われたリュックは萎《しぼ》んだ蕾《つぼみ》のように小さく、二個のトランクに比べてずっと軽かった。人形以外に必要な彼の私物は、ほんのわずかしかなかった。

列車の中で彼は座席にはつかず、デッキの壁際にトランクを並べ、脇にうずくまっていた。その方が彼にとってはずっと楽な姿勢だった。老人専用マンション・エチュードがどれほど遠い所にあって、どんな施設で、果して本当に〝リトル・アリョーヒン〟の居場所があるのかどうか、その時点で彼には何も分かっていなかった。ただ一つはっきりしているのは、老婆令嬢が残した

第 13 章

一枚の紙切れが、今彼の手元にあるということだけだった。雑誌の投稿欄ページから、ハサミも使わずに手で無造作に破り取られたと思われる紙片には、こう書かれていた。

【チェスの上手な人求む／老人専用マンション・エチュード】

見知らぬ誰かに抱き上げられた駅の窓口で、彼はそのエチュードの住所を告げた。そこ以外に、当てはなかった。彼はもう何度見つめたか知れない紙切れを折り畳み、リュックのポケットにしまうと、代わりにポーンの敷布の駒袋を取り出した。

彼は飲み物も口にせず、窓の景色にも目をやらず、ただひたすら駒袋だけを胸に抱いてうずくまっていた。テーブルチェス盤はトランクの中だったが、もしそれがデッキに置かれていたとしたら、身体はその下にすっぽりと隠れていただろう。彼の身体には既にからくりの形が深く染み込んでいて、黙っていてもあらゆる関節が、一つの決まったラインを描いた。

リトル・アリョーヒンはきつく目を閉じ、駒袋に唇の傷跡を押し当てていた。袋に入った駒の感触が、脛毛の先から唇へと伝わってきた。たったそれだけで、今自分の唇に触れているのがビショップなのかポーンなのか、感じ取ることができた。時折、デッキを通る車掌や乗客が心配して背中を叩いた。彼は眠っている振りをして顔を上げなかった。どんなに耳を澄ませても、どこからも駒音は聞こえてこなかった。ただレールの音が背中を揺らすばかりだった。

老婆令嬢と孫の対局を見学した翌朝早く、祖母は息を引き取った。布巾を握る力もなくなった彼女のため、祖父はそれを寝巻の上からでも透けて見える肋骨と肋骨の隙間に載せた。布巾はあらゆる体液を吸い込んだあと干からび、皺を模様にして固まり、更に朽ちかけて表面が糸くずの粉でざらざらになっていた。呼吸とともに微かに上下していた布巾の動きが止まった時、祖父と二人の孫は彼女の最期を悟った。

「さようなら」

「ありがとう」

「天国のママと幸せにね」

三人はそれぞれ髪や頬や掌をさすりながら、短い別れの言葉を告げた。弟だけがこらえきれずに泣いていた。

身体が冷たくなってゆくのと引き換えに、少しずつむくみが消え、本当の祖母の表情が戻ってきたのを目にし、リトル・アリョーヒンは多少なりとも慰められた。祖母の身体に巣食っていた〝大きくなること〟という邪悪が去り、平穏が訪れたのだと感じた。

「もう大丈夫だよ」

彼は祖母の耳元に唇を寄せ、脛毛を揺らすだけの声にならない声で言った。

「骨になって、土に還って、あとはどんどん小さくなってゆくばかりだからね。何の心配もいらない。安心していいんだよ」

彼女の人生に相応しく、葬儀は倹《つま》しいものだった。参列者は近所のお喋り仲間と、遠い親戚が数人といった程度で、祭壇には白い花以外、他に何の飾りもなかった。棺に納められた品は布巾だけだった。しかし皆が心からの涙を流し、残された祖父と孫たちに向かって何かしら慰めの言葉を掛けた。

葬儀の終った夜、リトル・アリョーヒンは一人で一階の作業部屋へ下りていった。〝リトル・アリョーヒン〟もポーンも寝椅子も、老婆令嬢とチェスを指した時と同じ様子でそこにあった。祖母に抱き締められて乱れたらしい前髪さえ、そのままだった。チェス盤を見つめるガラスの瞳に、二筋三筋、髪の毛が垂れ掛かっていた。それを直そうとして彼は、祖母の痕跡を消してしまうような悲しさに襲われ、手を止めた。祖母はいつでも本当に必要な分量の何倍もの賛辞を送ってくれたんです。いくら訂正しようとしても頑として受けつけなかったんです。そういう人でした……と彼は〝リトル・アリョーヒン〟に向かって語り掛けた。あたりは静けさに包まれ、二階からも壁の向こうからも物音は聞こえてこなかった。修理を待つ家具たちは彼らの邪魔にならないよう、薄暗がりの中で黒い塊になっていた。合図を返すように〝リトル・アリョーヒン〟は、瞳の奥で白熱灯の光を小さくきらめかせた。髪の毛にのばそうとしていた手をテーブルチェス盤の開き戸に掛け、彼は中へ潜り込み、一つ深呼吸をした。関節を折り曲げ、三叉レバーを握り、盤下を見つめた。その時ようやく、自分一人だけの弔いの時間が訪れたのを感じた。彼は本来の自分の居場所で、更にいっそう身体を小さく丸めた。祖母が与えてくれたものに報いる方法は、そうする以外にないのだ、小さな粒子になって遠ざかってゆく祖母をできるだけ長く見送るために、自分ももっと小さくなる必要があるのだと、信じ込んでいるかのようだった。

どれくらいの時間が過ぎた頃だろうか。とうに参列者は途絶え、葬儀社の人たちも引き上げたはずの夜更け、作業場の扉を開け、彼の元へ近づいてくる足音が聞こえた。

「お悔やみに参りました」

足音はチェス盤の前で止まった。老婆令嬢だった。

「あのようにチェスというゲームに感動できる人は、そうたくさんいるものではありません。あなたのおばあ様はその稀有なお一人でした」

老婆令嬢は爪の先で、チェス盤の格子模様を、aからhへ、1から8へと一本一本なぞっていった。そのわずかな爪の音が盤下にも届いた。

「おばあ様の前であなたとチェスが指せたことは、私にとっても素晴らしい経験でした。一手一手に温かい声援を受けて、まるで駒の動かし方を覚えたばかりの、子供の頃に戻ったようでした」

リトル・アリョーヒンはレバーに指を掛けた。その指先に涙がこぼれ落ち、初めて自分が泣いていることに気づいた彼は、声が漏れないようきつく唇の傷跡を合わせた。花梨の左手が駒をつかむよりももっとゆっくり握られた。それが相槌の代わりだった。

「いいチェス盤ねえ。何度見てもそう思うわ」

老婆令嬢は言った。

「邪心がなく、毅然として、慈愛に満ちている。アリョーヒンの詩を映し出すのに相応しい盤だわ」

リトル・アリョーヒンは下から、老婆令嬢は上から、同じ一つのチェス盤を見つめた。回送バス、海底チェス倶楽部、そして祖父の作業場へと移動してくる間、数え切れない駒の動きを刻みつけてきたはずの盤は、そんな記憶などすっかり忘れ去ったかのように、ありのままの姿でそこにあった。リトル・アリョーヒンの目には、あらゆる対局の一手一手が次々と浮かび上がっていたが、チェス盤はただ夜の静けさの中にたたずむだけだった。ふと指輪の触れる音で、老婆令嬢が盤の中央に手を載せているのを察した彼は、同じ場所に自分の掌を当てた。

「チェス盤は偉大よ。ただの平たい木の板に縦横線を引いただけなのに、私たちがどんな乗り物を使ってもたどり着けない宇宙を隠しているの」

リトル・アリョーヒンは、唇を閉じたまま目を伏せた。

「そう、だからチェスを指す人間は余分なことを考える必要などないんです。自分のスタイルを築く、自分の人生観を表現する、自分の能力を自慢する、自分を格好よく見せる。そんなことは全部無駄。何の役にも立ちません。自分よりチェスの宇宙の方がずっと広大なのです。自分などというちっぽけなものにこだわっていては、本当のチェスは指せません。自分自身から解放されて、勝ちたいという気持さえも超越して、チェスの宇宙を自由に旅する……。そうできたら、どんなに素晴らしいでしょう」

リトル・アリョーヒンは老婆令嬢の掌が離れてゆくのを感じた。しばらく沈黙が続いた。互いの息遣い一つ聞こえない、深い沈黙だった。

「上手に細工がしてある」

老婆令嬢がつぶやいた。

「これなら折り畳んで持ち運べる」

やはり彼女は気づいていたのだ、とリトル・アリョーヒンは思った。

「脱出するつもりなのでしょう？　海底から」

どう応えていいのか分からないまま、彼はただレバーを握っていた。

「そう、よく考えてみれば、海底にだけ沈んでいる必要はないのです。一つのところに長く留まれば、それだけ汚泥も溜まります。あなたがもっと別の場所を求めたくなるのも、もっともです。チェスの海は広いのですから」

第　13　章

マスターと同じことを老婆令嬢は言った。

「さあ、お行きなさい。私に遠慮する必要などありません」

最初から人形と別れるために彼女はここへ来たに違いない、と彼は悟った。彼女の口調は潔く、きっぱりとしていた。

「倶楽部に行っても、もうあなたに会えないかと思うと淋しいですけれど、いつかまたきっとどこかでチェスをしましょうね。約束しましたよ。あなたに恥ずかしくないように、腕を磨いておかなくてはね。事務局長が人形を取りに来るのは、明日の午後です。あまり、時間はありませんん」

老婆令嬢は立ち上がり、一つ息を吐き出したあと、

「長い間、どうもありがとう」

と言った。リトル・アリョーヒンは今すぐ人形から飛び出したかった。そうか、僕の駒と会話していたのはこんな指だったのか、と思いながら彼女の手を握り締めたかった。そして涙声になるのも構わず、「いいえ、感謝しなければいけないのは僕の方です」と叫びたかった。

その時老婆令嬢が、何か小さなものを花梨の左手に押し込めた。駒とは違う感触がレバーに伝わり、リトル・アリョーヒンははっとして、喉元まで出かかっていた叫び声を呑み込んだ。

「チェスの海に、身を任せなさい」

最後にそう言い残し、老婆令嬢は遠ざかっていった。その足音が消えてもなお、彼は夜の向こうに耳を澄ませていた。

〝リトル・アリョーヒン〟の左手に残されていたのが、【チェスの上手な人求む／老人専用マンション・エチュード】の紙片だった。人形はその紙切れを、チェックをかけるための駒のように大事に握っていた。指の隙間から取り出し、皺をのばして広げると、それにはまだ老婆令嬢の体温が残っていた。

「チェスの上手な人、チェスの上手な人……」

老婆令嬢の名残りを感じながら、リトル・アリョーヒンはその一行を目で追った。何か大事な意味を読み落としていないか、慎重に隅々を点検した。しかしどんなに目を凝らしても、それはただのくたびれた紙切れに過ぎなかった。

ただ一言、チェス、という言葉だけがその紙片に特別な光を与えていた。老婆令嬢とリトル・アリョーヒンの指を結びつけていた。

同じ夜、もう一人〝リトル・アリョーヒン〟に別れを告げに来た人がいた。その人は何も喋らず、足音も立てず、ぼんやりしていれば気づかないほどの微かな気配だけをまとい、人形の傍ら

第 13 章

にたたずんだ。いつまでもただじっとしていた。しかしあらゆる駒音を聞き取ってきたリトル・アリョーヒンの耳には、その人が何か口に出そうとしてはためらい、また何か言おうとしては言葉を呑み込んでいる様が伝わってきた。

〝リトル・アリョーヒン〟は左手をクッションに載せ、目を見開き、右手で優しくポーンを抱えていた。チェス盤に駒はなく、その上には闇が広がるばかりで、白と黒の境さえ見えなくなっていた。

その人は呑み込んだ言葉の重みに耐えるように胸を押さえ、〝リトル・アリョーヒン〟に向かって手を差し出した。身体のどこかを動かすたび、闇が揺らめき、いっそう深い静けさをもたらした。その人の手は目蓋に触れ、頰を伝い、〝リトル・アリョーヒン〟の左手を握った。カチリ、とほんのわずか中指の関節が動いた。それからその人は、〝リトル・アリョーヒン〟に口づけをした。

唇の傷跡にその人の感触は柔らかく残った。怯えるように、あるいはもっと温もりを求めるように脛毛が震えた。頰を、鳩の羽先が撫でた。

「ミイラ」

リトル・アリョーヒンは叫んだ。しかし叫んだつもりのその名前は、暗闇に吸い込まれ、ただ耳の奥でこだまするばかりだった。

「ミイラ」

何度叫んでも、彼の声は彼女には届かなかった。

デッキにうずくまりながら、リトル・アリョーヒンは数日の間に次々と訪れた別れの場面を、繰り返し思い出していた。油断していると、うめき声か、泣き声か、誰かの名前か、何かを叫んでしまいそうな気がしてずっとポーンの駒袋を唇に押し当てていた。そうしていると、昔回送バスの中でポーンを抱き、チェス盤の下を見つめていた頃の自分に戻れる気がした。ポーンの鼓動に包まれ、インディラやミイラも一緒にチェスの海を漂っている気持になれた。進むべき次の一手が一筋の光となって海中に差し込んでくる瞬間さえもが、よみがえってくるようだった。もちろん盤上にはおやつの匂いがあふれていた。

と、その時車内アナウンスが流れた。リトル・アリョーヒンはポケットから切符を取り出し、降りる駅が近づいたことを確かめた。列車は少しずつスピードをゆるめはじめたが、それとは逆に、走れないはずの回送バスはどんどん彼から遠ざかろうとしていた。どんなにきつく駒袋を握り締めようと、回送バスの後ろ姿は小さくなるばかりだった。自分はずいぶん遠くまで来てしまったのだと、彼は気づいた。

第14章

盤下の詩人〝リトル・アリョーヒン〟の新たな伝説が語り継がれることとなった老人専用マンション・エチュードは、市街地の北西に広がる小高い山の中腹にあった。その名のとおり、現役を引退した単身の老人ばかりが暮らす集合住宅で、中庭を囲むロの字型の建物が、なだらかな斜面の縁に建っていた。白いペンキを塗られた屋根はずいぶん古びて色あせていたが、それでも緑に映えてぽつんと目立って見えた。周囲は深い木立に覆われ、山頂付近はたいていいつも靄に包まれていた。定規で測ったように狂いのない正方形をしたその二階建ては、磨き込まれた木枠の窓が規則正しく並び、見晴らしのいいベランダにぐるりと囲まれていた。

中の構成もまた分かりやすくきっちりとしていて、南棟が共同スペース、北棟は男性用居室、東棟が女性用居室、西棟は管理部門、という具合だった。西棟には事務室や住み込みの看護婦たちの部屋があり、南棟の共同スペースには食堂やラウンジ、レコード室、ダンスルーム、図書室などが並んでいた。そこの二階南東角、日当たりのいい、風通しと眺望の申し分ない部屋が、チェス室だった。エチュードでは、最も居心地のいいスペースがチェスのために割り当てられていた。

チェス室は天井が高く、盤を載せた六つのテーブルと十二脚の肘掛け椅子を並べてもまだ十分余裕が残るほどの広さがあり、窓の向こうには山の裾野から広がってゆく町と、更に海まで続く景色が見通せた。床には毛足の長い絨毯が敷かれ、柔らかいお揃いのクッションが椅子の背もたれに並び、片隅にあるストーブでは薪がほどよく燃えていた。チェス盤を前にして集中するのにいかにも相応しい、落ち着いた雰囲気の部屋だった。パシフィック・チェス倶楽部にあったような仰々しさも、また海底倶楽部を覆っていた秘密めいた冷たさもそこにはなかった。ただチェスのために必要な静けさだけが隅々にまで行き渡っていた。

薪ストーブから天井へと伸びる煙突の隣に、〝リトル・アリョーヒン〟は新しい居場所を定めた。

「そんな隅っこじゃなくて、部屋の真ん中にでんと座ってもらって構わないのよ。いずれにしたって、他のチェス盤に比べたらどうしようもなく目立っているんだから」

トランクを広げ、人形を組み立てているリトル・アリョーヒンに向かって総婦長さんは言った。

「いいえ、とんでもありません」

第 14 章

右腕を肩にはめ込んでいた手を止め、彼は首を横に振った。

「他のチェス盤を押しのけるような真似なんてできません。片隅でいいんです。その方がむしろ好都合なんです」

「そう？　まあ、好きにやってくれて構わないけど」

総婦長さんはこだわりのないさっぱりとした口調で言った。それより少しずつ姿を現しはじめた人形が気になって仕方ない様子で、首に掛けた聴診器の両端を引っ張りながら、彼の作業にじっと見入っていた。時折、「それはどこにくっつけるの？」、「親指を動かすレバーはどこ？」などと質問をしてきた。「ちょっと触らせてもらってもいい？」と言って手をのばしてくることもあった。

「どうぞ」

リトル・アリョーヒンが言うと、まるで患部を手当てするかのような慎重さで、目蓋や首元や指先に触れた。

その時不意に、「人形にはお手を触れないようお願いいたします」というミイラの声がよみがえり、彼は思わずため息を漏らした。もちろんそこにはタイルも白い鳩の姿もなく、ただ薪ストーブが燃えるばかりだった。

最後、右腕にポーンが収まった瞬間、総婦長さんは人形とリトル・アリョーヒンを交互に見やり、満足げにうなずき、人懐っこく微笑んだ。

「賢そうな猫」

そう言ってポーンをほめた。

「はい」

彼も笑顔を返した。二人の傍らで〝リトル・アリョーヒン〟は、ようやく狭いトランクから解放されて旅の疲れが一度に出たような、見慣れない場所に連れて来られて落ち着かないような表情を浮かべていた。しかしその左手だけは、緊張感を失っていなかった。いつ駒を握ってもすぐに操れるだけの準備が整っていた。


リトル・アリョーヒンが初めてエチュードへたどり着いた時、医務室で彼を面接したのが総婦長さんだった。

「実は私、チェスのことは何にも分からないんだけど……」

総婦長さんは膝下まで隠れる糊のよくきいた白衣を着て、頭のてっぺんにはいくつものピンでキャップを留めていた。

「アリョーヒンっていう人はとってもチェスが強いの?」

「はい」

第 14 章

彼は堂々とうなずいた。

「強い、などという言葉ではとても表現しきれません。人間が持っているあらゆる言葉を駆使しても届かない高みで、チェスをしている人です」

「ほう」

その高みを見上げるように、総婦長さんは宙に視線を泳がせた。

「で、あなたはそのアリョーヒンと同じくらい強いというわけね？」

「いいえ、違います」

慌てて彼は首を横に振った。

「チェスが強いのは、彼です」

リトル・アリョーヒンはトランクの蓋を持ち上げ、総婦長さんに中を見せた。そこからは茶色の髪の毛と、窪みの一つ一つまで精巧に彫られた耳がのぞいていた。

「人形のようね」

しばらく考えてから総婦長さんは言った。

「はい、人形です」

「そうよね。誰が見たって人形よ」

自分の考えが間違っていなかったことにほっとするような口ぶりだった。

「でも、チェスが指せるのね？」

「はい」

「アリョーヒンっていう人並みに」

「一応、〝リトル・アリョーヒン〟という呼び名を与えられています」

「なるほど」

総婦長さんは首筋の縮れた白髪を引っ張り上げ、キャップの中に押し込めた。

「チェスの上手い人を募集して、人形がやって来たのはちょっと予想外だったけど、まあ、悪くはないかもしれない。お年寄りたちには目新しい刺激が必要だし」

「ご期待に添えると思います」

彼は面接など受けるのは初めてだったが、〝リトル・アリョーヒン〟の付き添いという立場を貫くことでどうにか落ち着いて受け答えができた。

「エチュードへ来る前はどこにいたの？」

「パシフィック・チェス倶楽……」

「ああ、あそこの会員？　だったら安心だわ。チェスの世界では名門の倶楽部なんでしょう？ここにも何人か元会員の入居者がいらっしゃるの」

正確には会員ではなく、更に倶楽部名の前に海底がつくことは、黙ったままでいた。

「ただ、チェス以外にもできることがあれば助かるんだけど……。例えば、食器洗いとか、モップがけとか、野菜の植え付けとか」

「それは僕がやります」

すぐさま彼は答えた。

「ならば結構。問題なし」

総婦長さんはリトル・アリョーヒンに手を差し伸べ、二人は握手をした。身長の差を考えても、あまりにも大きさの違いすぎる手だった。チェスの駒しか握ったことのない彼の手をすっぽりと包み込んだ総婦長さんの手は、全身を抱き締めているのと変わりないほどに力強かった。

「助かったわ。チェスの上手な住み込みの職員って、なかなか見つからないのよ」

「でも、どうしてチェスなんですか？」

リトル・アリョーヒンはようやく一番の疑問を口にすることができた。

「エチュードの入居者たちは全員、チェス連盟のメンバーだからよ。連盟の前々会長が、私財をなげうってここを創設したの」

「全員ですか？」

「そう。だから皆、いつでもチェスがやりたくてやりたくてたまらない人ばかり。しかも世界のトーナメントに出場していた腕前の人だっているから、並大抵の実力では相手にならないのよ。

でも、あなたなら大丈夫」

「そうでしょうか」

「だって、アリョーヒンなんでしょう？」

総婦長さんはトランクの蓋からのぞく人形の頭に向かって、ウインクした。目元の皺がもごもごと動いた。

「でも本当に問題なのは、彼らがただチェスが強いということだけじゃないの。チェスが強いうえに老いている。それが問題なのよ。分かる？」

リトル・アリョーヒンはあいまいにうなずいた。

「どうしても寝つけない人、夜明け前に目が覚めてしまった人が、ベッドの中で背中を丸めているのに耐えられず、一人さ迷い歩く。どこへたどり着くかと言えば、それはチェス室なの。チェス盤の前に座るの。自分の部屋番号は忘れても、チェス盤がどこにあるかは絶対に忘れない。そういう時、相手をしてあげられる人が必要なのよ。小手先の誤魔化しじゃなく、真剣にチェスを戦える人が。そうできれば、ぐっすり眠ったのと同じ幸福な朝が迎えられるわ」

「ええ、分かります」

今度ははっきりと、彼はうなずいた。

「だったらいっそう僕は、いえ〝リトル・アリョーヒン〟は適任です。倶楽部ではずっと、真夜

第　14　章

中から明け方にかけてチェスを指してきました。それが〝リトル・アリョーヒン〟にとって最も適した時間帯なのです」

「ラッキーね」

軽やかな口調で総婦長さんは言った。それから立ち上がり、胸ポケットにボールペンを差し込み、白衣の袖を捲《まく》り上げた。

「しかしとにかく、まずはあなたの手を治療しないと」

「えっ？」

思いがけない言葉にリトル・アリョーヒンは驚いて自分の掌を見つめ、ようやくそれが痛々しいことになっているのに気づいた。重いトランクを運んだせいで皮がめくれ、下からじゅくじゅくとした粘膜がのぞいていた。

「さあ」

総婦長さんは彼の手首をつかみ、長いピンセットを自在に操りながら、消毒液に浸した脱脂綿を傷口に押し当てた。消毒液が一筋手首に垂れた時初めて、彼は痛みを感じた。鈍いけれど鼓動とともに骨の奥にまで響くような、エチュードまでの長い道のりをよみがえらせるような痛みだった。

「どうも、すみません」

「いいのよ。これが私の仕事なんだから。チェスを指す人は、手を大事にしなくちゃね」
総婦長さんは新しい脱脂綿をつまみ、更にたっぷりと消毒液に浸《つ》けた。

連盟の前々会長は壮大な計画を持ってエチュードの設立に取り掛かった。町を見下ろす山の中腹にあって、長年地元の子供たちに愛されてきた観光牧場が倒産した時、そこを買い取ってチェス連盟のメンバーのために老人施設を作ろうと決心した。華々しい活躍は遠い昔に去り、足腰は弱り、トーナメントに出場することも、ほんの隣町に住むライバルと対戦することも難しくなった老人が、なお衰えないチェスへの情熱を思う存分発揮できるような終《つい》の棲家、それが彼の理想だった。

かねがね前々会長は、観光牧場の建物群に強い関心を寄せていた。牛舎、牧羊舎、チーズ・バター工場、従業員寮、それら四つがどれも中庭を囲む構造の、同じ大きさの正方形をしていたからだった。建設コストの関係なのか、単なる設計者の趣味なのかは不明だが、かなり珍しいデザインであるのは間違いなかった。とにかく、この正方形のフォルムが前々会長の心を捕らえた。彼は普段ぼんやり歩道を歩いている時でも、正方形の敷石に出会った途端、立ち止まって足元を凝視しないではいられないという癖を持っていた。チェスに出会って以降、チェス盤を構成する正方形に偏愛を抱いていたのだった。

第 14 章

牛や羊になど興味がないにもかかわらず、彼はただ建物を見物するためだけにしばしば牧場を訪れた。羊毛刈りショーや乳搾り大会に人々が興じている傍らで、彼はさまざまな角度から正方形を眺めてうっとりしたり、建物の周囲を歩いて本当に正方形かどうか確かめたりした。そんなある日、最も小高いところに位置する従業員寮の屋上にこっそり忍び込み、牧場を見渡していた時、ばらばらに見えた四つの建物が、更に大きな正方形の四つの角となっていることを発見し、驚嘆した。チェスの神様から啓示を受け取ったように興奮し、しばらく手すりにしがみついたまま動けないほどだった。

牛舎、牧羊舎、チーズ・バター工場、従業員寮、これらをa1、h1、h8、a8として、ここに広大なチェス盤を築くことができる。一山すべてを占める、おそらく世界で一番巨大なチェス盤になるであろう。天国に旅立ったグランドマスターたち、そしてチェスの神様だけが使うことのできるチェス盤。それを作る使命が、自分に与えられたのだ。そしてこここそ、チェス連盟の老人たちが暮らすに相応しい住まいではないか。

ほどなく彼は、自分の受けた啓示が単なる思い込みなどではなく、本物であると確信するに至る。観光牧場が倒産し、売りに出されたのだ。すぐさま彼は計画を実行に移した。牧場を買い取り、ひとまずa8、従業員寮から改装をはじめ、看護婦や調理師や経理担当者など従業員を雇って体制を整えていった。と同時に残りの升となるべき六十の建物の設計図を自ら引き、チェスを指す人間にしかできない工夫をあちこちに施し、山に現れ出るチェス盤を夢想した。

牛舎、牧羊舎、チーズ・バター工場については脱臭作業に手間取り、また残り六十の建物も予算の問題からすぐに着工というわけにはいかず、とにかく改装の終った元従業員寮から入居がスタートした。華やかな開所式がとり行われ、前々会長は花々に縁取られた【エチュード】の看板の前で、これから続く第二期、三期の工事について得意げに長々と演説した。途中、気分の悪くなった老人が二、三人医務室へ運ばれる始末だった。しかし興奮のせいで本当に身体にダメージを受けていたのは前々会長本人だった。開所式の翌日、彼は心臓発作で亡くなった。

当初の計画は大幅に縮小された。結局、前々会長の熱狂が去ったあと、老人専用マンション・エチュードとしてa8一棟だけが残された。牛舎も牧羊舎もチーズ・バター工場もほとんど手つかずで放置され、その間を埋めるはずの正方形の建物は一つも姿を現さないまま、あたりにはただ広い牧草地が広がるばかりだった。もともとチェス連盟のメンバーには限りがあり、六十四棟もの建物が必要なわけもなく、希望者全員を入居させても、a8一棟でまだ十分にゆとりがあった。

この話を総婦長さんから聞いた時、リトル・アリョーヒンはa8の一言にはっとさせられた。その何気ない記号が、プールの片隅で溺死していた運転手の姿をよみがえらせた。勇気ある犠牲を払う棋士だった運転手は、チェス盤で言えば丁度a8に当たる升目に、頭を突っ込むようにし

第14章

て死んでいた。その犠牲によって自分とマスターを引き合わせてくれた。エチュードがa8に位置するというのならば、自分がここへ来たのもきっと運転手の計らいに違いない。そう、リトル・アリョーヒンは感じた。

前々会長の壮大な夢はかなり手前で頓挫してしまったが、それでもエチュードに託された啓示は、a8のさまざまな場所にその名残りを留めていた。例えば中庭には細い芝生の筋によって八×八のチェック模様が描かれ、白と黒の砂利で色分けがしてあった。一つの山をチェス盤にするという計画の代わりに、一つの升目であるa8の中にチェス盤が作られていた。最初それを知ったリトル・アリョーヒンは、プール底の人間チェスを思い出してぞっとしたが、エチュードの中庭は立ち入り禁止が暗黙のルールになっていると知り、安心した。どこの部屋の誰が、ベランダの手すりにもたれ、中庭のチェス盤で美しいエチュードを解いているかもしれない。それを邪魔しないために、住人たちは決して中庭へは立ち入らないのだった。時々職員が掃除や芝の手入れのために足を踏み入れることはあったが、白と黒の砂利がたとえ一粒でも混ざり合わないよう、細心の注意を払っていた。

あるいは玄関ホールの床も、八×八の白黒のタイル張りになっていた。浴室やトイレや洗面所など、男性用と女性用に区別された場所は、キングとクイーンの略画が目印に掲げられていた。やむを得ない事情で行われる部屋替えのことは、キャスリングと呼ばれた。エチュードのあちこちにチェスの影が宿っていた。それは出しゃばることなく、静かにじっと控えていた。しかし見る人が見つめれば、影はすぐさま鮮明な輪郭を持ち、駒の軌跡を正しく映し出した。

チェスと住まいと仕事が分かちがたく一つになったエチュードには、どこか回送バスに似た雰囲気もあり、ひとまずリトル・アリョーヒンはほっとしたのだが、どうしても拭えない不安が二つだけあった。一つは、エチュードへたどり着くために山を登る方法が、ロープウェイしかないということだった。車の通れる林道はなく、人の歩ける登山道も随分以前、台風の土砂崩れで寸断されたままになっていた。

観光牧場時代から残るその交走式ロープウェイは、麓の駅の門構えや待合所に貼られたイベントのポスターなどに昔の賑わいがうかがえるものの、すっかりさびれ果て、本当に動くのだろうかと心配になるほどだった。歯車はギシギシと軋み、支柱は鳥の糞にまみれ、斜面を伝うワイヤーはだらしなくたるんでいた。そのうえ八人乗りのゴンドラはペンキがはげ落ち、錆に侵食されてもはや観光牧場の名前は判読不能となり、窓ガラスにはひびが入っていた。

「乗らないのかい？」

初めてエチュードへ向かう途中、汽車を降り、へとへとになってロープウェイ乗り場までやって来たものの、ゴンドラの前で立ち尽くしてしまったリトル・アリョーヒンに向かい、ねずみ色

第 14 章

の作業服を着た老人が声を掛けた。ロープウェイの操作をする人なのだろうと察しはついたが、しゃがれ声と腰の曲がり具合が更に彼を不安にした。

「こんな重たい荷物を乗せても、大丈夫でしょうか」

二個のトランクに寄り掛かって、リトル・アリョーヒンは尋ねた。

「一応ここに、最大積載量六四〇キロと書いてある」

操作係はゴンドラの扉にはめ込まれた金属プレートの黴を、作業服の袖口で拭いながら言った。

「問題あるまい。お前さんの体重は計算に入れる必要もなかろう。さあ、乗った乗った」

操作係はリトル・アリョーヒンよりなお覚束ない手つきで、よろよろとトランクを運び入れた。

「途中で止まったりしないでしょうか。まさか登ったきり、というわけではないですよね。一度上がっても、好きな時にまた降りてこられますよね」

ゴンドラの扉が閉まるまでの間ずっとリトル・アリョーヒンは不安を訴え続けたが、操作係は気のない返事をするばかりだった。

「ところで、中身は何だい？」

トランクを指差して操作係が尋ねた。

「チェス盤です」

そうリトル・アリョーヒンが答えると、途端に操作係は目を見開き、口元に微笑を浮かべた。

「心配いらない。エチュードができてからゴンドラが止まったのは、三回か四回くらいのものだ。大事に上まで運んでやるよ」

操作係は殊更大きな音を響かせて扉の閂《かんぬき》をかけ、操作室に入ってスタートのレバーを引いた。

おいおい判明していくのだが、操作係もまたチェス連盟の会員で、エチュードの住人であり、上の駅担当の操作係とは双子の兄弟だった。

耳障りな音を木立に響かせて歯車が動き、不意をつかれてゴンドラはぐらりと揺れ、いかにも頼りなく、大儀げにワイヤーを伝っていった。ワイヤーはその重みと風のためにひどく波打った。支柱を通るたびゴンドラはためらうように一瞬止まり、揺れの幅を大きくし、再び意を決して角度を上げた。途中、反対に降りてゆく空っぽのゴンドラとすれ違った。

リトル・アリョーヒンはひび割れた窓ガラスの向こうからどんどん山頂が迫ってくるのに怯えつつ、精一杯トランクを支えていた。この古びた乗り物で山を登らなければならないと知った時、彼はすぐにインディラのことを思った。海底へ降りる時には感じなかった動揺だった。インディラにとって下降より、上昇の方が危険な印に違いない。空中に取り残されたら彼女は二度と地面には降り立てない、海の中では下へ降りてゆけばゆくほど地面に近づくけれど、空中には目に見えない空洞がぽっかりと口を開けていて、いつでもインディラを閉じ込めてやろうと待ち構えている、だからとても危ないのだ……と彼はつぶやいた。いつしか麓の乗り場は木々の間に隠れて見えなくなっていた。

リトル・アリョーヒンはポーンの敷布の駒袋から白黒四個のビショップを取り出し、握り締めた。

「大丈夫だよ」

彼は言った。ビショップはデパートの屋上に残された足輪のにおいがした。それは祖母の布巾とも同じにおいだった。

「〝リトル・アリョーヒン〟もチェス盤も一緒だからね」

彼にとってただ一つ救いなのは、ゴンドラが正立方体をしていることだった。おそらく前々会長も気に入っていたに違いないそれは、息も絶え絶えといった感じでいつ宙吊りになってもおかしくない代物であるにもかかわらず、床も天井も横板も、すべての面が正確な正方形をしていた。どの面にもすぐ、八×八のチェック模様を描けそうだった。その一点においては美しいゴンドラだった。

「どんな高い山の上に行こうと、チェスの海に潜れるよ。不安に思うことなんか何一つないんだ」

リトル・アリョーヒンはインディラを励まし続けた。ゴンドラが止まった時、門を開けてくれたのは、麓にいた操作係とそっくり同じ顔をした老人だった。

もう一つの不安はかなり決定的だった。総婦長さんが太っていたのである。脂肪の塊だったマスターとは対照的に、総婦長さんは筋肉質だったが、身体が大きいことに変わりはなかった。身長は一八〇センチほどもあり、エチュードの中で誰よりも高く、どっしりした腰回りと厚みのある胸といかり肩には総婦長の名称に相応しい迫力があった。両腕は男性入居者でも軽々持ち上げられるくらいに太く、両足は大地から生えてきたかのようにたくましかった。廊下の向こうから白衣姿の総婦長さんが歩いてくると、氷山が近づいてくるようでさえあった。

リトル・アリョーヒンは駒を動かすための手を治療してくれた総婦長さんが、〝大きい〟ということに、どうしてもこだわらざるを得なかった。彼女を、エチュードで一番偉い、一番親切な人、というだけで済ませることができなかった。もし総婦長さんが大きくなりすぎてゴンドラに乗れなくなったら……。この想像は、リトル・アリョーヒンの足元に消えない影となって常に射し込んでいた。影の隣には、彼にとって最も大事な警句の一つ、〝大きくなること、それは悲劇である〟が刻まれていた。

第15章

少しずつリトル・アリョーヒンはエチュードでの生活に慣れていった。入居者たちの顔と名前を覚え、a8の設備の使い方を覚え、気難しい職員と付き合うこつを覚えた。午後の遅い時間に管理棟の事務室へ出勤し、その日人手が手薄なところに出向いて、洗濯物を畳んだり鍋を洗ったり落ち葉を燃やしたりした。そして夕食後、夜勤以外の職員が引き上げ、ラウンジの明かりも消される頃、チェス室の扉を開けて〝リトル・アリョーヒン〟の中に潜んだ。

チェスを指す一点においては、海底チェス倶楽部もエチュードも変わりはなかったが、チェス盤を包む空気には微妙な違いがあった。まず、海底チェス倶楽部に少なからず漂っていた、〝リトル・アリョーヒン〟をイベントの登場人物として扱うようなわざとらしさは、エチュードにはなかった。もちろん老人たちは初めて人形を見た時、伝説のアリョーヒンその人を目の前にしたかのごとく興奮し、歓声を上げた。至高の詩にたとえられる数々の棋譜について、口々に自分の思いを語りだした。しかしその興奮は人形がなぜ動くのかという疑問にはつながらず、もっと純朴な情熱の形に留まった。エチュードでは〝リトル・アリョーヒン〟は人形である前に大事なチェスの相手だった。人形が駒を動かすというもの珍しさよりも、盤に向き合ってくれるアリョーヒンがいる、という事実の方が重要視された。極端に言えば、幾人かの老人は、人形を実物のアリョーヒンと信じていた。

そのため、対局前にテーブルの下を開いて見せたり、「人形にはお手を触れないようお願いいたします」などともったいぶって注意する必要などなかった。老人たちはチェス盤を前にすれば、人形であろうと何であろうと駒を動かしてみたくなるのは当然であり、それがアリョーヒンならば尚更である、とでも言いたげな態度を取った。彼らが人形に手をのばすのは、仕組みがどうなっているか知りたいからではなく、健闘をたたえたり感謝を伝えたり寂しさを分け合ったりするためだった。

つまりエチュードでのチェスの方がずっと柔軟だった。対局時計を使わないこともしばしばであったし、棋譜も書きたい老人は自分で自分のチェスノートに書いた。人形が自分では相手の駒が取れないと分かれば、アリョーヒンのために自分が役に立てるなんて光栄だというように、すぐさま手助けした。エチュードにミイラは必要なかった。

倶楽部の会員から姿を隠すよう厳命されていた海底時代の名残りで、リトル・アリョーヒンは

第 15 章

チェス室に誰もいない一瞬を見計らって素早く人形の中へ隠れるようにしていたが、そんな気遣いもさほど大事な意味を持たなかった。人形が動くのも当然と考える彼らは、中に入っている人間についても無関心を通した。昼間、雑用をこなすリトル・アリョーヒンの小さな姿と、ぴったり閉じられた唇を見て、何人かの老人は、ああ、この子が、と気づいていた。しかし彼らは皆、人形の暗闇にずかずか踏み込んでくるほど乱暴ではなく、長年のチェス人生によって培われた沈黙をまとっている人々だった。その沈黙は、リトル・アリョーヒンが生まれる前から唇の奥にたたえていた沈黙と、つながり合っていた。

昼間、チェス室にはたいてい必ず誰かの姿があった。老人たちはそこで多くの時間を過ごした。気の合う友人や長年のライバルと対戦する者もいれば、はぐれた誰かに声を掛ける者もいた。あるいは一人でプロブレムを解き、時には白熱した対局を見物した。そんな彼らの相手をリトル・アリョーヒンがすることはなかった。またその必要もなかった。各々が適切な相手、適切なチェス盤と向き合っていた。消灯時間前のチェス室は、チェスの使者の差配によって守られていた。その間〝リトル・アリョーヒン〟とポーンは皆の邪魔にならないよう、薪ストーブの陰でじっと目を伏せていた。

しかし夜が訪れた途端、あれほど平和に保たれていたバランスが一息に崩れ、チェス室には不安な気配が忍び込んできた。チェスの使者が眠りに落ちるのと反比例するように、ベッドの軋みや寝言、足音、咳、口笛、思い出し笑い、しゃっくり、すすり泣き、など老人たちの発するあらゆる種類の音たちが絡み合いながら増幅していった。

その時こそが〝リトル・アリョーヒン〟の出番だった。遠慮気味に一人の老人がチェス室の明かりを点《とも》すと、〝リトル・アリョーヒン〟は夜の中から静かに姿を現し、ずっとあなたを待っていたのです、という表情を浮かべた。


エチュードの住人たちは強豪揃いだった。海底チェス倶楽部では、会員のコネを使って興味半分でやって来る平凡な腕のビジターも多かったが、エチュードは違った。全員、チェス連盟のメンバーであり、現役を退いてもなおいっそうチェスと密着し、家族よりチェスの腕に抱かれて死ぬことを選んだ人ばかりだった。

ただし問題なのは、総婦長さんが言ったとおり彼らが皆老いていることで、ピークの実力は間違いなくはるか彼方に去っていた。自分が若い頃どれほどの強さを発揮していたか、謙虚にも忘れてしまっている人さえいた。かつて〝リトル・アリョーヒン〟が対戦したなかでの最高齢者、老婆令嬢にも感じたことのない老いの影が、チェス盤を支配しているのだった。しかしリトル・アリョーヒンはそんな老人たちとのチェスに不満を感じるどころか、反対に尊敬の念を抱いた。回送バスでも海底チェス倶楽部でも味わえなかった種類のチェスが、エチュードでは指されていた。

エチュードで最初に対戦したのは、買い物にでも持ってゆくようなキャリーバッグをコロコロ引っ張りながらやって来た老人だった。彼はキャリーバッグを柱やテーブルにぶつけつつ、それでもできるだけ余計な音を立てないようにと、忍び足で人形まで近づいてきた。

「遠路はるばる、お疲れ様でございました」

老人は〝リトル・アリョーヒン〟に向かってお辞儀をした。

「お手合わせ、お願いできますでしょうか」

まず老人はキャリーバッグの安定した置き場をあれこれ迷った末にようやく定め、テーブルチェス盤に着いた。駒はあらかじめ人形が黒、相手側が白で並べてあった。その時a8で明かりが点っているのは、チェス室だけだった。

老人は強かった。人形を殴った謎の男のような超越ぶり、パシフィック・チェス倶楽部の入会審査で対戦した少年の冷徹さ、老婆令嬢のような奔放さ、などとは無縁だったが、そういうものがすべて過ぎ去ったあとの、どんな小さな波さえ立たない透明な湖面を思わせるチェスだった。

リトル・アリョーヒンはすぐに老人の指が醸し出す独特な感触に気づいた。こちらがどんな手を指そうと、それを全部無言のうちに受け止めてしまうのだ。弾き飛ばすのでも、にらみ返すのでも、無視するのでもなく、ふんわりと丸ごと包み込む。湖の中に吸い込んで、湖面は平らなままでいる。そんな感触だった。

　最初リトル・アリョーヒンは、長時間にわたる移動が人形に何かしらの影響を及ぼしたのかと思い、三叉レバーを握り直したり意識して駒をゆっくり動かしたりしてみた。けれど駒音から伝わってくる湖面の静けさに変化はなかった。彼は深呼吸をした。唇の脛毛を揺らし、胸の奥まで暗闇で満たし、お守りの言葉、「慌てるな、坊や」をよみがえらせた。相手が急かしているわけではないのだから、全く慌てる必要はないのだった。彼は湖の中に潜る覚悟を決めた。

　難しい局面になると、脇に置いたキャリーバッグの持ち手を握るのが老人の癖だった。その手触りを十分に染み込ませた指で、次の一手を指した。駒音と、バッグの底に取り付けられたローラーがコロコロと回転する音が一緒になって響いた。キャリーバッグはリトル・アリョーヒンにとってのポーンと同じ役目を果していた。

　老人のチェスには盤全体をデザインするような型がなかった。攻撃と守りの区別さえあいまいだった。普通の人が求める強固な砦や力強い武器や計算された経路などには無関心を装った。〝リトル・アリョーヒン〟の駒はひたすら抱き留められるばかりだった。

　ゆらゆらと水中を落ちてゆく駒たちを集め、リトル・アリョーヒンは湖底で作戦を練り直した。湖面をかき乱そうとしてじたばたするのではなく、内側にじっくり潜む方が適切だと考えた。その作戦のポイントとなるのはｇ７のビショップだった。水中ではビショップが活躍する、という

第15章

ことを経験上彼は知っていた。不自由な環境に置かれた時こそ、インディラはより大きく耳を羽ばたかせることができる。彼はインディラをe5へ舞い上がらせた。ゆったりと水をかき、鼻を揺らすインディラの視界は、g3のポーンに守られながらh2の洞窟に隠れる白いキングを捕えていた。

底から見上げると、あれほど平らだと思っていた湖面が、揺れるというほどではなく、ほんの微かに脈動しているのが分かった。落ち葉や枯れ枝や虫の死骸の影が寄り添い合いながら浮かんでいた。それらがリトル・アリョーヒンには、かつて老人のチェス盤を彩ったであろうものたち、切れ味鋭い直感、常識破りのふてぶてしさ、底知れぬ体力……などの残骸のように見えた。

作戦が変わっても老人はたじろがなかった。残骸をかき集めるような悪あがきなどせず、一手一手地道に指していった。分かれ道では必ず、最も目立たない、騒音の少ない手が選ばれた。駒音の小ささではなく、手の慎ましさのせいでリトル・アリョーヒンはしばしば、いつも以上に盤下に耳を近づけなければならないほどだった。黒のビショップがどんなに大きく飛躍しようと、老人の一手はたちどころに湖を静めた。水中が泥で濁ることは決してなかった。

ただ、老人の疲労が蓄積しているのは明らかだった。徐々に呼吸が荒くなり、集中するのに余分な時間が必要となり、その息遣いが盤に少しずつ染み出して駒までをも疲労させていった。二十七手め、〝リトル・アリョーヒン〟はビショップを動かした。インディラは湖面から差し込む日光を背中に浴びながら、c4に舞い下りた。インディラの耳に巻き上げられた渦が光の柱となって盤下を照らした。キャリーバッグ老人が自らのキングを倒したのはその時だった。リトル・アリョーヒンはレバーの突起を押し、人形に瞬きをさせた。

「実に善いチェスでした」

老人は言った。多くのものが去り、わびしさに包まれたチェス盤にもなお、未知の場所への扉が開かれていること、わびしいからこそ盤の上で矮小な自分となり、よりチェスの広がりをありありと感じ取れることを示してくれた老人に対し、敬意を込め、〝リトル・アリョーヒン〟は腕を持ち上げた。対局を始める前と何も変わらない平らな湖面のままの盤上で、二人は握手を交わした。

それまで彼は駒の使命を最大限に発揮しようとするチェスしか知らなかった。ところがキャリーバッグ老人は、まるで自分の駒など盤上にないかのように、あるいは相手の駒のすべてを引き受ける下僕のように振る舞った。使命などという高尚なものとは無縁だという悟りが、駒を動かしていた。リトル・アリョーヒンは不思議でならない、という心持ちで掌に残るキャリーバッグ老人の感触をいつまでも嚙み締めていた。

「人形はいい。そうは思わないかい」

キャリーバッグの持ち手に両手と顎をのせた格好で老人は言った。まるでキャリーバッグに話し掛けているような口振りだった。

「人形と同じくらい無口でいられるチェス指しがどこにいる？　私は今まで一人もお目に掛かったことはない」

リトル・アリョーヒンは無意識に唇の傷跡をぴったりと合わせた。テーブルチェス盤の扉のすぐ向こうで、まだ消えずにいるストーブの薪が小さくはぜていた。

「もしあそこでこうしていたら、しかしああしたのはこういう理由があったからで、だからこう指したのは結果から見て……などとくどくど自分のチェスに自分で意味をつけたがる。自分で解説を加える。全く愚かなことだ。口、などという余計なものがくっついているばっかりに」

老人はふっと苦笑を漏らした。

「だから私もこうして愚かなお喋りをしているわけだ」

リトル・アリョーヒンは自分の唇に触れた。脛毛は乾いてどうしようもなくもつれ合っていた。

「口のある者が口を開けば自分のことばかり。自分、自分、自分。一番大事なのはいつだって自分だ。しかし、チェスに自分など必要ないのだよ。チェス盤に現れ出ることは、人間の言葉では説明不可能。愚かな口で自分について語るなんて、せっかくのチェス盤に落書きするようなものだ」

老人はキャリーバッグを胸元にまで引き寄せた。

「だから私は、君がうらやましい。君には自分がない。目の前にあるチェス盤に、ただ腰掛けている。リトル・アリョーヒンという仮の名前をもらって、ひたすら黙ったまま」

リトル・アリョーヒンはからくり人形師の鑿《のみ》によって刻まれた、〝リトル・アリョーヒン〟の唇のことを思った。かつて一度として開けられたことのない、その奥に誰も触れることのできない沈黙を隠した唇だった。

「だから同じように黙ったままでいる、猫もお利口なんだ。さあ、ご褒美をあげよう。何がいいかなあ……」

老人はキャリーバッグの中身をごそごそと探り、底の方から小さな何かを引っ張り出すと、チェス盤の上に置いた。鈴の鳴る音が聞こえた。

「昔飼っていた猫の首にぶら下げていたんだ。お前みたいに賢くはないが、お前と同じくらいチェスが好きだった。じゃあ、ありがとう。おやすみ」

老人は入ってきた時より更に覚束ない足取りでキャリーバッグを転がしながら、チェス室を出て行った。

足音が十分遠くまで去ったのを確かめてから、リトル・アリョーヒンは人形の外へ出た。明かりは消され、窓の向こうは木々の緑のためにいっそう濃くなった闇で覆いつくされていたが、彼の目には薪ストーブの小窓に映るオレンジ色の揺らめきだけで十分だった。彼は背中を丸めて床に寝転がり、強張った関節を少しずつのばしていった。もう、身体を撫でてくれる人は誰もいなかった。

チェス盤の上、残った数個の駒の間に、錆びた小さな鈴が一個転がっていた。c4のインディラがそれをじっと見つめていた。彼は鈴を掌に載せ、耳元に近づけた。あまりにも久しぶりなので鳴り方を忘れました、と言うかのような遠慮深い音だった。

次の日彼はその鈴に紐を通し、人形に隠れる前、ポーンの首にくくりつけた。古びた銀色が、賢いポーンに案外よく似合っていた。以降、その鈴がスタンバイOKの印となった。鈴がぶら下がっていれば老人たちはテーブルチェス盤に腰掛け、鈴が見当たらなければ、次の機会を待った。

第15章

リトル・アリョーヒンがエチュードに来て三か月ほどが過ぎた頃、ミイラから手紙が届いた。真っ白で何の模様もない、薄っぺらな封筒だった。

山は一年で最も冷たい季節を迎えていた。山頂には雪雲が掛かり、稜線は白くぼやけ、牧草の露は夜のうちに凍りついた。その氷をサクサクと踏みしめ、午後一番で、ロープウェイの操作係兄がa8まで運んできた荷物の中に、リトル・アリョーヒン宛の手紙が入っていた。

「きっと、いい人からに違いない」

町から運び上げた食料品や薬や雑貨を仕分けしながら、操作係兄は言った。その人が、初めてエチュードに来た時ゴンドラにトランクを積み込んでくれた操作係と同じかどうか、リトル・アリョーヒンにはよく分からなかった。二人は山の上と下でロープウェイを操作するに相応しい、見事に釣り合った相似形を成していた。

「いいえ、そんな人じゃ……」

彼はあいまいに首を横に振った。

「いや。手紙を書いてくれた、っていうだけでいい人だ」

と、操作係兄は言った。

兄弟を見分ける方法は唯一チェスしかなかった。兄はドローを愛し、弟はドローに冷淡なのだった。

リトル・アリョーヒンは兄に礼を言い、管理棟の自室に戻り、机に封筒を置いてしばらくそれを見つめていた。その白さは否応なくミイラの鳩を思い起こさせた。ミイラの着ていたガウンや、頭に被っていた飾りの白を呼び戻した。封を破ると、三つ折りにされた便箋が一枚出てきた。そこには時候の挨拶も、近況報告も、署名もなく、ただ真ん中に、

【e4】

とだけ記されていた。忘れようもないミイラの筆跡だった。

一週間後、リトル・アリョーヒンは返事を書いた。

【c5】

それが彼の返事だった。

人形の外での仕事で彼が一番苦痛を感じるのは、消灯時間直前、総婦長さんに夜食を届けることだった。他の多くの職員同様、彼女も管理棟にある寮の一室に独りで暮らしていたが、夜勤日勤にかかわらず、自室で夜食をとるのを習慣にしていた。彼は調理室に用意されたそれを温め直したりお茶を添えたりして彼女の部屋まで運んだ。

いかにして不自然でなく、総婦長さんに気づかれず、しかし確実に夜食の量を減らすか、これが彼にとっての大問題だった。彼女がしっかり夕食を食べたあと、老人たちが眠りにつこうかという頃になって更にこれだけのものを口に入れるのか、と想像するだけで彼は落ち着きをなくした。おやつを頬張るマスターにストップをかけられなかった後悔にさいなまれ、胸が痛んだ。回送バスからクレーンで吊り上げられたマスター、壁から抜け出せなくなったミイラ、エレベーターに乗れなかったインディラ、彼らのイメージに総婦長さんの姿が重なり合った。リトル・アリョーヒンの想像のなかで総婦長さんは、ロープウェイの途中で宙吊りにされている。彼女が乗るゴンドラは重さに耐えかね、ゆるみきったワイヤーにかろうじて引っ掛かっているものの、もはや登ることも下ることもできず、今にも落下しようとしている。

サンドイッチならば七切れを五切れにして隙間をパセリで埋め、シチューならば肉を抜き、デザートのアイスクリームは溶けたせいにして三匙ほどしかよそわなかった。余った分は調理師さんにばれないよう、こっそり残飯ゴミとして捨てた。

「ああ、すまないわね」

リトル・アリョーヒンが目にする総婦長さんはいつでもどこでも白衣にキャップ姿だった。カーディガンを羽織っていたり、キャップを被り忘れたりということも一度としてなかった。白衣は糊がよくきいてパリッとし、念には念を入れてピンで固定されたキャップは、彼女がどんなに大きく頭を動かしてもびくともしなかった。

「これから、あそこへ?」

総婦長さんはチェス室の方向に目配せした。

「はい」

「皆さんからの評判、いいみたいね」

「そうですか?」

「夜中いつでも、チェスの相手をしてくれる人が同じ屋根の下にいる、と思うだけで安心するみたい。しかもそれがアリョーヒンなんだから、なおのこと」

第 15 章

「ありがとうございます」

　リトル・アリョーヒンの心配などお構いなく、総婦長さんは美味しそうに夜食を食べた。部屋は質素で、彼の部屋よりほんの一回り広いだけだった。作り付けの棚には看護の専門書が並ぶばかりで、趣味の品一個、家族の写真一枚、飾られていなかった。唯一の飾りといえば、壁に掛けられた替えの白衣くらいなものだった。

「でも、ちょっと不思議なんだけど」

　食べながらも彼女はお喋りをやめなかった。

「どうしてわざわざ人形の中に隠れてチェスを指すの？　そんなややこしいことをしなくたって、チェス室にいくらでもチェス盤はあるんだし、自分の指で駒を動かした方が手っ取り早いと思うんだけど」

「ええ、確かに、おっしゃるとおりです」

　総婦長さんの口元から目が離せないまま、彼は言った。

「ただ、いろいろと複雑な事情が……」

「一言で説明するのは難しいというわけね？」

「はい、まあ……」

「いいのよ、別に。そもそも私はチェスのこと、よく分からないんだし、それに人形と人間がチェスをしている姿に、すっかり慣れちゃったから」

総婦長さんは紙ナプキンで唇をごしごしこすった。

その時リトル・アリョーヒンは、マスターが死んで以来、マスターのテーブルチェス盤でしかチェスを指していないことに気づいた。そして唯一の例外が人間チェスだった。やはり人間チェスは間違いだったのだ、自分がチェスをするべき場所はマスターが残してくれたテーブルチェス盤以外にはないのだ、と改めて思った。

「ねえ、もしよかったら、これ食べない？」

総婦長さんはアイスクリームの器を差し出して言った。

「いいえ、結構です」

咄嗟に彼は、これを食べれば少しでも総婦長さんの口に入る分を減らせると考えたが、どうしてもその器を受け取ることができなかった。

「遠慮しなくていいのよ」

「遠慮じゃありません。僕、甘いものは食べないんです」

総婦長さんは彼を見つめ、あら、そうなの、とつぶやいた。

「そこにも、一言で説明できない事情、っていうのがあるのね、きっと」

それ以上、彼女は何も言わなかった。ただアイスクリームを一口で飲み込み、美味しくてたまらないという顔をして見せただけだった。

マスターが死んでから、一度としておやつを食べていないことにもまた、その時リトル・アリョーヒンは気づいたのだった。


あっ、この人は三日前、g2へのプレッシャーを瞬く間に解消してみせた人だ、あの人は二週間前、優雅なラストを欲張って迷路に入り込んだ人、そしてあそこにいる人はつい昨晩……とリトル・アリョーヒンは、昼間雑用仕事をしている時、老人たちを見てすぐに、いつどんなチェスを指した人か分かった。声など聞かなくても、その人のたたずまいと指を見るだけでよかった。まるで指の一本一本に棋譜が書き込まれているかのようだ、と彼自身不思議に思うほどだった。

もっともキャリーバッグ老人は別格で、人形とチェスを指していようがラウンジでコーヒーを飲んでいようが、彼は見間違えようのないキャリーバッグ老人だった。

自室を出る際、彼は必ずそのキャリーバッグと共にあった。本人の説明によれば、中には人生の思い出すべてが一まとめにされているらしかった。彼は昔、若き天才ともてはやされた実力者だったが、思い出の中身は、手袋の片方、消しゴム、靴紐、三角定規、干からびた枇杷《びわ》の種、バスの回数券、空の目薬、スコップ、付け髭、編み棒、そして錆びた鈴……などチェスとは無関係に見える、ほとんどがらくた同然の品々ばかりだった。しかしもちろん彼にとってはどれもが大事な物で、一個一個に忘れがたい思い出が隠されていた。よく晴れて気持のいい午後など、しばしば彼はラウンジのテーブルにそれらを並べては、思い出話を誰にともなく語って聞かせていた。どんなにチェスとは縁遠い品でも、巡り巡って必ず最後にはチェスオリンピックで彼がメダルを獲得する話に結びついた。メダルに結びつくまでの過程は、そのつどいろいろに変化した。

正直なところ、彼の話に耳を傾ける老人は誰もいなかったのだが、別に彼は気にしていなかった。視線を斜め下、丁度チェスを指すのと同じくらいの角度に落とし、一個の品につき何十分にも及ぶ話を淀みなく語った。仕事に差し障りがない限り、リトル・アリョーヒンはキャリーバッグ老人の思い出に付き合った。あれほど無口であれと説いていた人が、全く正反対に喋り通していることを妙に感じながらも、こうして盤の外で語り続けているからこそ、盤上では自分などないかのごとく振る舞えるのかもしれない、と考えた。

「……二十八手め、ナイトでb2のポーンを取りましたところで決着がつきました。私の勝ちです」

この一行がすべての話の締めだった。

「おめでとうございます」

リトル・アリョーヒンはお祝いを述べた。その声が彼の耳に届いているかどうかは疑問だった。キャリーバッグ老人は厳しく長い対局を終えたかのごとく深々と頭を下げ、並べた品々を一個一

第 15 章

個、注意深くバッグの中に戻した。

リトル・アリョーヒンは目の前の老人に向かって、あなたのチェスがどんなに素晴らしいか話しかけたい衝動にかられたが、かろうじて踏み止まった。それは〝リトル・アリョーヒン〟の花梨の指が十分に感じ取り、駒を通して既に老人に伝えてあることだった。

すべての思い出を仕舞い終えると、老人は再びキャリーバッグを引っ張って去っていった。キャリーバッグは白黒のチェック模様をしていた。角が擦り切れ、埃を吸い込み、ローラーの滑りも悪くなっていたが、模様はまだくっきりとしていた。

キャリーバッグ老人の話に付き合うたび彼は、この貴重な品々の中から〝リトル・アリョーヒン〟のために鈴をプレゼントしてくれたのかと、ありがたい気持になり、遠ざかる背中に向かって黙礼するのだった。


辛いことに、エチュードにはもはやチェスを指せなくなった人たちが少なからずいた。そういう人の相手をするのもまた、〝リトル・アリョーヒン〟の役目だった。

夜の最後の名残りと朝の始まりの冷気が触れ合おうとする時刻、午前四時過ぎ頃に現れた老人はポーンの鈴をチリンと鳴らし、返事が返ってくるのを待つように、しばらくじっと立っていた。物腰から、女性だとリトル・アリョーヒンには分かった。男性に比べて数が少ないにもかかわらず、女性の入居者には個性的な手を指す人が多かった。

いいんですよ、別に誰の許可がなくてもチェスが指せるんです、遠慮はいりません、さあ座って下さい、とリトル・アリョーヒンは心の中でつぶやいた。その声なき声に促されるかのごとく老婦人はテーブルチェス盤の前に腰掛けたが、それでもまだためらいがちに駒を見つめていた。

あなたが先手ですよ、あなたのタイミングで始めてくれていいんです、何の気遣いもいりません。

ようやく老婦人はｅ２のポーンをつまんだ。駒音には不安と怖れが満ちていた。

怖がる必要はありません、それはあなたの味方になってくれるポーンです、あなたの思うとおりに動かしていいんです。

二手め、お互いにナイトを始動させた次の三手め、早くも異変が起こった。老婦人がｆ１のビショップをａ５へ置いたのだ。

ｂ５の聞き間違いではないかと思い、リトル・アリョーヒンは盤下を凝視した。しかし彼女のビショップは本来決して着地できるはずのない黒升、ａ５にあった。どうしていいか分からず、戸惑いながら自分の足元に視線を落としているインディラの様子が、盤下に映し出されていた。無効な着手であると、どう彼女に告げたらいいのか、リトル・アリョーヒンはその方法を知らなかった。老婦人が自分の間違いに気づく様子はなく、彼が動かせるのは三叉のレバーだけで、いくら待っても事が正しい方向へ戻るきっかけは訪れそうになかった。仕方なく彼はビショップがａ５にあるものとして、ｄ７のポーンを一歩前進させた。彼がそれまでに指したなかで、最も自信の持てない一手だった。

以降、老婦人は独自のルールで駒を動かしていった。クイーンが黒い駒を飛び越したり、ルークが斜めに動いたり、ポーンが邪魔駒を捕獲したり……と、予測できない展開が続いた。盤下に潜むようになって初めて、リトル・アリョーヒンは盤上の状況を見失った。人形の暗闇にはかつて一度として描かれたことのない図案があぶり出され、見たこともない楽器の奇妙な音階が響き渡っていた。それでもあきらめず何かしら隠された法則を見つけ出し、それに則《のっと》って応戦しようと試みたが、仮説は次々と打ち破られ、予想は裏切られるばかりだった。

ところが、盤上が混乱してくればくるほど老婦人は落ち着きを取り戻していた。最初のポーンを手に取った時のためらいはいつしか消え失せ、駒音は堂々とした確信に満ちあふれていた。ルールが出鱈目だからといって駒は決して行き当たりばったりに動かされているのではなく、確かに彼女は自分なりの戦略を練っていた。一手一手に彼女はたっぷりと時間を掛け、先を読み、ほとんど無数と言っていい選択肢の中からベストの道を選び取った。熟考する人間が醸し出す特有の体臭、これしかないと見定めた時の息遣い、空気を切るような駒の動き、そうしたものすべてが彼女からも伝わってきた。高度なチェスを指しているのと何ら変わりがなかった。ただ駒がルールどおりに動いていないだけだった。

リトル・アリョーヒンは老婦人のルールに合わせるのをあきらめ、ただ彼女が一手に費やすのと釣り合うだけの労力を使って駒を動かしていった。自分が今優勢なのか劣勢なのか分からないまま、どんなに不器用でも白と黒の駒が互いに共鳴し合うよう努力した。彼女の中で駒たちがどんな詩を歌っているのか、それを一緒に味わえないのは残念だったが、彼は決して無力ではなかった。最善の手を指しているという自負があった。彼女の向かいに座っていること、二人で白と黒を分担し、一つの同じ海を探検していること、それが大事なのだった。昔マスターがシフォンケーキを焼きながら、「最強の手が最善とは限らない」と言ったのを、リトル・アリョーヒンは思い出していた。

決定的に何かが欠落してしまったのは間違いないにしても、そのことによって老婦人のチェスが根こそぎ駄目になっているわけではなかった。もしかするとルールなんて大した問題ではないのかもしれない、とさえ思うほどだった。彼女は澄んだ瞳で盤を見渡し、慈しむように駒を握り、励ますように新しい升目に置いた。チェック模様の海にゆったりと身をゆだねながら、同時に神経をぴんと張り詰めていた。どんな状況になろうとも、考えることをあきらめなかった。彼女が今、〝リトル・アリョーヒン〟と指しているのは、紛れもないチェスだった。

チェスを指している人は、何て美しいのだろう。リトル・アリョーヒンは暗闇の向こう側にい

第 15 章

る老婦人の姿を思い、そうつぶやいた。

とその時、しばしの沈黙のあと、老婦人の静かな声が聞こえた。

「負けました」

終わりは不意にやって来た。朝一番に動き出す職員の気配はまだしなかったが、中庭ではもう小鳥のさえずりが聞こえていた。テーブルチェス盤の扉の隙間からは、ぼんやりした朝日が忍び込んでいた。老婦人は自分のキングを倒すことが負けの印になるということは忘れていなかった。

相手のキングが倒れてようやく彼は、自分が勝ち負けについて何も考えていなかったのに気づいた。しかしとにかく、彼女の胸で響いていた音楽は終わりを告げたのだった。

立ち去り際、もう一度老婦人はポーンの鈴を鳴らした。別れの挨拶はそれだけだった。リトル・アリョーヒンは人形から這い出し、盤に目をやり、全くの目茶苦茶だと思っていた駒たちが、実は美しい形を成して残っているのを知って驚いた。流線型と直線が調和し、修道院を思わせるひっそりとした一つの建築物を作り上げていた。その中央で白いキングが、祈りを捧げるようにして横たわっていた。

第16章

施設の性質上、エチュードで葬儀が行われるのは珍しいことではなかった。一人が亡くなると、支えをなくしたように間を置かず数人が続けて逝き、しばらく平穏が続いて安心していると途端に、再び葬儀の季節が巡ってきた。ａ８には共同棟の一階に専用の部屋も設けられていた。ちょうど、チェス室の真下だった。

身寄りのない人ばかりなので、参列者はエチュードの人間だけという葬儀もしばしばだった。車椅子に乗って、杖をついて、職員に腕を抱えられて、入居者たちは一人一人死者に白い花を捧げ、彼があるいは彼女が指したチェスの一局一局を思い出し、その才能を惜しんだ。遺影にはたいてい、チェスを指している時の写真が使われた。顎に手を当てて考えている写真、まさにポーンを動かそうとしている写真、対戦相手と握手を交わしている写真、どれも最もその人らしい表情が映し出されていた。棺に納められる品もまた、チェスにまつわるものばかりだった。ポケッ

第 16 章

トにいつも入っていたポータブルのチェス盤、最新の定跡集、優勝記念のメダル、使いすぎて壊れた対局時計、一番愛した駒……。

自分が死んだ時にも、これと同じような品々を入れてもらいたいと、棺を前にしてリトル・アリョーヒンは思った。ただ、彼には遺影にすべきチェスをしている写真が一枚もなかった。チェス盤の前でポーズを取る間もなく、気づいた時にはもうチェス盤の下に潜り、ポーンを抱いていた。デパートのチビッ子チェス大会以外、公式の大会には一度として出場したことがなかった。やがて海底に沈み、ほどなく山頂に浮上したが、その間ずっと彼の姿は人形の中にあり、また人形が動くのは必ず夜更けから明け方前で、誰一人写真を撮ろうなどとは思いもしない時刻だった。

キャリーバッグ老人の葬儀も、おおむね前例にならい、滞りなく執り行われた。ただ棺に納める品は中身が詰まったままのキャリーバッグで、少々風変わりではあったが、彼からそのバッグを引き離す理由はどこにもなかった。棺の中でも彼とキャリーバッグは一緒だった。その感触を指先に染み込ませ、さあ次の一手に向かおう、とでもいうかのように持ち手をしっかり握り締めていた。

キャリーバッグ老人が死んだということは、もう二度とあのしんとした湖で一緒にチェスが指せないということなのだ、とリトル・アリョーヒンは改めて思った。彼にとって人の死はあまりにも強くチェスと結び付いていた。死者にまつわるあらゆる記憶はすべて、あの狭い正方形の盤下に刻まれていた。死者たちは皆、キャリーバッグ老人もマスターも祖母も、そこがどれくらい果てのない正方形であるか、ちゃんとよく知っている者ばかりだった。

エチュードでの葬儀でリトル・アリョーヒンが最も心を乱されるのは、棺がゴンドラに載って山を降り、焼場へ向かう時だった。棺は、四人掛けのソファーが向かい合わせに並ぶゴンドラの、片側のソファーに置かれた。そしてバランスを取るため、向かい側に必ず総婦長さんが乗ることになっていた。バランスの問題だけならば、他にいくらでも人はいるのだが、総婦長さんはエチュードの責任者として最後まで入居者に付き添うのを務めと考えているらしかった。

そういう時にも彼女は白衣にキャップ姿だった。不思議なことに誰一人、喪服に混じったその白衣を奇異に感じなかった。きりりとした白は、地上の人たちから遠く切り離された山中の淋しい葬儀に、毅然とした空気をもたらした。

「では、行ってまいります」

総婦長さんは見送りの入居者や職員たちに短く挨拶し、ゴンドラに乗り込んだ。何度となく経験しているので、操作係兄に指示されるまでもなく、ベストのバランスを保つ位置にすんなりと立つことができた。見送る皆は両手を合わせて拝んだり、泣いたり、手を振ったりした。兄は扉を閉め、操作室のレバーを引いた。

そのレバーの音がリトル・アリョーヒンには不吉な前触れとしか思えず、見境もなくゴンドラ

第　16　章

を追いかけて山を駆け降りたくなる衝動にかられるのだった。総婦長さんはまだ最大積載量を超えていないだろうか。あの堂々とした腰回りは、自分が運ぶ夜食のせいで更に拡大してはいないだろうか。死んだ人は生きている時より体重が重くなると聞いたことがあるが、もしそれが本当だとしたら、単純な足し算以上の重量がワイヤーにかかっているのではないか……。

ある時リトル・アリョーヒンはあまりの不安に耐え切れず、総婦長さんの代わりに自分がゴンドラに乗ります、と申し出たことがあった。

「えっ、あなたが？」

総婦長さんはそう聞き返し、操作係兄は驚いて振り返った。

「あなたが何かしら役に立とうと思ってくれるのはうれしいんだけど、でも……」

総婦長さんはひざまずき、ほんの小さな子供に言い聞かせるような口調で続けた。

「あなたにはあなたにしかできない仕事があるんだし、これは総婦長の仕事だから、あなたが取って代わってやる必要はどこにも……」

「つまりお前さんじゃあ、重しの役には立たないってことだな」

操作係兄が露骨に言うと、総婦長さんは慌てて取り繕った。

「あっ、分かった。あなたも最後まで棺に付き添いたいのね。そうよ、だったら一緒に乗って行けばいいじゃない」

総婦長さんがゴンドラを降りないのならば、意味はないのだった。リトル・アリョーヒンは黙って首を横に振った。

この世に別れを告げようとする者が重力を乱すのか、単に大きな総婦長さんのせいか、あるいはリトル・アリョーヒンの気持を反映してなのか、ゴンドラはいつにも増して不安げに揺れながら動きだした。滑車が死者を悼む嘆きのような音をあたりに響かせた。梢から数羽、鳥が羽ばたいた。正立方体の箱は、無闇に茂る枝々に邪魔され、風にあおられつつ、他に頼る術もなく懸命にワイヤーにしがみついていた。死者をあるべき場所へ送り届けようと、ただひたすらに山肌を下っていった。

総婦長さんはゴンドラの中でどっしりと両足を踏ん張り、立派に重しとしての役目を果していた。あまりにも頼りなく小さなゴンドラの中で、総婦長さんの雄大さだけは普段と何ら変わるところがなかった。その混じり気のない白は、仲間が次々と倒れてゆく盤上で、一人、勇敢に敵陣へ向かってゆくクイーンを思わせた。

どうか無事に戻ってきますようにと、死者のためではなく総婦長さんのためにリトル・アリョーヒンは祈った。

「あら、迎えに来てくれたの？」

第 16 章

「はい」

一刻でも早く無事な姿を確認しないではいられず、夕方、頃合いを見計らってリトル・アリョーヒンはロープウェイ乗り場まで総婦長さんを迎えに行った。薄暮に包まれ、一人になって、総婦長さんは帰ってきた。長い務めにもかかわらず、白衣はやはり真っ白のままだった。

「いつも悪いわね」

「いいえ」

リトル・アリョーヒンがどんな理由でわざわざ迎えに来るのか総婦長さんは何も知らず、また彼も何の説明もしなかった。二人はしばしばａ８まで真っ直ぐ戻らず、元観光牧場の敷地を一緒に散歩した。入居者を見送った日の夕暮れ時、彼女にはただあてもなく緑の中を歩く時間が必要だった。その同伴者として、リトル・アリョーヒンほど適切な人物は他にいなかった。

「あの人がいなくなると、淋しくなるわねえ」

総婦長さんが言っているのはキャリーバッグ老人のことだった。二人は手入れをされないまま荒れ放題になっている牧草地の、それでも多少人に踏み固められた形跡のある筋をたどって歩いた。途中、腐って崩れ落ちた木製の柵をまたぎ、浮き草に覆われた沼を迂回し、錆びた蛇口と煉瓦の囲いだけが残る牧羊専用の水飲み場をやり過ごした。草を踏むたび、二人の足元から小さな虫たちが飛び出した。

「間違いなくエチュードで一番口数の多い人だったから」

「ええ」

「イースト菌がプクプク発酵するみたいに、どんどん膨らんでいく一方のあの思い出話をする人がいなくなったんだから、ラウンジもしんとしちゃうわ」

「はい、でも……」

しばらく間をあけてから、リトル・アリョーヒンは言った。

「あの人は、本当は無口な人なんです」

「あら、そう？　無口とは正反対の人だと思ったけど」

総婦長さんは白衣のポケットに両手を突っ込んだ。

「キャリーバッグの中に思い出を全部仕舞って、蓋を閉じたあとは、深い静けさの中に沈んでいました。人形でさえ太刀打ちできないくらいの静けさです」

空のすぐ近いところに、ぼんやりとした月が浮かび、そのずっと遠い向こうに一番星が光っていた。ロープウエイはいつしか後方に去り、ａ８の姿は落葉松《からまつ》の林にさえぎられて見えなかった。ここはｆ６のあたりだろうかとリトル・アリョーヒンは周囲を見渡したが、濃さの違う緑がただ重なり合って広がるばかりだった。

「ラウンジの彼と、チェス盤の前にいる彼とは違う、というわけね」

第　16　章

「はい。つまりキャリーバッグの蓋が開いている時と、閉じている時では」

「なるほど」

総婦長さんはうなずいた。すぐそばで見ると、キャップは思いのほか複雑で愛らしい形をしていた。彼女にとてもよく似合っていると、リトル・アリョーヒンは思った。しかしのんびりキャップを見上げている彼をよそに、彼女は大股でぐいぐい進んでいった。

「相手を脅したり、自分を強く見せかけるための無口じゃありません。純粋に自分を消すための静けさです」

「そのことと、チェスが強い、弱いは関係ある？」

「もちろんです。チェスは自分の番が来たら、必ず駒を動かさなければならないゲームです。パスはありません。たとえポーンが一升前進するだけだとしても、常に盤上では駒が動き続けているんです。にもかかわらず、静かでいられるなんて、強いからこそ到達できる境地です」

「あの人、そんなに強かったの？　ただのお喋りなおじいちゃんかと思ってた」

「とんでもない。自分のちっぽけな頭で考える戦略より、チェスに隠されている世界の方がずっと果てしなく、真実に近いはずだと信じていた、見事なチェス指しです。だから自分を捨てて、チェスの海に飛び込んだんです。目を閉じて、力を抜いて、息さえ止めて。まるで死んだようになって……」

それでとうとう、本当に死んでしまったんです、という一言をリトル・アリョーヒンは呑み込んだ。

太陽は稜線の縁に沈む寸前、最後の光を放とうとしていた。彼の影は総婦長さんの大きな影に呑み込まれ、二人の背中に長く伸びていた。一つになった影は黒いビショップのように、f6からh8の方へ向かって進路を変えた。

「どっちが、本当のあの人？」

h8の方角を真っ直ぐ見据え、総婦長さんは尋ねた。

「チェス盤の前です」

きっぱりとリトル・アリョーヒンは答えた。

「静かなキャリーバッグ老人が本当のあの人です。チェス盤の前では誰だって、自分を誤魔化せませんから」

「なるほど、なるほど」

総婦長さんは今度は二度繰り返して言った。

「あなたがいなかったら、彼のこと、誤解したまま見送るところだった」

リトル・アリョーヒンを振り返って、総婦長さんは微笑んだ。彼は黙ったままうなずいた。

その時、二人の前にa8とすっかり同じ形をした建物が姿を現した。チーズ・バター工場だっ

第　16　章

た。h8、黒いルークが陣取る升目だった。

「随分遠くまで歩いちゃったわね」

「寒くありませんか?」

「平気。白衣を着てれば、寒くも暑くもないの。そういう身体になっちゃってるから」

「一日中、白衣なんですね」

「いくらなんでも夜寝る時はパジャマよ。花柄のロマンティックなパジャマ。でも、急患が出たらパッと十秒で着替えられるわ。ガンマンの早撃ちみたいに。急にアイデアを思いついた入居者が、廊下の真ん中でパッとポータブルチェス盤を取り出して、マグネットの駒をあれこれ動かしているのと変わらないわね」

チーズ・バター工場は壁に蔓が這い、窓ガラスの幾枚かは割れ、中は落ち葉が積もるばかりでがらんとしていた。チーズやバターを作っていた頃の賑わいはすっかり消え去っていたが、代わりにチェス盤の角、黒いルークの升目としての、どっしりした雰囲気はたたえていた。

「そろそろ、帰ろうか?」

一番星を見上げて、総婦長さんは言った。

「はい」

二人の影は今度は黒いルークとなって、真っ直ぐa8に向かって進みはじめた。

うつむいて白衣の後ろを歩きながらリトル・アリョーヒンは、総婦長さんと一緒にチェスが指せたらどんなにいいだろう、と思った。

その後もミイラからの手紙は届いた。リトル・アリョーヒンが返事を投函してほどなく次が届く時もあれば、不安を覚えるほど間があく場合もあったが、そのどれもが、一枚の便箋に駒の動きだけが記された手紙だった。そうだと分かっていてもリトル・アリョーヒンは、便箋を裏返したり、光にかざしてみたりしないではいられなかった。決して他には一言もないのだと確かめてから、その一行をただじっと見つめた。

【N×d4】

…………

【Bg5】

…………

【f4】

…………

最初は、以前海底チェス倶楽部で記録した棋譜を思い出して書き送っているのかと思ったのだが、すぐにそうではないことがはっきりした。ミイラは自分で考えて駒を動かしていたのだった。

第16章

スタートからしばらくは、どこか自信のない感じが隠し切れなかったものの、やがて彼女なりの意思が一手一手に現れ出るようになった。一音一音ひたすら正しい鍵盤に指を載せようとするような、素直で懸命な手だった。響いてくる音は途切れ途切れで、メロディーを紡ぐほどの技巧もなかったが、白い便箋に刻まれた一つの音は間違いなくリトル・アリョーヒンの鼓膜を震わせた。

彼は何日もかけて返事を書いた。そこには制限時間も対局時計もなかった。一手についてこれほど長く考え続けるのはかつてない経験だった。一手め、【e4】の手紙から順番に机に並べ、それを繰り返し読んでいると、棋譜にペンを走らせる気配や、花梨の指とミイラの指が盤上でほんのわずか触れ合う瞬間や、元女子シャワー室の床で関節を撫でられている時の幸福が思い出された。なぜそういうものたちが手の届かない場所へ遠ざかってしまったのか、ふとめまいに襲われるような気分に陥った。しかし目を閉じ、暗闇のチェス盤にミイラと自分、二人の駒を並べてゆくとすぐに気分は落ち着いてきた。耳に響くミイラの駒音は、たった一人自分のためだけに捧げられていた。ミイラの白い駒たちは、おずおずとではあるけれど、間違いなくリトル・アリョーヒンの陣地に向けて歩を進めているのだった。

ごめんよ、ミイラ。ちゃんとさよならを言わないまま黙って出発して。でもミイラが僕のことを怒っていないと知ってうれしい。七枚めの手紙や十一枚めの手紙を見れば分かるんだ。あれは怒りにまかせた人が指すような手じゃない。君は腹を立てて、嫌がらせで手紙を送りつけているわけじゃなく、一緒にチェス盤に詩を綴ろうとしてくれているんだ、と。もっとうれしいのは、ミイラが〝リトル・アリョーヒン〟のそばにいる間に、チェスをマスターしていたことだよ。〝リトル・アリョーヒン〟の手をすべて棋譜に記してくれたミイラ、〝リトル・アリョーヒン〟に成り代わって相手の駒を取ってくれたミイラ、その君がただ自分の役目を果すだけじゃなく、チェスの全体を正確に把握していたこと。それがうれしいんだ。ポーンもチェスが指せる。ミイラも、そして鳩もきっと。あっ、そうだ、鳩は元気かい？　ポーンは元気だよ。首に鈴をつけて、いっそうお得意な顔になってる……。

ミイラに伝えたいことはあふれるほどあったが、彼の手紙もまたたった一行だった。

【Q×g5】

リトル・アリョーヒンは一枚の便箋を丁寧に三つ折りにし、封筒にパシフィックホテルの住所を書き、切手を貼った。考え抜いた手を更に熟成させるかのように一晩机の上に置き、翌日、荷物を運んでくる操作係兄に投函を頼んだ。

エチュードに来てからもリトル・アリョーヒンの身体は小さなままだった。多少、顎や頬骨に大人びた陰影が差してはいたが、相変わらず骨格はからくりの形に収まるラインを保ち、三叉レ

第16章

バーを操作するのと関節を折り曲げるのに必要な筋肉以外は、ほとんど付いていなかった。どんなに腰の曲がった老人よりも彼の方が小さかった。入居者の中には彼を本物の子供だと信じている人もいた。

「こんなに小さいのに、よくお手伝いができるねえ。ご褒美にキャンディーをあげよう」

そう言われても彼は否定しなかった。甘いものを口にしない彼のポケットには、少しずつキャンディーがたまっていった。

毎晩、数え切れないくらい同じ動作を繰り返してきたにもかかわらず、テーブルチェス盤の扉を開ける瞬間によぎる不安が消え去ることはなかった。一晩で背骨が伸びていたら、気づかないうちに肩幅が広がっていたら、という心配に彼はとらわれた。いつものポジションに落ち着き、自分の身体のどこかがからくりの邪魔をしていないか十分に確かめたあとでなければ、安心してチェス盤裏を見上げることはできなかった。

リトル・アリョーヒンは人形の外にいても中にいる時と変わらず、自分を小さく見せる点について注意を怠らなかった。老人たちの間を猫背で足音もなく行き交い、廊下は端を歩き、余計な口はきかなかった。与えられた仕事には精魂込めて当たったが、できるだけ他の人が嫌がる目立たない用事を進んで引き受け、終れば自分の痕跡を消すようにすぐさまその場を離れた。食堂の席は壁際の隅と決め、食事は手早く済ませ、ラウンジでくつろぐ時は談笑の輪の一番外側で聞き役に徹した。人形の中に隠れる時と同じく、人々の視界のはずれにできる小さな空洞に、自分の身体を埋没させた。

その方が彼にとっては居心地がよかった。胸の深いところまで落ち着いて息が吸い込めた。インディラとポーンとミイラ、そしてマスターをすぐ近くに感じることができた。

そんな彼をいつでもすぐさま見つけ出す名人が総婦長さんだった。たとえリトル・アリョーヒンといえども、彼女の視界からは決して逃れられなかった。

「ああ、リトル・アリョーヒン、丁度よかった。ちょっとこっちに来て」

彼女はどんなに振っても落ちないキャップをトレードマークに、どんなに押しても倒れない両足でがっちりと地面をつかみ、白衣に包まれて白々と盛り上がる胸を突き出してあたりを見渡した。その姿はまさに櫓に立つ司令官、ルークを従えるクイーンだった。

「はい」

リトル・アリョーヒンはすぐさま総婦長さんの元へ駆けつけた。どんな用事であれ、総婦長さんの役に立てるのは彼にとって何よりの喜びだった。

山に夏が訪れた。山頂を包む靄が風に流されてどこかへ去り、何もさえぎるもののなくなった太陽が、思う存分山の隅々にまで光を解き放っていた。あたりを覆いつくす緑も、中庭に敷き詰

第16章

められた白と黒の砂利も、沼の浮き草も、くたびれたゴンドラでさえも、昨日までとは違う光に照らされて生き生きとしていた。ベランダを通り過ぎる風は、山を下り、遠く水平線まで真っ直ぐに吹き抜けていった。よく目を凝らすと、木々の陰の向こうを、野うさぎかリスか蛇か、何かの小動物がさっと横切ってゆくのが見えた。老人たちは中庭を囲むテラスの日陰で昼寝をし、目を覚ますとチェス室へ移動していつまでも日の落ちない夕暮れ時をそこで過ごした。チェス室の薪ストーブはいつしか火が消え、燃え残った薪が灰の中に埋もれたままになっていた。

老人たちが短い夏の恩恵にあずかっているそんなある日、思いがけない知らせがもたらされた。国際マスターの称号を持つS氏が、公式トーナメント参加の帰途、慰問のためエチュードに立ち寄るというのだった。身内の面会さえ滅多にないエチュードに、お客さんが、しかも国際マスターがやって来るのだからそれはちょっとした騒ぎになった。山の下からわざわざ有名な人が訪ねてきてくれるのは、十年ほども前のとあるオペラ歌手以来だった。

結局、S氏対十人の同時対局が行われることになった。粗相のないようにと職員たちは準備にいそしんだ。老人たちは歓迎のスピーチをしたり、花束を贈呈したり、何よりチェスの相手をしてもらったりする役割を分担するのに、幾度となく話し合いを持った。チェス室では手狭なため、会場としてラウンジが選ばれた。六つのチェス盤はラウンジに運ばれ、足りない盤四つは連盟に頼んで用意してもらい、それらがコの字形に設置された。カーテンは洗濯され、壁には「ようこそエチュードへ」と飾り文字で書かれた模造紙が掲げられ、食器棚の奥からはS氏専用の水差しが登場した。チェス室には〝リトル・アリョーヒン〟だけがぽつんと取り残された。エチュードを包む心浮き立つ雰囲気のなか、リトル・アリョーヒンは黙々と雑用をこなした。

S氏は麻のスーツをおしゃれに着こなした紳士だった。マネージャーや新聞記者やカメラマンを従えてにこやかに登場し、老人たちの拍手を受けていっそう表情をほころばせた。ややお腹回りはでっぷりとしていたが、リトル・アリョーヒンの心をかき乱すほどではなかった。頭頂部が禿げ上がっているのとゆったりした動作のせいで、年齢よりは上に見えた。指は色白で染み一つなく、額はつややかに光り、両耳の後ろに残った髪の毛はもやもやとカールしていた。老人たちは皆頬を紅潮させ、かつて誰もがチェスの大会で味わったに違いない興奮を久々によみがえらせていた。

しかし、同時対局がスタートした途端、ラウンジには緊張感がみなぎった。相手が誰であろうと、スタイルがどうであろうと、駒が動く時には必ず盤から立ち上ってくるあの馴染み深い緊張だった。

選ばれた十人の老人は、リトル・アリョーヒンから見てもベストのメンバーと思われた。男性が九人、女性が一人で、コの字形に並んだチェス盤に一人ずつ腰掛けていた。S氏は立ったまま、端から順に盤に向かい、ほとんど瞬間的に指していった。老人たちの方は、自分の順番が巡ってくるまでの間、考える時間が与えられた。職員とその他の入居者たちは、どんなささいな音も立てないよう細心の注意を払いつつ、コの字の周囲を取り囲んでいた。

リトル・アリョーヒンもそのうちの一人だった。身体をいっそう小さく縮め、見物人たちの隙間を上手く縫いながら、十の盤すべてに目を配った。彼にとっては初めて目にする同時対局だったが、たちまちその静と動の調和に魅了された。十人の老人はじっと座っている。駒は一手一手、普段と変わらないスピードで升目を動いてゆく。ただS氏だけがどこにも留まることを許されないまま移動し続けている。

S氏の脳には刻々と変化する十の盤がすべて映し出されていた。リトル・アリョーヒンが盤上を盤下に映し出すのと同じことを、一つの脳の中で、十個分まとめてやってのけていた。彼は信じられない思いで感嘆の息を漏らした。よく見るとS氏の眼球は、ある盤の一点を見つめているようでありながら、実は休みなく揺れ動いていた。Aの盤に向かった時には既に解析は済み、進むべき道は拓《ひら》かれており、脳細胞では早くもBの盤、Cの盤の読みがスタートし、老人たちの手が予測の範囲内ならば計算ミスにだけ気をつけてすぐにベストの一手を割り出し、そうしているうちに引き続きDの盤、Eの盤が浮かび上がってきて……という具合だった。

瞬間にきらめく光と、途切れなく流れる大河の両方がS氏の指先には宿っていた。S氏の手には、これほどの複雑な状況をくぐり抜けてきたとは思えない鋭さがあった。どこにも迷いや弛みがなかった。

一方老人たちも皆、遠くから来てくれた国際マスターに失礼にならないようにと、いつになく気合を入れ、各々自分らしさを発揮していた。最初、全く同じ種類の駒が同じ位置に並んでいたはずの盤たちは、刻々と様相を変え、それぞれ独自のルートを巡らしていた。しかしリトル・アリョーヒンの目には、十人の老人たちとS氏が対決しているようには見えなかった。一つ一つの盤は独立していても、そのルートは決して勝手気ままではなく、どこかでつながり合っていた。彼ら十一人は互いに息遣いを感じ、目配せを送りつつ瞬き合う、一群の星雲だった。

リトル・アリョーヒンは星雲の縁に身を潜め、その瞬きを隅々まで見渡した。さすがにS氏は強く、どの盤も苦戦を強《し》いられていたが、それでもどこかに必ず何かしらの可能性が秘められていた。ひたひたと音もなく攻め入ってゆく盤もあれば、一つの疑問手から一気に展開が動いてゆく盤もあった。懸命に持ちこたえている老人たちに、リトル・アリョーヒンはレバーの突起を押して人形を瞬きさせるような心持ちで声援を送った。

駒が減ってゆくにつれ、S氏の動きはいっそう熱を帯びてきた。唇は乾き、髪はカールしたまま汗で首筋に張り付いていた。時折、カメラマンの押すシャッター音がするだけで、あとは駒音とS氏の靴音が響くばかりだった。観客たちの沈黙は床に沈殿し、層を成し、どんどん密度を増していった。このまま沈黙の地層がせり上がってきたらどうなるのだろう、という不安さえ芽生

第16章

えはじめた瞬間、一人の老人のキングが倒れた。リトル・アリョーヒンがあっと思う間もなく、続けて二人め、三人めが倒れ、それまでずっと辛抱強く閉じられていた観客たちの口から、ため息がこぼれた。

五人、六人、七人、と歯止めは掛からなかった。負けた老人たちは天井を仰ぎ、頭をかきむしり、疲労を鎮めようとするように目を閉じた。もうあとは時間の問題だった。盤が絞られてくればなおS氏の手は切れ味が鋭くなり、それから逃れるだけの体力は老人たちに残されていなかった。

最後まで抵抗していた老人がとうとう降参し、S氏の十勝が確定した瞬間、ラウンジには国際マスターの実力を称える厳《おごそ》かな拍手が鳴り響いた。と同時に、長い沈黙から解放された安堵感があたりに漂った。S氏は穏やかな笑顔を取り戻し、老人一人一人と握手したあと、観客に向かって一礼した。

「本日は、皆様……」

S氏が挨拶をはじめようとした時、不意にラウンジのドアが開いた。皆が一斉に振り返った。

「ゴンドラが止まりました」

そこには全身からしずくを垂らしている、雨合羽姿の操作係兄の姿があった。

「強風で動きません」

星雲の外から飛び込んできた彼は、たった今までそこで繰り広げられていた厳しくも美しい戦いになど気づいてもいない様子で、総婦長さんに向かって業務報告をした。

その時ようやくラウンジにいた人々は窓の外に目をやり、いつの間にか嵐が訪れているのを知った。木々は激しく揺れ、雨がガラスに打ちつけ、渦巻く風の音が地面から湧き上がっていた。十の盤が織り成す星雲の運動に見とれているうち、外の風景がこんなにも変わってしまったことに誰もが驚き、啞然としているなか、ただ一人S氏だけが平静を保っていた。

「山を降りられないのなら、一晩、ここにいましょう。丁度いい。〝リトル・アリョーヒン〟とチェスをさせて下さいませんか」

と、S氏は言った。

第17章

S氏とともにエチュードに嵐がやって来たその夜は、リトル・アリョーヒンにとって意味深い一日となった。S氏と〝リトル・アリョーヒン〟の一局は、後々多くの人々があらゆる言葉を尽くして賛辞を送ることになる名棋譜を残し、なおかつそれが、公に〝リトル・アリョーヒン〟の存在を記すほとんど唯一の証拠となったからだった。

S氏に随行した新聞記者は最初、人形との対局など時間つぶしのお遊び程度にしか考えておらず、棋譜を書こうと思ったのも、記録用紙が偶然一枚だけ余っていたからにすぎなかった。しかしすぐさま、そんなことでは済まされないと気づかされた。ペンを握る手には自然と力が入り、やがて震えさえもが襲ってきた。棋譜に残る一手一手の筆跡には、そんな新聞記者の動揺がありのままに現れ出ていた。

しかしリトル・アリョーヒン自身は、何も特別なことを為したわけではなかった。彼はただS

氏とチェスをしただけだった。回送バスの中で、おやつを食べながらマスターに教えてもらった、チェスという名のゲームを。

S氏と〝リトル・アリョーヒン〟の対局中も嵐はおさまらず、それどころか夜になって更に雨は激しくなり、闇の中で木々たちは怯えるようにざわめいていたが、盤下は静かだった。リトル・アリョーヒンの耳に嵐の音は一切届かず、そこにはただチェスの海が広がるばかりだった。エチュードに来て以来ずっと取り付かれてきた、ゴンドラが動かなくなって山中に取り残される、という怖れが現実のものになったにもかかわらず、彼は動揺することなく、反対にインディラを落ち着かせるかのようにビショップに目を見張る働きをさせた。どんな強風も大粒の雨も水中からは遠く、外の世界が不穏であればあるほど海は澄んでいった。インディラとポーンとミイラとリトル・アリョーヒン、彼らは手を携え、その海を自由に漂った。

「ああ、マスターに初めて勝った時と同じだ」

リトル・アリョーヒンはつぶやいた。彼にとってそこは馴染み深い場所だった。心優しいインディラははぐれた者はいないか目を配り、皆を包み込むようにゆっくりと鼻を持ち上げ、ポーンはこの世界で一番きれいな駒音を聞き取ろうと、両耳をぴんと立てている。エレベーターに乗れなかった時の悲しさなどもはやどこかに去り、ショベルカーに押し潰された回送バスは、記憶の中でちゃんと元通りになっている。そしてミイラは、やはり恥ずかしそうに傍らに立っている。

第17章

「ミイラ、来てくれたんだね」

リトル・アリョーヒンが振り向くと、彼女は目を伏せてうつむく。ごめんよ、h2のポーンを犠牲にしたばっかりに……と言って謝ろうとする彼をさえぎり、何も余計な心配はいらないのだという微笑を返す。その時彼はミイラの肩に鳩を見つける。

「君のことを忘れていたよ」

鳩は海の中でもじたばたせず、ミイラが記録係を務めている時と何ら変わらず彼女の鎖骨に留まっている。

「慌てるな、坊や」

そこにマスターの声が響く。回送バスに乗って、長い時間旅をしてようやくたどり着いたはずのその声は、まるで目の前にマスターがいるかのようにありありと聞こえてくる。

「うん、分かった、マスター。大丈夫。慌てないよ」

リトル・アリョーヒンはあたりを見渡し、その果てしのなさに改めて息を呑む。頭上を見上げ、底を見下ろし、遠くに目を凝らしているうち自分たちはどんどん小さくなってゆく。インディラはポーンの肉球で弾み、ミイラと鳩の輪郭はぼやけて海流の隙間に滑り込み、リトル・アリョーヒンは唇の奥に隠した暗闇に息を潜めている。ああ、やっぱり、マスターに初めて勝った時と同じだ、と彼はもう一度思う。

やがて一筋の光が近づいてくる。彼が無理に光らせたのでも、おびき寄せたのでもなく、ずっと前からそこにあったのに誰にも気づかれずにいたものがようやく視界に入ってきたかのような穏やかさで、それは水中にきらめきを放つ。その中にS氏のキングが映し出されている。ぽつんとたたずむキングに向かい、海流はリトル・アリョーヒンたちを運んでゆく……。

対局が終りS氏と握手を交わした時、リトル・アリョーヒンはレバーを持ったまま、半ば呆然と盤下を見つめていた。そこにはついさっきまで繰り広げられていたS氏との、厳しい戦いの跡が刻まれているはずだった。駒たちの生み出した音符が、詩句が、彫刻が浮かび上がっているはずだった。しかしその時彼の目には、暗闇以外何も見えなかった。ここでは、何事も起こってはいません、とでも言うようにチェス盤はただ黙って彼の頭上にあった。リトル・アリョーヒンに残ったのは、海の感触と、マスターの声だけだった。

嵐が去った翌朝、小さく折り畳まれた一枚の棋譜が新聞記者のポケットに収められ、再び動き出したゴンドラに乗って山を降りていったことを、リトル・アリョーヒンは知らなかった。それが後年、『ビショップの奇跡』と呼ばれ、バロック音楽の楽譜や洞窟の古代文字や地殻で結晶となる鉱物にたとえられる棋譜となったことを、彼が耳にする機会は一度として訪れなかった。

もう一つ、嵐の一日がもたらした貴重な品があった。それはリトル・アリョーヒンの写真だった。人形に隠れていない、生身のままの彼がチェス盤と一緒に写っているたった一枚の写真が、その日撮影された。同時対局の折り、カメラマンがラウンジで撮った数枚の中に紛れ込んでいた。リトル・アリョーヒンは観客の中から身を乗り出し、S氏と戦う老人の背中越しに、盤を見つめている。こんな小さな身体のどこからこれほどの威力が、と思わせる鋭い視線を駒に注いでいる。彼の視界に捕らえられた盤だけは何か清冽な空気に包まれたようで、他の盤がくすんで見える。彼の中に駒の軌跡が映し出された途端、それは特別なチェス盤となる。

リトル・アリョーヒンの唇は生まれてきた時と同じくしっかりと閉じられ、顎にあてがわれた右手の人差し指が、かすかに脛毛に触れている。うなじはほっそりと白く、額には皺一つなく、髪の毛は柔らかく、本当にすべてが十一歳のまま止まってしまったかのようでありながら、駒とレバーを操ってきた指だけは長老の旅人の面影を宿している。長年、チェス盤の下に隠し続けて誰にも見せなかった考える顔を彼がさらしているというのに、周囲の人は誰も気づいていない。そこにリトル・アリョーヒンがいることさえ気に留めていない。けれどその写真を目にした人はすべて、チェス盤を前にした彼の姿の荘厳さに、言葉を奪われる。

新聞社からS氏のお礼状とともに写真が届けられた時、総婦長さんはすぐその一枚に目を留め、なぜそうするのか自分でも説明がつかないまま、それだけ余分に焼き増しして机の引き出しに仕舞った。以降彼女は、勤務時間になって引き出しから聴診器を取り出すたび、あるいは勤務を終えて聴診器を首から外すたび、写真のリトル・アリョーヒンを見つめることになった。

どんな来訪者があろうと嵐が来ようと、リトル・アリョーヒンにとって一番の喜びはミイラからの手紙だった。たった一行しか書かれていない薄っぺらな便箋に、一体どれほどの言葉が込められているか計り知れなかった。操作係兄が荷物を届けにくる時刻になると、途端に彼はそわそわとし、不自然でなく玄関ロビーのあたりに近づく方法はないものかと思案しながら結局いつも名案は浮かばず、ただ柱の陰に隠れて様子をうかがうことしかできなかった。しかし当然、報われることの方がまれだった。手紙は滅多に来なかった。つい昨日十七手めを発送したばかりで、そんなにすぐ十八手めが届くはずもないとよく分かってはいても、ロビーのカウンターに置かれた手紙の束にミイラの筆跡を見つけられないと、それだけで彼はひどく打ちのめされてしまった。

手紙が来ないということは、その分ミイラが一生懸命考えているという証拠だ。自分の送った一手といつまでも向き合ってくれているのだ。相手がたっぷり時間を使ってなかなか次の手を指さないからといって、イライラするのは愚かだ。そうだろう？　とリトル・アリョーヒンは自分に言い聞かせた。そして手持ち無沙汰を誤魔化すように、玄関ロビーのチェック模様の上をナイトやルークになったつもりで飛び跳ね、手紙を前にして次の手を考えているミイラの横顔を胸に思い浮かべた。

第 17 章

だからこそ手紙が届いた時の喜びは大きかった。彼はそれをポーンの駒袋と一緒にポケットに仕舞い、人形に入っている間中決して開けず、朝方部屋に戻ってからようやく封を切ることにしていた。開けるのを我慢すればするほど、次の手紙を待つ時間が短くなるような気がしたからだった。

手紙がポケットに入っている時は、たとえ錯覚でも、人形のそばにミイラと鳩がいる気分を味わえた。ミイラと鳩と自分が最強のトリオを組んでいた頃の思い出に浸ることができた。

とんでもない間違いを犯して、あなたに失礼を働いていないかしら。きっと間が抜けていると思うけれど、どうか笑わないでね。お願いだから……。ミイラの一手にはいつもそんなためらいと、どうか自分の手を受け止めてほしいという願いの両方が含まれていた。笑ったりするもんか、とリトル・アリョーヒンはつぶやき、そのいとおしい一手を指でなぞった。それはミイラを抱き寄せるのと同じことだった。

夏が去り、山頂に雲が戻り、再びチェス室の薪ストーブに火が点されるようになった頃、一人の新しい入居者がやって来た。操作係兄と総婦長さんに手を引かれラウンジに姿を現したその人は、自分がなぜここにいるのかまだよく分からないといった様子で、他の入居者たちと視線を合わせないように用心しながらあたりを見回していた。腰は折れ曲がり、何か持病があるのか足取りはよちよちとして覚束なかったが、きちんとしたストッキングと革の靴を履いていた。その姿を目にした瞬間、リトル・アリョーヒンには分かった。老婆令嬢だ、と。

声を聞いたわけではなかった。革靴のヒールにはタイルを叩く軽快な面影は残っていなかった。にもかかわらず、彼はすぐに気づいた。たとえ姿を見せ合うのが初めてだとしても、お互い相手を見誤るはずがないと確信した。元女子シャワー室で、祖父の作業場で、〝リトル・アリョーヒン〟と共にテーブルチェス盤に駒音を響かせ合った人、花梨の手にエチュードへの道筋を記した紙切れを渡してくれた人、誰よりもルークを素晴らしく動かせる人が、今、リトル・アリョーヒンの目の前にいた。

咄嗟に声を掛けようとした彼は、一体何と挨拶をすればよいのか戸惑い、はじめましてでも、お久しぶりですでもそぐわない気がして言葉を呑み込んだ。あるいは人形の中にいるべき人間が直接話し掛けるのは失礼に当たるかもしれない、という思いも湧き上がってきた。結局彼は黙って老婆令嬢の姿を目で追うしかできなかった。リトル・アリョーヒンがこれほどまでに強い確信を持っているのとは裏腹に、彼女の視線はおどおどといつまでも落ち着かないままラウンジのあちこちをさ迷っていた。

「さあ、お部屋へ戻りましょうか」

不安を察して総婦長さんが言った。老婆令嬢はうなずくことも首を横に振ることもせず、ただ

第 17 章

両脇に立つ二人の人間の腕を更にしっかりとつかみ直しただけだった。やがて彼女はラウンジを出て、女性専用の居室棟へ向かって廊下を遠ざかっていった。新しい人がやって来るのは珍しくなく、またその人が満足に入居の挨拶ができないのもよくあることで、他の老人たちはさほどの関心を示していなかった。老婆令嬢の後ろ姿を最後まで見送ったのは、たった一人リトル・アリョーヒンだけだった。

その日から彼はチェス室で老婆令嬢を待ち続けた。食堂やテラスで彼女を見かけるたび、どうぞあなたの人形の元へいらして下さい、また一緒にチェスをしましょう、僕は〝リトル・アリョーヒン〟なんです、と言いたくなる気持を抑え、普段通りに黙々と雑用をこなしつつ、絶えず老婆令嬢に向かって形にならない合図を送った。

毎晩、真夜中を過ぎると眠れない老人たちがチェス室へやって来た。長い夜の同伴者を求め、〝リトル・アリョーヒン〟の前に座った。彼は駒音を聞き取るのと同じ注意深さで老人たちの靴音に耳を澄ませた。海底チェス倶楽部の元女子シャワー室にこだました、ルークの力強さにも似たあの懐かしい靴音が聞こえてくるのを辛抱強く待った。

ようやく老婆令嬢がチェス室に姿を現したのは、入居の日から一か月以上が過ぎたあとのことだった。その足音は蛇行し、途切れ途切れで、痛々しかった。自分の部屋からチェス室までたどり着くのにどれほど手間取っただろうと、胸が詰まるほどだった。しかしもちろん老婆令嬢であるのに間違いなかった。テーブルチェス盤の上で会話を重ねてきた者同士だけに通じる息遣いが、人形の中に伝わってきた。

よくいらして下さいました、とリトル・アリョーヒンは盤下を見上げてつぶやいた。どうぞお座りになって下さい。あなたがお作りになり、あなたが海底の泥から救い出した〝リトル・アリョーヒン〟です。

元女子シャワー室であれほど一直線にチェス盤へ向かってきたはずの老婆令嬢は、人形に気づいているはずにもかかわらず、いつまでも他のチェス盤をガタガタいわせたり、薪ストーブの火掻き棒をいじったりしていた。

あなたのおかげで僕はこうしてまだチェスをしていられるんです。ａ８の升目に寄り添い合う老人たちと一緒に。

いつでもスタートできるよう、彼はレバーに指を掛けた。

あなたとの対局は、人形のお披露目から祖母の前での一局まで、全部覚えています。エチュードでもしばしば懐かしく思い出していました。どの対局にも友情がありました。一晩中語り明かしてもまだ離れがたく感じるような友情です。

やがて物音が止み、薪の燃える気配だけしか伝わってこなくなった。リトル・アリョーヒンはいっそう神経を張り詰め、老婆令嬢がチェス盤の前に座るのを待った。彼女が人形のすぐそばに

第 17 章

立っているのは明らかだった。

「何でしょう、これは」

老婆令嬢が〝リトル・アリョーヒン〟に向かって尋ねる声が、夜の底を這った。

「小さくて可愛らしい人形たちだこと」

彼女は白いキングを、ナイトを、それからポーンを遠慮がちに持ち上げ、すぐにまた升に戻した。

「あなたの飼い猫？　まあ何てお利口な顔。こんなに威勢よく両耳を尖らせて」

そう言いながら彼女は、人形の腕に抱かれたポーンに手をのばし、耳の付け根に残る修理の傷跡を撫で、首に提げた鈴をチリンと鳴らした。

「ねえ、どうして何も答えて下さらないの？」

鈴の余韻もとうに消えた長い沈黙のあと、老婆令嬢は言った。不思議でならないという気持と、何か失礼なことを聞いてしまっただろうかという不安の入り混じった口調だった。チェス盤の下でリトル・アリョーヒンは彼女に見つめられているのを感じた。彼がチェス室で老婆令嬢を待ち続けたのと同じように、彼女は返事を待っていた。

一段と寂しい夜だった。木々たちは闇に張り付いたように動かず、夜勤の職員たちの気配は遠く、老婆令嬢以外の老人たちは皆、穏やかな眠りの海に沈んでいた。リトル・アリョーヒンは決意し、テーブルチェス盤の扉を開け、人形の中から外へ出た。

「はい、僕の猫です。名前はポーンです」

折り曲げていた足をのばすのに多少ぎくしゃくしたが、大げさな物音を立てることもなく、テーブルチェス盤の縁を支えにしてすっと立ち上がった。明かりに目が慣れるまで、しばらくうつむいて瞬きを繰り返した。

「ポーン？　どういう意味があるんでしょう」

老婆令嬢はリトル・アリョーヒンに対して少しも驚いた様子を見せなかった。人形から不意に人間が出てきたことも、その人間がとても小さくて唇に毛が生えていることも、彼女を動揺させてはいなかった。最初からあなたは私の目の前にいたわとでもいうように、人形に話し掛けていた時と変わらない視線を彼に送っていた。

「ポーン、の意味を、ご存知、ありませんか？」

慎重に一語一語、彼は尋ねた。彼女はポーンの髭をつまみ、鼻の頭をぐりぐりと押さえ、背中に掌を当てただけで、肯定も否定もしなかった。

腰の曲がった老婆令嬢はほとんどリトル・アリョーヒンと同じくらいの背丈しかなく、十分人形の中にも入れそうなほどだった。ジョーゼットのワンピースを着て、首元と耳たぶには真珠の宝石をつけ、手首にはハンドバッグをぶら下げてパーティーにでも出掛けようかという装いだったが、老いの影は隠しようもなかった。髪の毛はだらしなくほつれ、マニキュアは半分はげかけ、始終手は震えていた。

「ポーンはこれです」

リトル・アリョーヒンはh2の白いポーンを老婆令嬢に手渡した。

「チェスの駒の種類です。一番小さくて、か弱い駒ですが、決して後退することなく、敵陣に向かって一歩一歩前進します。その控えめでありながら着実な使命を果すポーンにちなんで命名された猫なんです」

説明を理解するための時間を稼ごうとするかのように、彼女は駒を掌の上で転がしながら、猫のポーンと交互に見比べた。

ああ、この指がかつて……と思わずリトル・アリョーヒンは老婆令嬢の手を見つめないではいられなかった。一緒に数々の棋譜を織り上げ、駒音に託して言葉を交わし合った指が、自分の為したすべてを忘れ、ただ無心にポーンと戯れていた。

「ここには、いろいろと分からないことが多くて困るわ。どうして私、こんなところへ来てしまったのかしら」

老婆令嬢はh2に駒を戻そうとしたが、他の駒を倒さないように注意すればするほど手が震え、ポーンはh2と3の境目にたどたどしく着地した。

「いいえ、心配することなど何もありません」

リトル・アリョーヒンはうつむく老婆令嬢を覗き込むようにして言った。

「チェス盤を地図とすれば、ここエチュードは丁度ａ８、黒いルークの陣地にあるのです。これがルーク。勇ましく前後左右を駆け抜けてゆく戦車です。このルークに守られた陣地ですから、エチュードは安全ですよ」

あなたは今、あなたが最も愛した駒の升目にいるのです、という言葉を彼は胸の中で言い足した。

「そうだったの？　この頑丈そうな砦の中にいるの？」

老婆令嬢はルークを持ち上げた。そう、ルーク、あなたのルークです、と彼は繰り返し念じたが、関節の歪んだ皺だらけの指はもうそれを自由に駆け巡らせることはできなかった。

息が掛かるほど近くに二人は立ち、同じチェス盤を眺めていた。老婆令嬢の首飾りが、白粉の匂いが、十本の指が、彼のすぐそばにあった。その二人を〝リトル・アリョーヒン〟とポーンが見守っていた。チェス室の明かりは窓の外にぼんやりと漏れ出し、牧草の茂みを照らしていたが、そのすぐ向こうはどこまでも暗がりで、ａ１、ｈ１、ｈ８は遥か彼方だった。

「ええ、チェス盤の海は果てしがありませんからね。心行くまで身を任せればいいんです」

チェスの海に、身を任せなさいとかつて教えてくれたのはあなたなんですよ、という言葉をまた彼は唇の奥だけにそっと忍ばせた。老婆令嬢にどうにかして伝えたいと身もだえするように、腟毛が揺れた。

「もしよかったら、チェスを教えて差し上げたいのですが……」

リトル・アリョーヒンは言った。

「チェスを？」

老婆令嬢は真っ直ぐに彼を見た。

「そうです。仲間と共に八×八の海を旅するんです。さあ、まずはここへ座って下さい。とにかくチェス盤の前へ座らなければ、何もはじまりません」

彼は椅子を引き、老婆令嬢の腕を取った。その腕は彼の手で一握りにできるほど華奢だったが、とても温かかった。いつまでも触れていたいと思わせるような温かさだった。彼女はハンドバッグを膝に乗せ、しばらくお尻をもぞもぞさせたあとやがて腰を落ち着けた。ようやく老婆令嬢が〝リトル・アリョーヒン〟の正面に戻ってきた。〝リトル・アリョーヒン〟の瞳は薪の炎に照らされて柔らかく光っていた。

「チェス盤は白と黒の升目模様でできています。縦に八つ、横に八つ、全部で六十四個の升目です。いつでもプレーヤーの右下の升目が白です。駒は六種類あって、各々働き方が違っているんです」

彼はひとまずすべての駒をサイドテーブルに移し、盤を空にした。

「一つ、二つ、三つ……」

老婆令嬢は震える人差し指でゆっくりと升目を数えていった。

「本当だ。八つあるわ」

「はい」

「白と黒が順番に」

「はい」

二人は微笑み合った。

「さあ、まずどの駒からはじめましょうか」

「そうねえ……」

彼女は駒を見回した。

「これがいい。これにするわ。私はこれが一番好き」

老婆令嬢が手に取ったのはルークだった。疾走するように飛翔するように、盤上に迷いのない一直線を描くルークだった。

「ええ、あなたにとてもお似合いの駒です。縦横、前後左右、好きなだけ動けます。途中に相手の駒があれば、それを取ることもできるんです」

第　17　章

リトル・アリョーヒンはd4に黒いルークを置き、いかにも風を切って進む様子を表そうと、四方向に盤の端までスピーディーに滑らせ、それから今度はg4に白いポーンを置いてそれを捕獲した。

「こんな具合です」

「自分で動かしてみてもいいかしら」

「もちろんです」

老婆令嬢は最初のうちそろそろと、しかしすぐに調子をつかんで元気よく、h5へ、h8へ、そしてa8へとルークを動かした。

「気に入ったわ」

どうぞあなたの思いのままに、と言って指令を待つように、ルークは彼女の手の中にあった。

「チェスを初めて教えてくれたのが、あなたでよかった。私、チェスが好きになりそう。だってあなた、教えるのがとっても上手だもの」

と、老婆令嬢は言った。

第18章

エチュードに長い冬が来た。エチュード創設以来最も寒さの厳しい冬だった。水道管や沼や樋の雨水や、とにかく水のあるところではあらゆるものが凍結した。一度、支柱の滑車に吹き付けたみぞれが凍り、S氏来訪の時以来、ゴンドラが一日止まった。

　日頃から多くはない面会者が寒さとともに一段と間遠になるからか、昼間でも晴れない低い雲が裾野を覆い隠すからか、エチュードは夏よりも冬の方が町から遠く隔てられて、しんとなった。寒さで不調を訴える入居者が増え、比較的元気な老人たちも口数が少なくなり、チェス室に響く駒音でさえ心なしか沈みがちになった。

　リトル・アリョーヒンには努めて考えないようにしている事柄があった。仕事の途中ふと手を止めた瞬間や、人形の中で老人たちを待つ時間、その考えが浮かんでくると懸命に頭を揺すり、ため息と一緒に外へ吐き出した。

ミイラとの郵便チェスが終ってしまったらどうなるのだろう。

しかし吐き出しても吐き出してもその疑問は彼に覆いかぶさってきた。ミイラ自身、気づいているのかいないのか、郵便チェスは二十手めを過ぎていよいよ終末を迎えようとしていた。g1にあるミイラのキングはルークとポーンによって一応守られてはいたが、その守備範囲は隙だらけで、左斜め前方から視線を送るビショップに対してあまりにも無防備だった。リトル・アリョーヒンのビショップは他の対局では一度も見せたことのない、ためらいがちな、しょんぼりとした影を盤に落としていた。普通なら相手のキングを視界にとらえ、象とは思えない軽やかな舞を見せる場面であるにもかかわらず、一つのところにいつまでもぐずぐずと留まったままだった。インディラはリトル・アリョーヒンの迷いを察知し、羽ばたく寸前の耳を頭の両側にぴったりと付け、正しい指令が来るのを待っていた。

しかしリトル・アリョーヒンにとって、ミイラからの手紙を求めるあまり、いたずらに郵便チェスを長引かせるのもまた苦痛だった。ミイラと二人で綴る棋譜が醜く冗漫になってゆくのを黙って見過ごすなど、とても耐えられないことだった。ミイラに相応しい棋譜を、海底チェス倶楽部で記したどんな棋譜よりも美しい詩を書き残したいと、彼は願っていた。

【B×e3＋】

チェックの一手を、彼はいつにも増して時間をかけて書いた。ゆっくり書けばそれだけ投了までの時間が稼げると信じているかのようだった。強くペンを握りすぎて、チェックを示す記号＋は紙に深く食い込んでいた。それから更に投函まで、彼は五日間我慢した。封をし、切手を貼ったあとポケットに仕舞ってずっと持ち歩き、いよいよ決心して操作係兄に託した時には、封筒は彼の思いを表すように皺だらけになっていた。

「はい、夜食です」

「ありがとう。今晩は何かしら」

「ロールキャベツです」

「まあ、うれしい」

もう待ちきれないといった様子で総婦長さんは、リトル・アリョーヒンの持つお盆に首をのばして匂いをかいだ。もともと四つあったロールキャベツは彼の細工により三つに減らされ、デザートのチョコレートムースは、飾りの生クリームが巧妙に取り除かれていた。

「ねえ、前から一度、聞いておきたいと思っていたんだけど……」

紙ナプキンを白衣の胸元に引っ掛けながら総婦長さんは言った。

「もっと別なところでチェスを指してみたいと考えることはない？」

「別なところ、とは……」

第 18 章

「つまり、もっと強い人を相手にするってことよ」

リトル・アリョーヒンはどう答えていいか分からず口ごもり、総婦長さんは勢いよくロールキャベツにかぶりついた。

「いつか来た、ほら、何とかっていう国際マスターみたいな人」

「ええ、でも……」

「だってここじゃあ、お年寄りとしかできないもの」

総婦長さんは口をもぐもぐさせた。相変わらず白衣の中にはたっぷりと肉が詰まり、キャップは身体の一部のように頭と馴染んでいた。

「あなたなら相当高いレベルの試合にも当然出られる、って国際マスターが言ってたじゃない」

「入居者から何か苦情があったんでしょうか。僕のチェスについて……」

心配になって彼は尋ねた。

「馬鹿ねえ。そんなわけないでしょう。ただ、もしあなたが物足りなく感じていたら気の毒だと思ったの。まだ若いんだし、人生最強の時をこんな山奥で……」

「物足りないなんて考えたこともありません」

空のお盆を抱えた手に力を込め、慌てて彼は否定した。

「そう?」

その間もずっと総婦長さんはロールキャベツを頰張っていた。トマトソースの匂いが二人の間に立ちこめていた。


「はい。世界のあらゆる場所に、チェスをやりたい人はいるんです。世界チャンピオンを決定する試合会場にも、町のチェス倶楽部にも、老人マンションにも、〝リトル・アリョーヒン〟の中にも。皆、自分に一番相応しい場所でチェスを指しているんです。ああ、自分の居場所はここだなあ、と思えるところで」

「身体のサイズに関係なく?」

「僕は小さいから人形に入っているわけじゃありません。チェス盤の下でしかチェスが指せないでいたら、いつの間にか小さくなっただけです。ずっと昔からチェス盤の下が僕の居場所なんです」

「なるほど……」

総婦長さんはスプーンで皿の中をかき回し、しばらく視線を宙に漂わせて何か考えたあと、最後の一個のロールキャベツに取り掛かった。

「人形を出たら、きっと僕はチェスを指せませんよ。そういう構造になっているんです、頭も身体も。国際マスターとの対局はもちろん素晴らしい体験でした。でも僕にその素晴らしさを映し出して見せてくれるのは、盤上じゃなく、盤下なんです。僕はもう、盤の下からは出られません。

第 18 章

いくら願ってもビショップが、斜め以外、真っ直ぐには動けないのと、あるいは、屋上に取り残された象が地面に降りてこられないのと、同じです」

「象？」

「はい、象です」

すっかり部屋を出て行くタイミングを逃したうえに、余計なことを喋りすぎてしまった気がして、リトル・アリョーヒンはうつむいた。

壁にはいつものように、一分《いちぶ》の隙もなく手入れされた替えの白衣が掛かっていた。戸棚は淋しいほどすっきりと片付き、ベッドのシーツには皺一本なかった。窓ガラスには凍った夜露が白いレース模様になって張り付いていた。机の夜食はあらかた総婦長さんの口に運ばれ、あとはデザートが残るだけだった。その机の引き出しに、自分の写真が仕舞われていることを、リトル・アリョーヒンは知らなかった。

「総婦長さんもチェスをしませんか」

喋りすぎたついでの勢いで、彼は言った。

「無理よ。私、ダイヤモンドゲームが限界だもの」

「大丈夫です。僕が教えてあげます。教え方が上手だって、褒められたことがあるんです」

「そうなの？」

「はい、たぶん、僕に初めてチェスを教えてくれた人のおかげだと思います」

総婦長さんは満足げにソースの最後の一匙を飲み込んだあと、チョコレートムースの器を持ち上げ、本当にいらない？　と目だけで尋ねた。はい、どうぞ、とリトル・アリョーヒンも総婦長さんの目を見てうなずいた。

「じゃあ、今度暇な時に一度、教えてもらおうかしら」

チョコレートムースにスプーンを突き刺して、総婦長さんは言った。

「ええ、いつでもおっしゃって下さい。待っています。約束ですよ」

それから二人はうなずき合った。しかしその約束が果されることはなかった。


それは、一段と冷え込みが厳しいという以外、特別何も変わったところのないありふれた夜だった。リトル・アリョーヒンは夜更けにチェス室に入り、部屋の奥半分にだけ電気を点《つ》け、いつもより多めの薪をストーブにくべた。〝リトル・アリョーヒン〟に「こんばんは」と一声挨拶し、チェス盤を布で拭いてから駒を並べ、ポーンの首に鈴を結んだ。

ふと彼は、回送バスからエチュードに至る今まで、何度こうして駒を並べてきただろうかという思いにとらわれた。一番端の段の真ん中に並んでキングとクイーン、両脇にビショップ、さらに外側にナイト、両角にルーク。彼らを護衛するように、二段めには八個のポーン。ほとんど無

第 18 章

意識にやっているようでありながら、実は初めて並び方を教えてくれた時のマスターの声が、耳の奥で響いていた。

「そうだ、坊や。よくできた」

間違えずに並べ終えただけで褒めてくれた、優しいマスターの声だった。

白と黒、すべての駒が準備を整え終った時の盤が彼は好きだった。これからそこで何が起るのか誰も知らず、駒たちは各々自分の持ち場に立ち、ある者は高まる気力を全身から発散し、またある者はじっと瞑想している。六十四の升目たちは、どんな駒がどんな思惑を持ってやって来ても受け入れられるだけの静けさをたたえ、待っている。さあ、今からチェスが始まるんだ、という喜びに盤は包まれている。

全部の駒がちゃんと升目の真ん中に収まっているかどうか、リトル・アリョーヒンは丁寧に確かめた。どこにも狂いはなかった。もう一度盤上を見渡してから背中を丸め、人形の中に潜り込み、扉を閉じた。カチリと留め金の閉まる音がした。

彼は三叉レバーを握り、手と指の動きを確かめ、一度瞬きをさせた。歯車とぜんまいはあらかじめ定められたとおりの方角と強さを守って闇をうねらせ、その流れを人形の指の先に向けて送り出した。レバーに込められたわずかな力は、何倍にも圧縮され、繊細な表情を与えられ、五本の指に正確に分配されていった。彼が〝リトル・アリョーヒン〟に対して為せるのはほんのささやかなことでしかないのに、盤上ではその何倍ものエネルギーが産み出されているのだった。

いつでも駒を動かせる態勢が整うと、ひとまず彼はほっとし、うずくまったままの格好で目を閉じた。薪を多めにくべたおかげで少しも寒くなかった。中庭で渦を巻く風と、山頂から吹き降ろしてくる風が交互に窓ガラスを震わせ、その合間に、ストーブの奥で立ち上る炎の音が微かに聞こえた。今晩は誰がやって来るだろうか。

毎夜、彼はそうつぶやいた。元ジュニアチャンピオンだろうか、お喋りで強気な楽天家だろうか、それともドローを追求する博愛主義者だろうか。彼は一人一人入居者たちの顔と棋風を思い浮かべていった。しかしもちろん相手を選り好みしているわけではなかった。どんな相手とでもチェスを楽しみ、どんなチェスからでも何かを学ぶ方法を、彼は既にエチュードで身に付けていた。

けれど心の片隅ではやはり、老婆令嬢を待ちわびていた。得意そうにいつまでもルークを動かしている彼女の姿を眺めていると、かつて二人で指したさまざまな対局がよみがえってきた。ルークの次はどの駒の動き方を教えてあげよう。やはり、ビショップがいいだろうか。それともルークの隣のナイトにしようか。いや、もうしばらくルークと戯れている方が楽しいかもしれない。

リトル・アリョーヒンは目を開けた。目蓋の奥にあるのも、人形の中を満たしているのも同じ

第　18　章

種類の暗闇だった。最強ではなく、最善の道を指し示してくれる暗闇だった。チェス室のドアに近づいてくる誰かの気配はなく、夜勤の職員たちの足音も風に紛れ、盤下の空気を揺らすものは何一つなかった。

静かであればあるほど自分の身体がより小さく縮んでゆくような気がして、彼は腰をもう一段深く折り曲げた。海底チェス倶楽部の頃感じていた関節の痛みは、エチュードに来てからほとんど気にならなくなっていた。あらゆる関節は人形内の輪郭に合わせて無理なく折り曲げられるよう、軟骨と筋が変形し、固定されていた。肘や足首や腰椎や膝には本来あるはずもない突起ができ、窪みが出現し、可動範囲が極端に偏っていたが、人形の中に収まった途端、それらはすべて滑らかな一続きの曲線を描き出した。何一つ不自然さはなく、唇をぎゅっと閉じていた胎児の形を再現しているかのような素直さがそこにはあった。

【B×e3＋】の手紙を、ミイラはもう読んだだろうか。

彼は盤下を見つめ、ミイラと取り交わした手紙の一通一通をそこに描き出し、何度確かめたか知れない二人の会話をまた味わった。

ミイラはいつもどこで手紙を読んでいるのだろう。寮の部屋か、海底チェス倶楽部の一室か。たぶん、元女子シャワー室はすっかり様子が違ってしまっているに違いない。そこにもう人形はいないのだから。しかしいずれにしても彼女の肩には分かちがたく鳩がいる。それだけは間違いない。常に〝リトル・アリョーヒン〟の中に僕がいるのと同じだ。

できたらミイラも手紙を読む喜びをできるだけ長く味わうために、少しずつ、ためらうようにゆっくりと封を開けてくれていたらうれしいと思う。何も考えずただぶっきらぼうに封を破るのでなく。

〝リトル・アリョーヒン〟の傍らでずっと棋譜を書いてきた彼女のことだから、きっとじたばたして無意味に対局を長引かせるようなことはしないだろう。賢く負けを悟って降参するはずだ。その降参の手紙が届いたら、今度は本当の、文字の手紙を書こう。最後の夜、せっかくミイラが会いに来てくれたのに、人形の外へ出てゆく勇気がなかったこと、ミイラに黙って〝リトル・アリョーヒン〟を持ち出したこと、h2のポーンを犠牲にしたこと……何もかも全部について、長い手紙を書くのだ。

しかし果して自分は、棋譜よりも雄弁な言葉など持っているだろうか。e2のポーンをe4へ動かすよりももっと豊かな言葉が、一体どこにあるというのか。

リトル・アリョーヒンは両膝の上に頭を載せて、深呼吸をした。珍しいことに、薄ぼんやりとした眠気が頭の芯に忍び込んでいた。眠りの淵を漂いながら彼は、ずっとミイラのことを思い続けていた。もしかするとミイラも最初は手紙を書こうと試みて上手くいかず、結局【e4】とだけしか記せなかったのかもしれない。でも、言葉の代わりにこうして駒を動かしてくれたのは、

第 18 章

僕のことを許してくれている証拠じゃないだろうか。そうでなかったら、僕とチェスをしようなどとは思わないはずだ。僕たちは一枚ずつ、互いの陣地に向かって手をのばそうとしていた。そして【B×e3＋】で、ようやくその手が触れ合ったのだ。ほら、ここに感じるよ、ミイラの手を。

リトル・アリョーヒンは右手の指先を宙に持ち上げ、何かを握り締めようとした。それがレバーなのか駒なのかミイラの手なのか、誰にも分からなかった。彼の掌にはただ暗闇があるばかりだった。

翌朝、最初に異変に気づいたのは掃除係の職員だった。チェス室に入った彼女は焦げ臭いにおいを感じたが、燃え残った薪のせいだろうとさほど気にもせず、窓を開けて掃除機をかけはじめた。入口付近から順々に、チェス盤を落とさないよう気をつけながらテーブルと椅子を動かしてゆき、〝リトル・アリョーヒン〟の前まで来た時ようやく、ストーブの煙突が途中で折れているのを発見した。

それでもまだ彼女は、古い煙突だから何かの拍子に継ぎ目が外れたに違いないと、楽観的に構えていた。煙突の周囲ではカーペットと壁紙が焦げており、まあよくこれで火事にならなかったものだ、でも部屋中リフォームが必要になりそうだ、などと暢気に考えているほどだった。彼女が焦げた部分をこすると、黒い灰が舞い上がった。灰はすっかり冷たくなっていた。

やがて掃除が終るのを待ちかねた老人たちがチェス室に集まってきた。彼らは煙突の惨状に驚きはしたが、やはりぼや程度の被害で済んだ幸運を口々に喜び合った。

「これじゃあ、大火事になってもおかしくなかった」

「燃えているのはカーペットと壁紙ばかりで、人形とチェス盤は無事だ」

「本当によかった」

「でも……」

と、掃除係が言った。

「昨夜、ここに入った人はいなかったのかしら。誰か〝リトル・アリョーヒン〟と指した人は……」

全員が首を横に振った。

「あっ」

不意に一人の老人が声を上げた。

「ポーンの……ポーンの……」

声を震わせながら老人は人形を指差した。

「ポーンの首に鈴が……」

第　18　章

皆、その小さな錆びた鈴を見つめた。それはポーンの首にお行儀よくぶら下がっていた。

「リトル・アリョーヒンはどこ？」

誰かがつぶやいたが、答えはどこからも返ってこなかった。


エチュードに悲鳴が響き渡った時、総婦長さんは夜勤明けで眠りについたところだった。彼女はほとんど無意識に壁の白衣をはぎ取った。彼女の生涯で、これほど素早く白衣に着替えた瞬間は他になかった。

リトル・アリョーヒンの遺体は〝リトル・アリョーヒン〟の中から発見された。膝を折り、足首を反《そ》らせ、背中を小さく丸めて今にも駒を動かそうとするような、彼にとって最も馴染み深い格好のまま死んでいた。指先はまさに三叉レバーを握る角度に曲がっていた。総婦長さんは人形の奥から彼を引っ張り出し、すぐさま救命処置を施そうとしたが、遺体は既に硬直しており、誰の目から見ても手遅れなのは明らかだった。

いいんです、もう何もしてくれなくても。僕はただ駒を動かしていたいだけなんです。

暗闇の形に硬直したリトル・アリョーヒンの姿は、それでもまだ心臓マッサージをしようと試みる総婦長さんに向かってそう告げているかのように見えた。

死因は一酸化炭素中毒だった。薪をくべすぎたために炎が煙突内に入り込み、内側にたまった煤《すす》が燃え、筒の継ぎ目が外れた。炎はカーペットに燃え移り壁を這い上ったが、勢いはさほどでもなく、エチュードの人間が誰一人気づかないまま自然鎮火した。ただ煙はいつまでもグスグスとくすぶり続け、カーペットと壁紙から発生した有害なガスは、〝リトル・アリョーヒン〟の中に充満した。リトル・アリョーヒンは盤下にミイラのことを思いながら、息絶えた。こういう死に方をした人は誰でもそうなのか、彼の頬は薄いピンク色に染まっていた。

総婦長さんは町の嘱託医に連絡し、ロープウェイの麓の駅に車を手配すると、リトル・アリョーヒンを抱いてゴンドラに乗った。看護婦として施設長として実に正確にてきぱきと職務を果したが、リトル・アリョーヒンを白いシーツで包んでストレッチャーに乗せるのではなく、直接手で抱き上げたのは、彼を遺体として扱うのが辛すぎたからかもしれなかった。

彼女はゴンドラの中央に立ち、重要な重しの役目を果しながら、リトル・アリョーヒンを両腕でしっかりと持ち上げていた。その姿は、できるだけ高い場所の新鮮な空気に触れれば息を吹き返すかもしれない、というはかない希望にすがっているようでもあり、あるいはまた、上空の何者かに向かって祈りを捧げているようでもあった。リトル・アリョーヒンは彼が取れる最も小さな体勢、彼にとって最も幸せな形を保ったまま総婦長さんのたくましい腕に守られていた。

操作係兄は泣きながらスタートのレバーを引いた。ワイヤーが滑車に引き絞られ、ゴンドラは左右に揺れながら動きだした。しかし総婦長さんの両足は決してぐらつかなかった。リトル・ア

第　18　章

リョーヒンは人形の中にいる時と何ら変わらず、苦悶の気配など一かけらもなく、ただ安心しきっていた。エチュードの人々は誰も、彼がどんな様子で駒を動かしているか目にしたことはなかったが、ああ彼は今でもまだこうして次の手を読んでいるのだ、リトル・アリョーヒンの瞳には盤下の詩が映し出されているのだ、と分かった。

その時、下から登ってくるゴンドラがすれ違っていった。総婦長さんは自分の使命を果すのに精一杯で、そこに一人の女性が立っていることに気づかなかった。彼女の肩には鳩が載っていた。

女性は手すりをつかみ、すれ違うゴンドラのガラスに映るシルエットを見やった。咄嗟にとらえることができたのは、鳩と同じくらい白い白衣だけだったにもかかわらず、彼女はすぐポケットから一通の手紙を取り出した。これを手渡すべき相手が、自分から遠ざかってゆくのを感じながら、どうすることもできずにただ立ちすくんでいた。便箋にはたった一つ、降参を示す記号【〇】が記されていた。これだけは直接リトル・アリョーヒンに会って手渡したいと最初から思い定めていた、投了の手紙だった。

遺影にはS氏の同時対局の際撮られた一枚が使われた。総婦長さんの机に仕舞われていた、チエス盤とリトル・アリョーヒンが一緒に写っている唯一の一枚だった。

棺に納める品について、祖父と弟と総婦長さんとミイラが話し合ったが、話し合うまでもなく四人の考えは既に一致していた。ポーンの敷布の駒袋、ミイラからの手紙、マスターから引き継いだテーブルチェス盤と駒、そして〝リトル・アリョーヒン〟。

それらは棺にきれいに収まった。何もリトル・アリョーヒンの邪魔にならず、無駄な空間もなく、それぞれが彼の身体にぴったりと寄り添い合っていた。あらかじめそうなるように誰かが取り計らったとしか思えないほどだった。〝リトル・アリョーヒン〟がトランクに詰められて旅立った時と同じく、彼らは棺というトランクに乗って再び旅に出ようとしているのだった。リトル・アリョーヒンは生まれた時のようにしっかりと唇を閉じ、右手にポーンの駒袋、左手にビショップを握っていた。

リトル・アリョーヒンが間違いなくこの世に存在したというほとんど唯一の証拠である棋譜は、今、チェス博物館に展示されている。ミイラが手品師の父親と訪れた、海辺の高台に建つ私営チェス博物館である。二階の一番奥、ケース番号II-D、ナツメヤシの種でできた世界一小さなチェスセットの隣がその定位置で、ガラス越しに誰でもそれを目にすることができる。かなりの年数を経て紙は変色し、インクも薄くなってはいるが、ナツメヤシのチェスセット用に添えられた虫眼鏡を使えば、一行一行すべて正確に読み取れる。展示ケース脇のパネルには、次のような説明文が刻まれている。

『ビショップの奇跡』
自動チェス人形〝リトル・アリョーヒン〟と、国際マスターS氏との対局による棋譜。

あまりにもエレガントで思慮深いビショップの動きから、いつしかこう呼ばれるようになった。

十八世紀、ヴォルフガング・フォン・ケンペレン男爵によって作られたチェスマシーン〝トルコ人〟が、その生涯をマリア・テレジア、ナポレオン・ボナパルト、ベンジャミン・フランクリン、エドガー・アラン・ポーなど、有名人との関わりによって華々しいものにしているのに比べ、〝リトル・アリョーヒン〟の一生は実に控えめなものであったと言わざるを得ない。その主な理由は、人形の活動がチェスの表舞台から外れた限定的な場所にとどまっていたためと考えられる。もともと製造に手を貸したのは、パシフィック・チェス倶楽部の関連組織であるとされているが、これもはっきりしたことは分かっていない。パシフィック・チェス倶楽部の記録に、自動チェス人形に関する記述、棋譜、写真の類は一切残っていない。

実際対局した人物も、前述のS氏をはじめほんの数人しか明らかになっていないが、彼らの証言を総合すれば、名前のとおり人形は盤上の詩人と謳《うた》われたグランドマスター、アレクサンドル・アリョーヒンの風貌に似せて作られており、右手に斑模様の猫を抱き、左手で指していたらしい。人間と全く同じに左手で駒をつかんで目指す升目まで動かし、白黒どちらの駒でも不都合はなく、また相手方の手を読み上げる者がいないにもかかわらず盤上の状況を常に正しく把握していた。ただ、相手の駒を取る時にだけ、記録係が手助けをしたとされている。記録係の肩にはなぜか白い鳩が載っていたという証言もあり、その鳩が人形のトリックと何かしら関係があるのではないかとの見方もされている。しかしS氏を含め証言者の全員が故人となり、更に人形のすべてが失われてしまった今、検証する術はない。

ただはっきりしているのは、彼ら全員が〝リトル・アリョーヒン〟との対戦を、生涯でベストの一局と断言していることである。

人形の謎以上に不思議なのは、それを操作していた、つまりチェスを指していた人物である。その人物は当然、チェス盤を兼ねたテーブルの下に潜り込んでいたと想像されるが、テーブルは五十センチ四方ほどの大きさしかなく、とても大人が長時間隠れていられるスペースはなかったと思われる。だが、『ビショップの奇跡』を見ていただければ分かるとおり、これは決して子供に指せるチェスではない。しかも子供の身体はどんどん大きくなる。多くのチェス愛好家、研究者がこの謎を解き明かそうと試み、一応、特殊な身体的条件を持った人物が操作していたのだろうとの推測を立てている。

〝リトル・アリョーヒン〟最期の地は老人専用マンション・エチュードであった。思いがけずチェス連盟と関連の深い場所でありながら、事実上連盟は人形の実態解明及び保存に何の役割も果せなかった。〝リトル・アリョーヒン〟がマンションに設置されていた期間が二年足らずだったということもあろうが、やはり、エチュードがもはやチェスの世界の中枢から置き去りにされた人々の住処でしかなかった、という事情も無関係ではないだろう。（現在エチュードは取り壊されて廃業）

エチュードでの不幸な事故により、偉大な才能の持ち主である〝小さな〟誰かは人形の中で死亡。〝リトル・アリョーヒン〟と共に火葬にされた。

最後に、この貴重な『ビショップの奇跡』収蔵に当たり、ある一人の女性の尽力があったことを添えておきたい。本人の強い希望により匿名とさせていただくが、若い頃、とあるホテルで、〝リトル・アリョーヒン〟に関わる仕事をした経験を持っている女性である。一時期行方不明になっていた『ビショップの奇跡』を、手を尽くして捜し出し、その安住の地として当博物館を選んで下さった。しかも展示場所は、世界一小さいチェスセットの隣、とのご指定であった。

〝リトル・アリョーヒン〟を操作していた人物について知りたい人々が彼女の元を訪れ、数多くの質問を投げ掛けたが、答えはいつも決まっていた。

「アリョーヒンの名に相応しい素晴らしいチェスを指しながら、人形の奥に潜み、自分などはじめからこの世界にいないかのように振る舞い続けた棋士です。もし彼がどんな人物であったかお知りになりたければ、どうぞ棋譜を読んで下さい。そこにすべてのことが書かれています」

〈了〉

参考文献

『チェスへの招待』（ジェローム・モフラ著　成相恭二・小倉尚子訳　白水社）
『図解　早わかりチェス』（渡井美代子著　松本康司監修　日東書院）
『チェスの花火　ピノーさんのチェス教室』（ジャック・ピノー著　インデックス出版）
『完全チェス読本1～3』（マイク・フォックス&リチャード・ジェイムズ著　若島正訳　毎日コミュニケーションズ）
『ものと人間の文化史110　チェス』（増川宏一著　法政大学出版局）
『ドローへの愛』（トーマス・グラヴィニチ著　西川賢一訳　河出書房新社）
『ボビー・フィッシャーの究極のチェス』（ブルース・パンドルフィーニ著　東公平訳　河出書房新社）
『メルツェルの将棋差し』（『ポオ小説全集I』より）（エドガー・アラン・ポオ著　小林秀雄&大岡昇平訳　創元推理文庫）

最初から最後まで、リトル・アリョーヒンに寄り添って下さった岩島正先生。
先生との出会いがなければ、この小説は生まれませんでした。心からの感謝を
捧げます。そして貴重なインスピレーションを与えてくださった、チェスカ
フェ・アンパサンの辻本二朗様、麻布学園チェスサークルの皆様方、本当にあ
りがとうございました。

作者

初出誌　「文學界」二〇〇八年七月号〜九月号

小川洋子

1962年、岡山県生まれ。早稲田大学文学部文芸科卒業。
88年「揚羽蝶が壊れる時」で第7回海燕新人文学賞、
91年「妊娠カレンダー」で第104回芥川賞を受賞。
2004年「博士の愛した数式」が第55回読売文学賞、
第1回本屋大賞を受賞。他の主な作品に「沈黙博物館」、
「ブラフマンの埋葬」（2004年第32回泉鏡花文学賞）、
「ミーナの行進」（2006年第42回谷崎潤一郎賞）などがある。

猫《ねこ》を抱《だ》いて象《ぞう》と泳《およ》ぐ

2009年1月10日　第1刷発行
2010年2月5日　第4刷発行

著　者　小《お》川《がわ》洋《よう》子《こ》

発行者　庄野音比古

発行所　株式会社　文藝春秋
〒102-8008　東京都千代田区紀尾井町3-23
電話　03-3265-1211

印刷所　大日本印刷

製本所　加藤製本

万一、落丁・乱丁の場合は送料当方負担でお取替えいたします。
小社製作部宛、お送り下さい。定価はカバーに表示してあります。

ISBN978-4-16-327750-9

小川洋子の本

妊娠カレンダー

姉が出産する病院は、神秘的な器具に満ちた奇妙な国……妊娠をきっかけにゆらぐ現実を描いた芥川賞受賞作を収録

文春文庫

小川洋子の本

やさしい訴え

夫から逃れ、山あいの別荘に隠れ住む「わたし」とチェンバロ作りの男、その女弟子。揺らぐ心を描き尽した長篇

文春文庫